知音动漫图书·新阅坊
ZHIYIN COMIC BOOK 以梦想之名点燃阅读

青春奇妙物语 3

3

两色风景 著

中国致公出版社　知音动漫

知音动漫图书·新阅坊荣誉出品

《漫客小说绘》书系

那些一起走过的记忆，或跌宕、或平淡，可是因为有你，都成了童话。

我想起你时越无奈，写出的童话便越美好。

你就是青春，就是童话。

童话和你，未完待续……

目录
contents

室友大叔被无"妻"徒刑摧残得死去活来，悲愤地宣布下辈子绝对不当男人，要当就当女人！

"大叔你冷静些！再想要女人也不能许这样的愿啊！你这德性就是变成女的也不会有男性看上，你只能祈祷下辈子做一棵植物，还是自授粉那一种啊！"

听完我真诚的建议，大叔发疯一样殴打我。

会长，为何你这么厉害?

一个脸长得像马和福尔摩斯的男生在前面走着，容嬷嬷风风火火地跑过去拦住他。

"不好意思，你是学生会长吧？"嬷嬷问。

"嗯。有事吗？"马脸推推方框眼镜问。

"那个，我们学校下个月不是会办跳蚤市场吗？"

"你要申请摊位？这事情应该找生活部……"

"我知道我知道，我宿舍就有人是生活部的。"嬷嬷忙说，"但是这个事情还是必须找你……因为……"

马脸皱眉头，不耐烦了："有什么就直接说吧。"

嬷嬷苦笑："前两天在食堂，不是有个女生跟你吵架吗？她是我女……朋友，我替她跟你道歉。"

马脸明白了，嘴角勾起阴险的笑，再次一推眼镜："听不懂你什么意思。那个

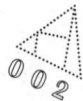

事情我也已经忘了。"

"嗯嗯那更好啦。"嬷嬷奴颜婢膝，"所以说……我朋友宿舍也报了摊位的，本来已经批了，后来又取消了。是不是可以……"

"你是说，我从中作梗了？"

"啊咧，不是那个意思……总之，请你帮忙恢复她们摆摊的权利好吗？拜托了。"

马脸发出一声如同马嘶的轻笑："我说了，申请摊位什么的应该找生活部。我很忙，先走啦。"

马脸愉快地离去，嬷嬷目送他，一脸无奈。

然后一阵密集的脚步声由远而近，嬷嬷转头，人肉战车武则天已到眼前，她呼啸着腾空而起，把嬷嬷踹飞。

"哎哟！"嬷嬷摔倒在地，"你……你干吗啦！"

"你为什么要去勾引那头驴？"武则天杀意沸腾。

"……我是在跟他商量，让你们可以摆摊……"

"靠！"武则天用全身重量给倒地的嬷嬷来了个肘击，"谁要你跟那种人渣谈判啊！尽干多余的事！"

嬷嬷被打得口吐白沫，欲哭无泪。

……说到这里，事情的前因后果已经很清楚。总之宿舍区下月要办跳蚤市场，参加者需以宿舍为单位报名，多少人、卖什么、几张桌子都要写清楚。因为我们学校太过迷你，所以精打细算很重要。视具体情况，某些宿舍的摊位可能还要合体，或者精简人员与商品，反正就是各种协商啦。

这时排长的作用就显示出来了。他是生活部成员，很顺利地帮415和520内定了好位置，博得了我们"让你这老不死的活到今天，总算有点意义"的赞美。

结果就在前天，武则天把事情搞砸了。那天她在食堂排队买饭，有人不动声色插了队，被武则天当场指出，而那人正是马脸。武则天不知道他是学生会长，当然就算知道了，一代女皇也绝对敢照喷不误。却说她当时声若洪钟，把队伍里每个人的位置当成她的江山一样指指点点，引得整个食堂的人都看了过来。马脸企图狡辩，却被武则天率领其他痛恨插队的人骂了个体无完肤，一句"那么喜欢插队，下辈子做个插头啊"绕梁三日，余音不绝。

武则天的高调很快得到了报复，隔天公布的跳蚤市场场地名单上，520的位置不翼而飞。身为大姐大的武则天断定是排长办事不力，拿出刨坟架势杀到415，

 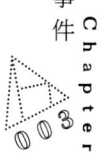

可怜排长马上要入土为安的人还要承受不白之冤……当然，最后我们辗转得知了这是学生会长的暗箱操作。这世界好肮脏啊妈妈！

热血笨蛋通常玩不过腹黑，所以即使接下来武则天踏上了秋菊打官司的漫漫抗议路，事情也迟迟得不到解决。对此，武则天亚洲后援会会长兼唯一会员的容嬷嬷也很气愤，但他比较理智，觉得比起蛮干不如走息事宁人路线，于是就有了之前那一幕。唯有在对待武则天的事情上，这个残忍血腥的老妖婆会牺牲至此……当然武则天知道后的暴走也完全在他意料中。

嬷嬷脏兮兮地回到415，大家看了都心痛了。烂操关切地问："嬷嬷，你怎么又睡大街了呀？"

"武则天好狠。"从窗口看到了整个过程的八达说，"还不如把扁你的力气拿去扁那个会长呢。"

"要不是我拦着，她估计真会那么做。"嬷嬷哭丧着脸，"那就真的没完没了啦。"

"唉，怪只怪老排办事不力。"金氏说。

"靠，你行你上啊！"排长大叫，"我们部长说了，那个马脸心眼小得很，除非他暗恋的对象来求情，否则谁也别想让他改变主意！"

对了，这一切发生的时候，我不在宿舍。

乱马 1/2

我在街上，和梅子约会。

梅子是我在大二下学期认识的一个女孩。当时是春天，我却把头发染得像银杏一样黄，而梅子染了一头枫叶般的红色。虽然自古红蓝出CP，但我们一见如故。梅子是第二个在很短时间内跟我成为好朋友的女孩。嗯，第一个是春菜。

跟梅子的交往节奏也让我想起春菜：会频繁通短信，会煲电话粥，会隔三岔五见面，无话不说，花起钱来不分你我，除了没有名分以及哪怕牵个手这样的亲密举动，真的就是男女朋友了吧。

不过，我是太熟悉这样的暧昧了。暧昧就是只要不捅破那层窗户纸，我们就只是闺密，而不是别的。

梅子是与春菜不同的类型。春菜高挑，梅子娇小；春菜是长发鹅蛋脸，梅子是鬈发加婴儿肥；春菜有女强人的气质，梅子像个邻家小妹；春菜开朗中不乏稳重，梅子活泼得没心没肺……她们都是好看的女孩子，但形容春菜我会用漂亮，而梅子是可爱。

至于她们最相似的地方，就是都和我很好。

春菜和小猫在一起后，虽然我们的关系不变，但客观上不得不有了点距离。我也开始对自己那不满足于做闺密，却又不知能做什么的心情感到厌倦。梅子恰好在这时出现，她填补了我心中因春菜而产生的空洞，同时又令我隐隐惧怕重蹈覆辙。

415也都认识了梅子。性格外向的她曾经毫不扭捏地来我们学校参观过一次，见全了十个臭男人。大家对她的印象都不错，一灿曾对我说："则过旅孩比村拆四合里呢（这个女孩比春菜适合你呢）。"

"这次不要磨磨蹭蹭了，喜欢她就快点告白，不然又要被别人追走了！"锅炉工说。

时间转眼又过去了几周，我和梅子的关系还是老样子。偶尔我自大地认为：只要我勇敢开口，以后再出来遛街我们就能手牵手了。但，也只是想想而已。

以前有些话不敢对春菜说，是觉得说了结果又不如所想，岂不是闺密都没得做。对梅子，我也有一样的顾虑吗？我真的喜欢她吗？

"你在想什么哦？"

梅子把手掌摊在我面前，做了个抓的动作，我的注意力也像是被抓回来似的，看到身边笑盈盈的她。

"是不是在想，我们也认识一段时间了，能一起去的地方都去遍了，能聊的话题也聊得差不多了，再不来点突破，以后都找不到见面的理由了？"梅子伶牙俐齿地问。

"想太多！"我笑了。我总会在这种时候不要脸地思考她是不是在暗示我？同样的话，春菜就不会说。

"不过我觉得，是该来点突破了。"梅子眨眨眼，一扯我的衣袖，"走吧！"

我稀里糊涂地跟着她走："去哪里啊？"

"上次你不是带我去了你学校？作为回报，我也带你去我的学校转转。"

"我进不去吧？"梅子就读的是一所女子师范学院，男生与狗不得入内的那种。

"包在我身上。"

不久后我看到了那所女校的招牌，虎视眈眈的保安镇守着大门口，有一个男生刚被拦下来了。

梅子把我拉到一个避人耳目的角落，从挎包里掏出一个保温杯，打开，将一

包茶粉模样的东西撒进去，再拧上，摇晃不已，然后递给我："喝吧。"

"现在喝茶？"

"听话！"梅子以后是要当幼师的，有时会煞有介事地摆出老师的样子。

我便喝了，那茶的味道有点怪怪的，两口下去就觉得不对劲，有一股热流从头烧到脚，让我骨头作响，心跳加速。加速着加速着，我忽然向前一挺胸——该如何淡定地描述那种变化而不显得很变态呢！总之，我的胸鼓起来了！相映成趣的是另一种类似被阉的萎缩感……我忍不住呻吟了一声，听在耳里，完全是娘娘腔！

我、变成、女的了！

我变成女的了啊啊啊啊啊！

这真的不是在开玩笑！我的雄性特征霎时荡然无存，胡渣、喉结、马赛克，全都不见了！此外身体线条全面柔和化，骨架缩小，还比原来矮了四五厘米，衣服裤子顿时松松垮垮。但即使这样我还是能感受到自己的前凸后翘！我真的不是变态啊！

"呀哈哈哈哈！大成功！"梅子笑得前仰后合。

"现在不是笑的时候吧！喂！"

"要带你进我的学校，当然先得把你的性别转换一下呀，放心啦，很漂亮的！"梅子忍着笑递来一面镜子。

……镜子里是个一头黄毛、皮肤粗糙还有黑眼圈的女孩，一副干物女朝涩谷系进化的失败案例！除了的确是个女的以外，没有任何让人兴奋的地方！

"你给我喝的是什么？"

"那个叫花木兰茶。你知道的，花木兰以前代父从军，但怎么那么多年都没被发现呢？实在太扯了对吧？其实是她定期饮用花木兰茶。这个茶喝了就会变成跟自己相反的性别。"

……所以花木兰当年是真的有跟一群臭男人一起泡澡一起打赤膊什么的吧！知道了令人伤感的真相！

"这个茶也不难弄到，我们学校还蛮多人用的，就为了带男朋友进去参观。"梅子笑嘻嘻地说，"你刚才只是喝了两口而已，效力大概持续一小时吧，之后你就可以做回男子汉啦。放心，该少的不会少哦。"

我的心头一阵荡漾，为那句"带男朋友进去参观"。

梅子又冲我伸出了手，似笑非笑地说："大家都是女孩子了，你可以牵我咯。"

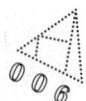

"喔喔……"我几乎是有些狼狈地握住她的手。

梅子的手小小的，好软。我却在这时想起第一次也是唯一一次牵春菜手的经历。那个情人节，她告诉我她有男朋友之前……

我们堂而皇之地从保安叔叔的眼皮底下通过。我的心情特别微妙，一方面像是做错事般，特别怕被认出来，另一方面又因为谁都认不出而产生恶作剧般的快感。对，完全就是一种羞耻 Play……

警察叔叔，就是这群人……

03

约会结束，我回到了415。熟悉的风景又一次映入眼帘，随处乱挂的男生裤衩、积在臭鞋子里的臭袜子、腿毛、揉成一团的卫生纸、封面是性感女郎的杂志、层层叠叠的泡面盒……参观过梅子她们的宿舍后，这一切显得尤其不堪入目。长期住在这样的环境中，注定孤独一生。

"段段，你回来得正好。"锅炉工提着一壶正冒着热气的开水走来，"水刚烧好了，拿杯子来吧。"

我忽然冒出了恶作剧的念头！我的身上还有几包花木兰茶，是分别前梅子给我的，说我以后要去她的学校可以提前变身。

我拆开一包倒进水壶："我买了好茶，一起喝吧。"

不明所以的锅炉工开始给大家倒茶了，其中老锅使用的是一个空饭盒。我看着他们喝下，笑傻了。

很明显，他们每个人都产生了和我相似的奇妙感受，四肢百骸燥热难安什么的，然后就——变了！喔喔喔太壮观了！眼看他们错落有致地矮了下去，凸了出来！当然柴火排长基本是个飞机场，就算有胸也必须是丝瓜状，而嬷嬷因为本来就有胸肌，事业线竟十分深邃！

他们在这骇人听闻的变化前集体呆滞了一分钟，然后烂操不顾一切地抱住了自己。

"唔喔喔！原来抱女孩子的感觉是这样的！"

……这是首先应该做的事吗？话说他现在是个狐狸脸女子，第一印象是会克夫啊！

"发生什么事了啊？！"肥婆金氏惊天动地呐喊。

"段段，你给我们喝了什么？！"锅炉工质问，平头加黑框眼镜的他，犹如

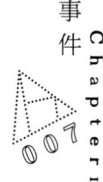

一个六根未尽的师太。

"什么？是你干的？！"八达冲着我大叫。他原本长得像台湾演员张震，现在像……男扮女装的张震。

"这……这太过分了啦！"大卫发出娇嗔，只穿背心的他十分性感，剁了手就能改叫维纳斯。

"就说人家是女孩子了，你们还不信！哼，下次再酱紫，就不跟你们组团啦！"角落里传来娇滴滴的声音，老蜗正对着摄像头嘟嘴卖萌。见我们看过去，她解释："嘘，我在游戏里装女人捞福利呢。"……我为男玩家的智商感到痛心！

而神淡定的一灿什么也没说，只是默默地走到镜子前，摆了几个姿势自我欣赏，然后掏出一支烟点上。这货男人时是大帅哥，变成了女人就是大美女！身材高挑有范儿、利落短发还抽着烟，这是女王的节奏啊！

"……你们别打了，我已经内疚得下巴都脱臼了。"十分钟后，鼻青脸肿的我奄奄一息地解释完了一切，"总之，过一会儿大概就变回来了……"

"下巴脱臼那是笑的吧！"锅炉工不依不饶继续揍我，其他人则一边往我身上吐口水一边离去。知道了关键器官还会去而复返，他们就没什么好怕的了。

不仅如此，这个以爱演闻名的二货宿舍，还迅速进入了既来之则安之模式。

"不变不知道，"八达摸着自己的脸说，"姐还挺漂亮的呢。"

"呵呵，洗衣板就别说这种话了。"金氏风骚地抖动了一下性别转换前已蔚为壮观的丰乳肥臀，"身为女人，从来都是靠曲线说话的。"

"阿金，你说话怎么那么粗俗？我们女人的脸都被你丢尽啦！"放弃治疗的大卫美腿一伸一缩。

至于烂操已经拿起了脸盆，一脸神圣地说："你们慢慢聊，我去一趟女澡堂。"——被我们坚决拦下。

门外忽然传来"呀"的一声，老妪排长慌慌张张地从厕所跑出来，裆部赫然有不明水渍，她悲愤地吼道："段段！你教老娘怎么尿尿？！"

这时隔壁宿舍的阿童木来了，他一进门就嚷嚷："见鬼了！我刚在厕所遇到一个很像你们家老排的女生！"然后他猛然发现415除了我全是女的。

"……联谊？"阿童木的目光扫过女同胞。还好，变性后的大家并不是只有女性特征的人妖，五官轮廓什么的也都经过了相应的娘化处理，否则该被人误会我们没事在COS女生——那就太重口了啊！

阿童木认不出，415顿时更加玩得嗨放得开了，烂操率先娇滴滴道："联什么

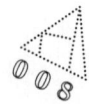

谊呀，人家的身心都早已是操哥的了。嗯哦——他真是男人中的男人。"

"哎我去！大哥你咋这烦人呢，妹儿就稀罕你酱婶儿的。你看这月亮圆不愣登跟烧饼似的，咱俩到苞米地里干点儿啥我琢磨着该多带劲哇。"东北大妞金氏一边转动着舌头，一边连续解开三颗激动人心的纽扣。

"姐姐你看，他脸红了呢。""呵呵呵你这小妮子是不是春心动了，想嫁人啦？""讨厌讨厌，姐姐你笑人家，人家不来了。""呵呵呵生儿育女本就是我们女人的天性……"八达和大卫嘤咛燕啼，极尽娇柔地调戏着阿童木。这两个妖孽已经完全坏掉了。

阿童木被这融变态与豪放为一体的局面冲击得三观欲裂，后退时不小心撞到一灿。一灿不语，只是用多情的桃花眼朝他轻轻一挑，然后冲他脸上喷了一口世事无常的烟……一灿，你这狐狸精！

不明觉厉的阿童木终于崩溃了，他几乎是连滚带爬地跑回自己宿舍并用力关上门。而我们拍桌子拍床板拍墙壁拍地板拍胸口，全都笑疯了。

等我们终于笑够了，停下来了，花木兰茶也失去了效力。毕竟是在茶还很烫时喝的，每个人不过轻抿了一小口。恢复了男儿身的各位做的第一件事就是不约而同地化身捂裆派。太不雅了！

然后，嬷嬷问我："段段，这种茶你还有多少？"

主人，欢迎回来！ 04

听排长说马脸会长有个暗恋对象后，嬷嬷立刻顺藤摸瓜问了个仔细，然后出门拜访去了。通常心上人吹吹枕边风，效果足以秒杀路人一年份的努力。二十四孝的嬷嬷，还是希望马脸能放过武则天。

结果嬷嬷找到了一家女仆咖啡店。女仆咖啡店！那不正是死宅魂牵梦萦的所在吗？！是的，马脸所暗恋的人，正是其中的一名女仆……

嬷嬷正犹豫着是不是该进去，马脸朝这里走来了。他连忙躲到一根电线杆后，透过落地窗观察店内情形。只见马脸就座后，目不转睛地盯着一个长腿女仆看。应该就是她了吧？

又看了一会儿，嬷嬷发现那个女仆根本对马脸厌烦得很。明明马脸冲她招手要点单的，她却推了另外一个同事去；在店内走来走去时，她也总是努力确保自己的视线不要跟马脸对上……

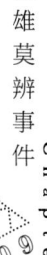

"所以，"听嬷嬷说到这里，我问，"这跟你要那种茶有什么关系？"

"那女仆既然不喜欢马脸会长，又怎么会愿意帮我去向他求情呢？我是她的谁啊？"嬷嬷说，"但如果我们能成为朋友就不一样了，所以我想用那个茶……"

"明白了！你要变成女的，勾引更多男人！"

"滚啊！我是要去接近她！"

"虽然你本来就以变态著称，但我真没想到你竟会做到这个地步……"

"就叫你滚啦！滚之前把茶给我！"

于是第二天，嬷嬷就以百分百纯娘们儿的姿态去那家咖啡店应聘了。顺便说一下，她穿的女装是一灿提供的。一灿知道嬷嬷的计划后，打了个电话，片刻就有一名女粉丝送来衣裙，博得了一灿的摸头奖励……太可怕了！

"不过一灿，你怎么不亲自出马，把那个女仆拿下，然后让她帮嬷嬷呢？"我问。

一灿悠悠地吐了口烟："辣样，造八够吊王了啊（那样，就不够好玩了啊）。"……对这人的认识加深了！他还有这么恶趣味的一面啊！

却说嬷嬷本就是415最帅的人之一，眼睛大、笑容甜，娘化后完全是美人胚子一个，并且有胸！所以，当她走进那家店表明来意后，自己都觉得胜券在握。

"你很可爱，条件非常好，正是我们需要的人才。"身为男性的店长贪婪地用眼睛扫描着嬷嬷，"但我们人够了。"

嬷嬷大受打击，不甘心地说："只要能让我在这里上班，什么苦我都愿意吃！"

"啊！你就这么喜欢当女仆？！"

"是的！我觉得这才是太阳下最光辉的职业！"

"你都说到这个地步了，我不能不给你机会。"店长眉头深锁，扫视着店里的另外三名女仆。现在没有客人，她们手持托盘在一边看店长面试，其中就包括那名长腿女仆。

"麻咪子。"店长忽然说，"这个月你的业绩可不怎样啊，指名的客人越来越少。什么时候才有人愿意为你开那瓶十万日元的奶茶呢？"

"……什么奶茶要十万啊！而且为什么是日元？！这里是银座的夜店吗！"长腿女仆激烈地吐槽道，原来她就是麻咪子，"都什么鬼设定啊！"

"总之这样下去，你不能留下来了。"店长故作忧伤地说，"念在你没有功劳也有苦劳的分上，我给你最后一次机会，与这位新来的……你叫什么？"

"叫……叫我容儿吧。"嬷嬷说。

"好。郭靖，啊不对麻咪子，待会你就跟容儿比一比，看谁更讨客人欢心。

如果你输了，那抱歉了……"店长说着转向嬷嬷，"制服还有多的，你去换上吧。一定要赢哦！"

嬷嬷完全没想到，来应聘的第一天就把麻咪子得罪了，并且她俩还只能留一个，这算什么啊？！

而麻咪子已经燃起了斗志："好……我不会输的！"

嬷嬷无奈地换上了女仆装。当她戴好发带、穿上围裙、端起托盘、走出更衣室的刹那，所有人的眼睛都亮了，包括麻咪子。容嬷嬷不愧是女仆界的元祖，这一身简直太适合她了，引人入胜的身材更是秒杀全场。

不久，客人上门了。当然都是男的，他们清楚这是什么风格的店，从进门起就肆无忌惮地打量女仆们，刚"上映"的容嬷嬷迅速成了"票房冠军"。

"主人，欢迎回来，我带你们去里面坐哦喵！"麻咪子不动声色地戴上猫耳，率先展开攻势。

"喔喔喔！猫耳娘耶！"客人激动不已，跟着就走。

嬷嬷明白，比赛就从这一刻开始了，但她陷在不知该不该跟麻咪子竞争的两难里，进退维谷。店长见状急了，指着又一批客人对嬷嬷说："愣着干啥？快点招呼主人啊！"

我们曾赋予嬷嬷种种设定，其中一个是她勾引乾隆，事迹败露后被赶出皇宫，在江南开了一家会所，痴痴等待着有朝一日万岁爷会光临……嬷嬷被店长一吼，情急之下居然进入了这一角色！她把手中的托盘像帕子一样挥着说："哎呀，几位客官怎么这么久没来呀？快快里边请——楼上的姑娘们见客啦！"

咖啡店里一片死寂。嬷嬷自尽的心都有了。

片刻之后，哄堂大笑！整个咖啡店都在笑，声音大得把好些路人都给吸引来了，气氛好得不得了！

"那、那个喵，"麻咪子轻咳两声，对注意力完全被嬷嬷拉走的客人说，"请问要点什么喵？"

"那位妈妈桑！"隔壁桌的客人则冲嬷嬷招手，"你不过来帮我们点单吗？"

"不、不要那样叫啦！"嬷嬷红着脸，摆着手窘迫地跑来，娇羞的样子楚楚动人。

"你们这里的推荐餐点是什么呀？"客人笑着问。

"我……我不知道啊……"嬷嬷意犹未尽，而且初来乍到对这家店的了解根本为零，顿时更慌了。

"不知道？！"客人目露凶光。

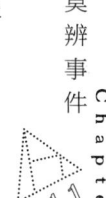

"对……对不起……我马上……"

这位客人却一敲桌子："萌啊！"

"对！"另一位客人热泪盈眶，"身为女仆怎么可能连推荐餐点都不知道？这是天然呆，绝对的！"

"啊啊请不要这样！"见死宅客人都掏出手机了，嬷嬷连忙回避，一不小心摔了个四脚朝天，还不幸走光了。

"喔喔喔喔——"唯恐天下不乱的呐喊中，盗摄声响成一片，所有的客人都聚集到嬷嬷身边去了，麻咪子被完全无视……

局势是如此一面倒，谁胜谁负根本没有悬念。

"看来没必要再比了。"店长不知何时来到了麻咪子身后，一脸高深莫测的笑，"老实说我从业这么多年，还是第一次见到素质这么高的女孩。也许，她能改变女仆界也说不定。"

"……店长你绝对是动漫看太多了吧！"

"那不重要。重要的是，麻咪子你输了，按照我们的约定……"

"慢着！"嬷嬷从人堆里挤出来，一边手忙脚乱地整理仪容一边说，"你不能开除她，她要走了，我也走！"

店长和麻咪子同时露出惊讶的表情，嬷嬷又说："我可以不要薪水，请让她留下来！"

客人们交换目光，不知他们脑补了些什么，竟纷纷喊道："让她们都留下来吧！谁也不许走！""就是！否则我们再也不来了！""你忍心拆散这么有爱的一对姐妹花吗？！""在一起！在一起！"……

群情激昂下，店长耸耸肩，用一种无奈而做作的口吻说："众命难违，看来，你们只好并肩作战了呢。"

不知道在嗨什么鬼的欢呼中，嬷嬷松了一口气。而麻咪子看嬷嬷的表情不再剑拔弩张，她将手放在嬷嬷肩膀上，入戏地说："我认输了。"

你变性后长这样，爸爸妈妈知道吗？

靠着人见人爱的天赋，嬷嬷正式成为这家女仆咖啡店的一员，地位还是看板娘级，不时有阿宅通过口耳相传上门捧场。店长爱死嬷嬷了，当众许诺她不但有工资拿，还可以拿双倍。

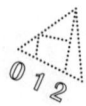

虽然刚接触时有过那么点不愉快，但多亏嬷嬷关键时刻帮忙，现在她和麻咪子已经成了好姐妹。原本嬷嬷就是能跟任何人交朋友并深受喜爱的人，放眼全世界，唯一无法坦率承认这点的人可能只有武则天吧。

嬷嬷当然没有忘记，她费尽周章、碎尽节操的目的是什么。她在等待一个恰当的时机拜托麻咪子。

这天，马脸会长又来光临了。他一出现，嬷嬷就看到麻咪子翻了个大白眼，转身欲遁走。可马脸也不傻，在柜台跟店长说了几句什么，店长就叫道："麻咪子，你的主人来了，还不快来迎接！"

麻咪子只好换上笑颜来招待马脸，两人刚一凑近，马脸就迫不及待地问："最近有空吗？请你去看电影吧。"

"不好意思，按规定我们不能随便跟客人出台的。"麻咪子温和地拒绝。这个用词真是太诡异了。

"我已经咨询过店长了，他说只要你们同意，没什么不可以的。"马脸热情地说，"好吗？给我个机会。"

"客人，你这样我很为难的……"

"啊，麻咪姐你过来一下好吗？"嬷嬷的叫声忽然传来，麻咪子如逢大赦，立刻丢下马脸跑了，而身后传来马脸坚定而深情的话语："我不会放弃的！"

嬷嬷跟麻咪子在厨房装模作样磨咖啡豆。麻咪子抱怨："妈呀，那个人简直烦死了，还好你帮我解围。"

"他好像很喜欢你？"嬷嬷明知故问。

"饶了我吧！"麻咪子厌恶地说，"做这份工作以来，我真是看了太多男生的恶心嘴脸，都快患上恐男症了！那家伙完全不会察言观色，受不了！"

嬷嬷沉默了，她不是那种能勉强别人做自己不喜欢事情的人，但这样一来"卧底"的意义何在呢？

"我觉得我大概在这里待不长了。"麻咪子自言自语，"其实那时候我输给你，顺道走人也挺好，反正我也看店长不顺眼，结果你又把我留住了……容儿啊，你真是个好女孩。"

"没有啦……你离开这店要去哪里啊？"

"没想好，我想以后也能开一家自己的店，当然不是这种格调低级的。到时候你来帮我好不好？"

嬷嬷不敢贸然回答"好"，她答非所问地说："你……你毕业了吧？你哪个学

校的呀？"

麻咪子笑笑，报了一个校名，没有再过多地纠缠刚才的话题。

"喂，你们俩怎么都待在里边？好多客人要招待呢。"店长走进厨房，"麻咪子，你主人要走了，快去送送他。"

一脸假笑地将痴情的马脸打发走后，麻咪子吐着舌头，亲昵地抱住嬷嬷说："真是累死我啦。"而嬷嬷也完全把自己当成了女生，笑着轻抚麻咪子的头。

然后，她的动作忽然就定住了。

透过落地玻璃窗，她看到了外面的——武则天！她吓得大叫一声，直接把麻咪子推翻在地。

"哎哟！"麻咪子莫名其妙，"怎么啦？"

嬷嬷大张着嘴巴看武则天从窗后消失，然后自动门开了，店里另外两名女仆和店长一起喊着"欢迎光临"，而武则天置若罔闻，径直走到了嬷嬷面前。

"欢、欢、欢、欢……"嬷嬷身为男性的意识全面觉醒，当然更清楚被武则天看到她跟麻咪子搂搂抱抱意味着什么，她吓得两条腿都在颤抖。

"跳蚤市场一天比一天近了我觉得不能再拖了想说干脆堵住那个马脸跟他说清楚要害我没关系大不了老娘不参加别连我宿舍的人一起搞……"武则天毫无征兆地开口，声线低沉粗糙一气呵成，只有嬷嬷能听懂，"……其实也有想过找你商量的但你丫最近都不见人问你宿舍的个个含糊其词也不知道在搞什么神秘我是跟着那马脸来到这里的万万没想到会碰到你……"

"小、小姐你在说什么呢，我一句也……"嬷嬷心生一丝侥幸，用蚊子一样的声音撒谎道。但是下一秒她开始惨叫，因为武则天一把捏住了她的细皮嫩肉，"哦，真是吹弹可破呢，喝玻尿酸长大的吧？"她在容嬷嬷的求饶中灭绝人性的冷笑。

"喂喂喂！你干什么啊！"麻咪子一把扯开武则天，把嬷嬷护在身后，正在疯狂抓拍的客人齐声发出叹息。

武则天目光如电地与麻咪子对视，甚至能看到噼里啪啦的火花，然后不客气地推开她，凑近恐慌的容嬷嬷，用只有她俩能听见的声音说："变态。"再用肩膀一把撞开麻咪子，扬长而去。

整个女仆咖啡店都被武则天的气场给镇住了。麻咪子目瞪口呆地问嬷嬷："这个女的……什么人啊？"

心碎成渣的嬷嬷欲哭无泪，一句话也说不出来，好半天才问麻咪子："你能不能帮我个忙……"

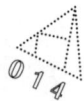

06 人艰偏拆

　　接下来的两天是周末。武则天带着一肚子对嬷嬷的不满回家去了，还关上了手机，让嬷嬷根本联系不上。而那句言简意赅的"变态"则像五指山一样压着他。哦，之所以用"他"，是因为这两天嬷嬷不再去打工，也就没有变成女生。

　　我们大致从嬷嬷口中了解了前因后果，都对这个深情的男子充满了同情，见他一蹶不振，纷纷安慰。

　　"别难过了，也许，她是在对你表示赞美。"八达温柔地说。

　　"……只有变态才会觉得那是赞美。"嬷嬷虽然心力交瘁，面对这种屁话还是不得不吐槽。

　　"别难过了，快起来喝茶，变成女的让哥几个开心一下。"烂操提议。

　　"……烂操，你身上真的有人性这种东西吗？"嬷嬷忧伤地问。

　　"往好的方面想，武则天这是又吃醋啦。而且即使你变性了，她仍然轻易认出了你，这必须是真爱啊！"排长的话让嬷嬷眼中渐渐燃起了希望，然后他又说，"不过，这跟她认定你是变态并不矛盾。"

　　嬷嬷抓心挠肺，悲喜两重天。

　　嬷嬷这阵子的轶事都被我分享给了梅子，毕竟她提供了不少作案用的花木兰茶，有权利知道。况且麻咪子的母校居然也是梅子的学校，冥冥之中都是缘分呐。

　　星期六很快过去了，然后是星期天。傍晚时嬷嬷手机响了，一看来电显示是麻咪子，就接起来说："喂……"

　　"……喂？这是容儿的手机吗？"麻咪子的声音。

　　嬷嬷猛然醒觉自己现在是男儿身，赶紧泡了花木兰茶喝一口，再出声就是姑娘的嗓音了。

　　"啊麻咪姐你好，刚才那是我哥，乱动我手机真讨厌。"

　　"哦。"麻咪子没有怀疑，"你这两天怎么没来上班，也没请假呀？"

　　"呃……"嬷嬷苦笑，她已经没有了上班的必要。

　　"算了，不来也好，我打电话是要跟你说两件事。一件是你让我跟马脸说，叫他想办法让你朋友参加跳蚤市场，我已经办妥啦。还有就是我辞职了，明天就离开这个城市了，出来见我最后一面吧。"

　　嬷嬷忙不迭地应着，放下电话找出尘封两天的女装穿上，简单交代我们她去

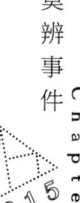

哪儿，便拿着钱包出了门。

嬷嬷走后大概两个小时，415来了一名意外的客人——武则天，她表情不自然地问："那家伙不在？"

"那家伙是谁哦？没名字啊？"排长呛声。

武则天竟然没有回呛，她嘟哝道："我刚回宿舍就有人发来通知，我们可以参加跳蚤市场了。小镜也跟我说过整件事了。"

小镜就是眼镜娘，她跟排长同在生活部任职。别看排长一脸的老奸巨猾老谋深算，却有一个很仗义的爱好：在背后说我们好话。关于容嬷嬷为爱变身的始末，他毫无保留地告诉了眼镜娘。

"所以你来跟嬷嬷道歉啦？"我说，"他走了，约会去了，跟个女的——就是你以为他特地变性去泡的那个。"

看来武则天是真的自知理亏，对我明显讽刺的话一点过激反应都没有。或许她终于明白了，唯独对嬷嬷，这个她一直不愿承认的男朋友，她可以放一百万个心？

"那……等他回来再说。我先走了。"

武则天正要离去，我的手机响了，是梅子打来的，她用响亮的声音说："有件事不太对！"

"嗯？什么？"我问。武则天也停下脚步。

"你不是说那个麻咪子是我们学校毕业的？这两天我帮辅导员整理资料，就随手在校友录里搜她，她告诉过容嬷嬷她的真名叫'夏萝可'对吧？可是，没这个人啊。"

"是吗？你是不是查漏了？"

"我很认真好吧，真的没有！那个女的真把嬷嬷当朋友，没必要在这种事上骗他吧？"

梅子提供的线索并不能说明什么，但是一直竖着耳朵的武则天忽然拔腿就跑。她的速度是如此之快，以至于我们眼前出现了残影。

万万没想到，啦啦啦啦啦 07

夜幕低垂，容嬷嬷和麻咪子坐在一家大排档里，就着一盆水煮鱿鱼和几个小菜喝酒。

因为麻咪子说马上要离开这座城市了，所以嬷嬷坚决要请她吃饭。一是为了给她饯行，二是感谢她的帮助。麻咪子说："别客气啦。我也就是跟那个马脸说，参加不成跳蚤市场的女孩是我姐妹，如果你愿意帮忙，我就跟你约会——他马上信誓旦旦说这事太不像话了，他负责搞定。"

"可这样你就不得不跟你讨厌的人……"

"傻瓜，我明天就要走了呀。那家伙那么虚伪，骗他我可一点也不感到内疚。"麻咪子笑道，"话说回来，你帮的那个女孩是什么人？和那天很粗鲁地闯进店里的是同一个？"

"不，不是。"嬷嬷有意模糊道，"她们一个是我的……学姐。另一个是我室友，我们有点误会。"

"哦。"麻咪子看来也只是随口一问，她举起酒杯，"明天就见不到啦，干一杯吧？"

"嗯嗯。"多愁善感的嬷嬷有些不舍，痛快碰杯。

两个人的酒量都还可以，一来二去就喝了不少。

"喂……你有没有男朋友啊？"麻咪子醉醺醺地问。

"没……没啊，谁要那种东西。"嬷嬷的脸也红透了，"你……你呢？"

"男人都去死啦！"

"都去死啦！"

两个醉婆娘一边继续喝一边放肆大笑，邻桌男士纷纷感到被冒犯，于是向嬷嬷的胸口投来不满的目光。

"我有点喝多了……"嬷嬷的意识在醉海浮沉，偶尔才浮出水面，"待会怎么回去？嗝——"

"怕……怕什么。有我呢！"麻咪子大着舌头，一把搂住嬷嬷，"好姐妹，今晚就一起睡吧！"

"那……那可不行……"嬷嬷恍惚地摇头。

旁边一个男人摩拳擦掌地走了过来，不怀好意地说："两位都醉了呢。我有车，不如我送你们……"

"不用你多管闲事。"刚才还跟嬷嬷一起东倒西歪的麻咪子，忽然目露精光，狠狠瞪了那男人一眼。

然后，她去结了账，扶起烂醉的嬷嬷离开……

那正是武则天通过梅子得知麻咪子有些不对劲，第一时间冲出校门寻觅的时候。她边跑边给嬷嬷打电话，但是嬷嬷早就醉翻了，爱莫能"接"。

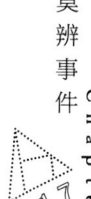

神奇女侠武则天一口气跑到了女仆咖啡店，那两人当然不在。她问店里人知不知道麻咪子住在哪儿，结果这家店根本是野鸡公司，都没做员工登记——事实上，嬷嬷这种伪娘都能顺利入职就可见一斑了。

离开咖啡店，武则天又从附近的饭馆着手，一家一家打听那两个人的下落。她知道嬷嬷要请麻咪子吃最后的晚餐，而这是最后的线索了。

时间一分一秒过去，终于，她在一家大排档有了收获。一桌男客人听了她的描述后脱口而出："两个女生？是不是一个胸很大，一个腿很长？"

……这种充满性骚扰意味的特征还真是只有男人可以提供啊！武则天听完连忙点头。

"胸大的那个醉得很厉害，另一个扶着她走了。"那男的笑嘻嘻地说，"好像是找地方休息去了吧。"

"往哪边走了？"武则天问。

"那个方向。"对方指示。

武则天拔腿就跑，她知道再过去的一条街上有不少便宜的钟点房，许多大学生在那里出没。

虽然体力过人，可是当这位女汉子赶到那条街的时候，也已经累得不行了。而街上的钟点房不要太多，这得问到什么时候啊？

那时的武则天必然在心里把嬷嬷骂了一亿遍，然后咬牙继续寻找。麻咪子用假名假校欺骗嬷嬷，刚开始只是让她直觉有些异样，打听到她将嬷嬷灌醉带走的环节就远非异样能够形容了。事后接受我的采访时，武则天表示她当时有一种类似考试时间马上结束了，但卷子还有很多地方没完成的感觉——为嬷嬷那分分钟不保的节操，不，贞操。

武则天硬着头皮走进一家家钟点房，打听有没有两个女生来过，其中一个还喝醉了？按理说人家都不会告诉她的，要知道这涉及多少红男绿女，老板必须得有剧透死全家的觉悟。不过，可能是因为武则天口气凶悍，问的又是"两个女生"，所以人家居然回答了她："没有。来的都是男女搭配。"

连着问了几家后，武则天的不耐烦值达到了顶点，而前方还有N家等待挖掘……路灯昏黄，让她各种想死。

就在这个时候，她忽然瞥见一家旅馆三楼的窗帘正被拉上，电光石火的瞬间，她敏锐地捕捉到拉窗帘的人正是麻咪子！

"啊！"武则天原地满血复活！她用最快速度冲进了那家旅馆，把正在看电

视的老板娘的面膜都吓裂了，"有两个女孩住哪个房间？！"

"商业机密，无可奉告。"老板娘义正词严。

武则天急中生智，哀号道："那完蛋了！我们相约今晚效仿刘关张三结义，从此对外称 TFGIRLS！我知道迟到是个坏毛病，但我也不想呀！呜呜呜她们不接我电话，你也不告诉我，我没份了……"

听完这神奇的设定，老板娘忽然一拉抽屉拿出了一把钥匙，塞到了武则天手里："小妹，去吧，一切还不晚！她们就在 307！"

"谢了，姐！"

"呵呵，年轻真好。"老板娘轻轻拭去眼角的一颗泪珠，"快去吧，不要像我，老了才来后悔！"

告别了不知有着怎样青春岁月的老板娘，武则天飞奔上了三楼，找准房间后没有马上进去，而是将耳朵贴在门上。

谢天谢地，里面没有发出奇怪的声音，甚至安静得有些过分。武则天把钥匙插入锁孔，轻轻拧开……

室内只亮起了一盏床头灯。嬷嬷四仰八叉地躺在床上呼呼大睡，不省人事。而卫生间里传来冲澡的声音，地上还丢着些女性衣物，想必是麻咪子的了。

现场的槽点多得让武则天有些把持不住，她呆了几秒，把床头的一瓶水劈头盖脸地泼到嬷嬷脸上。

"呃……"嬷嬷慌里慌张地醒过来，眼前的人形让她以为是做梦，"阿……阿天？"

"你可以更白痴一点吗！"武则天给了嬷嬷一耳光，"快跟我走！"

水声停止了，一个围着浴巾的人影走出卫生间。

三个人同时呆住了。

武则天替嬷嬷产生过许多被害妄想，比如麻咪子是个不法分子，打算用药物控制嬷嬷卖身，或者她是个病娇，还是有猎奇倾向的那种，或者……可眼前所见还是完全颠覆了她的三观。

站在她面前的，是个男人！一个眉宇轮廓隐约残留着几分长腿女仆影子的——不折不扣的男人！

嬷嬷醉眼惺忪地看了一会儿，脑袋一歪，像晕过去一样又睡着了。武则天大叫："喂！"

麻咪子见房间里莫名其妙多出一个人，先是有些慌，但很快镇定下来，他将

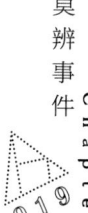

门一把关上，咬牙切齿道："真扫兴，我本打算等着过完今晚就远走高飞，竟然还有人来碍事！"

武则天努力拼凑着她对麻咪子的认识，恍然大悟："你……本来就是男的？！"

"是！不过别误会，我没有特别的爱好。"麻咪子一笑，"那家女仆店里有个妹子我很喜欢，所以我变成女的接近她！我是个兴趣非常正常的男人！"

"……哪一国的正常男人会干出这种事！"武则天看了一眼像盘菜似的等着被享用的嬷嬷。

"呵呵，我的目标本来不是容儿。谁让她突然到店里来，又很积极地接近我呢？而且，她也太可爱了吧！"麻咪子淫笑着，"你不来，就什么事都没有。我跟她共度美好的一夜，从此再也不见，她甚至不会知道我是个男的！"

"放屁！"武则天咆哮，麻咪子那句"很积极地接近我"深深刺激了她，她当然知道嬷嬷是为了谁才跳进火坑……"你这个大变态，去死吧！"

麻咪子脸色骤变，一巴掌将武则天打翻在地。虽然武则天也是女中豪杰，但跟纯爷们儿版的麻咪子比到底还是有一段差距。武则天忙敲着墙冲隔壁大叫："来人啊！救命啊！"

隔壁迅速做出了回应："我愿她拿着细细的皮鞭，不断轻轻打在我身上……"

"……给我往死里打！"武则天听了一会儿，悲愤地叫道。

"别指望有谁来救你了。"麻咪子完全变身反派，恶狠狠地说，"竟然敢对我说最不该说的话！臭娘们，看我怎么教训你！"

天不怕地不怕的武则天真的有些慌了，她随手抓起能抓到的东西砸过去，烟灰缸、遥控器、麻咪子的衣服和包包，但都阻止不了此刻愤怒的男人。很快，武则天被麻咪子抓着头发一下摁趴在地！

"臭娘们！你再说一次看看啊！"

"……"武则天用力挣扎，冷汗直流，忽然她看到眼前地板上从麻咪子包包里掉出的一小袋东西。

那是一个茶包。嬷嬷靠一种奇怪的茶变身，武则天是知道的，而麻咪子能够自如性转，他身上有这东西并不奇怪。

武则天不顾一切咬住那茶包，疯狂咀嚼，吞下。

"你在干什么？"麻咪子厉声问道。

下一秒，武则天双手擎地，慢慢将自己连同背上的麻咪子一同撑起，她的身体发生着剧烈而迅速的变化，肩部更宽，手脚更长，肉质更紧实，"啊！"武则天

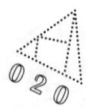

一声怒吼，将麻咪子整个抡了出去！

女帝变男神。降临在这个房间里的，是铁血真汉子版的武则天！不，不能再叫武则天，这气场必须是秦始皇啊！那虎背，那熊腰，那堪比美国队长的胸肌，那醋钵大小的铁拳！武则天浴火重生了！横扫饥饿做回自己！

"别……别这样……有话好好说……"立场完全颠倒，麻咪子果断吓尿，他一边往后缩一边求饶。

而武则天冷笑着将拳头捏得咔吧作响，然后高高举起，用雄浑的公鸭嗓回答："臣！妾！做！不！到！啊！"

她任性、贪吃、粗暴，但他知道她是好女孩 08

嬷嬷醒来，第一感觉是头痛欲裂。她努力睁开眼睛，发现自己趴在一个宽厚如甲板的背上，负担她的是画风已经完全不一样了的武则天。

"……"剧情发展得太离奇，嬷嬷无法适应。

"醒了啊。"武则天察觉到了后边的动静，"怎么不喝死你算了？完了怀个孕，你下半生都有事干了。"

始终烂醉的嬷嬷完全不知道麻咪子做过什么，她颤抖地问："你……还生气啊？我真的没有……"

"行了行了，闭嘴吧。"武则天不耐烦地打断，"回头我再告诉你发生了什么，给你的三观举行葬礼。"

嬷嬷喏喏地应着，不再多说话，一时只有夜风不断吹来的声音。

"啊，放我下来吧，我自己能……"

"你能个屁！"武则天又激动起来，"这么不会保护自己，这么容易相信别人！谁告诉你女生是这么好当的啊？！"

大概再度意识到嬷嬷是为谁辛苦、为谁忙，他的声音又小下去："跳蚤市场的事解决了，我欠你个人情。"

"解决了就好啊！你和我还说什么欠不欠？"嬷嬷很开心。

"不然你对我提个要求吧，我看能不能做到。"

嬷嬷条件反射地想说不用不用，但是嘴巴张了张，还是说："我……我喜欢你，我想你做我女朋友。"

武则天又背着她走了几步，就在嬷嬷以为不会收到表态时，他轻声说："现在

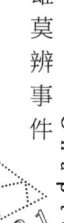

不行。"

　　"没关系，我可以再……"

　　"现在的话，我只能做你的男朋友。"

室友大叔问："跳蚤市场不是卖跳蚤的地方吧？"

"……那当然不是啊！"我为大叔的智商感到震惊，"跳蚤市场是交易二手物品的地方！"

"喔，跟我想的一样。"大叔遗憾地说，"可惜了，否则我被子里那些跳蚤应该能卖个好价钱。"

剩下的时间，我深深地陷入"我到底为什么非要跟这种又蠢又脏的人一起租房子"的反思之中。

马上有对象，马上有毛对象

夜已经深了，宿舍区120房还亮着灯。

其实所有宿舍都亮着灯，我们学校没有熄灯的规矩，而大学生向来是夜猫子的同义词。企图早睡早起的人会被以破坏社会和谐的罪名处以极刑。昔日锅炉工曾想以身试法，后来我们生气了，都不喝他烧的开水，终于让他痛哭流涕地承认了错误。

不过120是作为生活部的活动教室存在的，平常会有些部员煞有介事在内值班，比如我们的排长。由于除了喝茶看报外实在不知道他在里面干什么，每每令人误会那是间传达室，而排长是看门大爷。

排长在的时候，眼镜娘一般也在。这朵清新文艺的高岭百合很喜欢在安静的场合看书或者听音乐，虽然低调，却始终散发着一种难言的吸引力，将排长长期

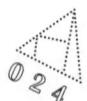

套牢。他们一个负责明日黄花，一个负责貌美如花。

当夜是跳蚤市场举办前夕。为了证明生活部绝不是吃闲饭的，部长常常想方设法搞活动，比如拔河比赛，比如假面舞会，又比如这个跳蚤市场。因为大家都太无聊了，所以还蛮积极参与。不过排长和眼镜娘这会儿不是在进行最后的确认工作。眼镜娘只是习惯性在这里读书，而排长在努力地泡她。

"……话说嬷嬷当时真的好险啊，差点就贞洁不保了，这次还真是多亏了武则天，哈哈。"排长说的是不久前发生的，一种能转换性别的茶引起的事。眼镜娘看似没在听，但排长每次停顿时，她都会恰到好处地点点头，以示没有把他说的话当放屁。

"嬷嬷说，武则天那天仿佛答应做他女朋友了，但事后又不认账了，这人搞什么啊。"排长说。

"该他的，跑也跑不掉。"眼镜娘淡淡地说。

"不该他的，等也等不到，是吧？"排长到底被熏陶多时，很快地接上了下句。眼镜娘微笑了一下。

排长忽然冲动地问："你对男生主动告白怎么看？"

"应该的。喜欢就要告诉人家。"眼镜娘说。

"你真这么想？"排长的心，老人不宜地狂跳。

"当然。也许对方也在等，等了很久。"

事后排长告诉我们，眼镜娘当时的眼神语气都太像是在暗示，这种时候还不告白就只能滚出泡妞界了！

"既……既然你这么想，我就说了吧！"排长声音微颤，"我喜欢你很久了！"

"我知道。谢谢。"

排长激动得就差跳起来了，"所以你答应我啦？"

眼镜娘摇摇头，排长的心一下凉了。

"也许我传达了错误的信息给你，"眼镜娘有些抱歉，"我只是觉得早告白，早被拒，能节省双方时间，但你有坚持继续追我的自由。"

眼镜娘的每句话都理智得令排长悲伤不已，他强颜欢笑说："果然是我太自作多情了……"

"你有你的优点，会有比我懂得欣赏你的人。"眼镜娘语气认真，绝不是敷衍受害者那么单纯。

"呵呵……谢谢。那个，我想我还是先回去了。"

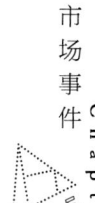

"再见。"眼镜娘看着他,"对不起。"

"呵呵……"

十块钱你买不了吃亏,十块钱你买不了上当

第二天就是跳蚤市场开市的日子了。

学校的小公园和舞池被充分利用了起来,搭起了遮阳棚,事先申请过摊位的宿舍用课桌椅规划了各自的大本营。商品错落有致地摆在桌面上,放不下的搁在脚边的箱子里,旁边竖起一块牌子,上面写着卖些啥,卖几个钱。当然,能做得这么有条理的通常是女生宿舍。反观男生就粗鲁多了,乱七八糟什么东西都往上摆,不小心桌子摇一下胳膊撞一下,商品立刻跟他们的节操似的掉了一地。一群人手忙脚乱地蹲下去捡,一不小心某人的脑袋又碰到了桌底,整个展台轰然倒塌,毁于一旦。当受害者挣扎着从废墟里爬出来后,同伴立刻关切地送上问候:"没事吧?"他坚强地竖起大拇指:"It's OK."同伴们放下心来,然后把他往死里打:"看看你刚才都干了些什么!"

所以细致的工作对男生而言果然就是修罗场啊!

不过类似的混乱,跟以高大上著称的415是绝缘的。因为我们理所当然地把摆摊的工作推给了容嬷嬷,甚至嬷嬷自己都当仁不让地觉得这事舍他其谁。处男容嬷嬷虽然不是处女座,却总能以心细如尘的强迫症标准把一切收拾得井井有条,甚至自备扫帚与畚斗这两样神装备不时清扫门面,看得我们感动不已,几乎把持不住把嬷嬷卖掉的冲动。

不需要有谁扣下发令枪的扳机,跳蚤市场从有人的那一刻起就已经鸣锣开场。以宿舍为单位的摊子一个挨一个组成长龙,长龙与长龙之间的通路供顾客来来往往。可能是第一次参加这种活动的关系,各位卖家都在熊熊燃烧啊!经典的吆喝不绝于耳:

"走过路过不要错过!机不可失时不再来!"

"第一次不来是你的错,第二次不来是我的错!"

"刚出炉的二手货大拍卖,不买也来看一看啊!"

"十块钱你买不了吃亏!十块钱你买不了上当!"

"黄鹤王八蛋!你还我血汗钱!你还我血汗钱!"

……虽然好像有什么奇怪的混进去了,但总觉得就要这样才算卖过东西呢!

说到商品，女生们主要卖书、卖布偶、卖小饰物、卖衣服、卖只用了一点点的护肤品……武则天甚至把她囤太多的生理用品豪迈上架，然后被一个不长眼的男生当纸巾买走了！而男同胞也不甘示弱，书、唱片、电脑、MP3、破吉他、脏兮兮的篮球……当然还有些不怀好意的东西。某个男生就压低声音问我："兄弟，要碟么？"把我当成什么人了？！我一个字一个字地告诉他："不要！硬盘里下了很多都看不完！"还有一个面有病容的男生冲我招手："哥们，要不要粉？"然后在我脸都吓白了之后解释道："我买回来才发现这种豆奶粉是加糖型，我不能喝所以想卖掉……"

　　415的摊位也是一派欣欣向荣。我卖小说和CD，锅炉工卖旧教材，烂操卖用了一半但证明无效的祛痘霜，金氏卖一些过剩的零食，大卫卖一双不合脚的球鞋，老蜗卖……卖个屁，他毫无悬念地缩在宿舍里玩游戏，然后男神一灿与超新星女仆嬷嬷担任客服。最贱的还数八达，他窥准商机，从打工的"啃德基"带了许多隔夜食品来卖，那些炸鸡与薯条本该丢进垃圾桶，他却悄悄收起，加热后再战江湖。由于大学生本就是世上最接近垃圾桶的存在，可以日复一日地吃泡面和食堂，所以他们怎会介意，不，应该说怎会懂得分辨隔没隔夜呢！八达的生意非常好，好得他捶胸顿足怎么没有多拿点……这货走上犯罪道路真的只是时间问题。

　　总之真是一段愉快的时光呢！一些校外人士也闻讯而来，场面更加热闹了。几个玩乐队的本来在卖旧吉他，卖着卖着自弹自唱，气氛越发像一个欢快的祭典。

　　我们顾着自己的摊位，间或去别人的地盘走亲访友。不久，老排过来了。

　　身为生活部一员，老排有义务在场巡视。尽管刚失恋，可他毕竟是吃盐多过我们吃米、走桥多过我们走路、掉节操多过我们掉头发的耄耋老人，即使痛苦得恨不能在怒涛拍岸的海边哀号，一张老脸还是故作坚强，可是隐藏在他皱纹里的落寞还是像隐藏在他白发里的黑发一样，那么鲜明，那么刺眼。

　　"就说你们不合适了。"金氏摇摇头，"年龄差了有一个世纪，忘年恋也不是这么搞法啊！"

　　"忘了那种肤浅的女人吧。"烂操搭着排长的肩安慰，"我老家有个婆婆人不错，下次介绍给你！"

　　"别急着绝望，事情还有转机！"我不甘示弱地加入慰问团，"老排，你快去跟眼镜娘说你有绝症，我不信哪个女孩能抵抗遗产的诱惑！"

　　排长居然没有暴走，而是怜悯地瞥了我们一眼，仿佛在嘲笑我们的幼稚，仿佛在说："你们，爱过吗？"

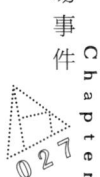

"喏。"还是一灿会做人，递给排长一支烟，排长接过就抽，烟雾缭绕中，更显沧桑。

一灿抖抖烟盒，空了，他对我们说："偶去买烟。"

"我要继续转转了，一起走吧。"排长说。

望着一老一少离去的背影，嬷嬷不禁感叹："一灿人真好。"

"好屁！"金氏立刻反驳，"他简直是故意的，明知道我们排长抽惯了烟袋，却给他香烟！"

有谁来买我的火柴，有谁来买我的孤单

一灿跟排长从小卖部出来，遇到了静静。

"嗨。"一灿冲前女友点头，静静也点头回应。

"里有木卖森马（你有没卖什么）？"一灿将一支烟叼在嘴里，随意地问。

"宿舍的人有，我没有。"静静说。

"喔。偶民滴汤几债辣，有空口以奶抗抗（我们的摊子在那，有空可以来看看）。"

"嗯。"

不咸不淡的交谈后，两人就各走各的了。

"她现在都不缠着你了。"排长说。

"素啊，都昏叟棒连多鸟（是啊，都分手半年多了）。"一灿轻描淡写。

"一点都没有舍不得？"这种多愁善感的问题不像排长问的，但同是天涯失恋人，他和静静略有共鸣。

一灿不回答，只吸烟。是的，一直以来，我们有目共睹的只有静静的难舍，她一度想复合。某次一灿拿一台神奇的 iPad 想洗去她的记忆，结果被反客为主……但时间真的能改变一切，静静似乎终于接受了分手的事实，证据是她好久没在我们的故事里登场了。

"旧滴八去，星滴八乃（旧的不去，新的不来）。"聪明的一灿大概能猜出排长的心思，开导道。

"几个人能像你那么有魅力啊？"排长自嘲。

"还素梭里金滴辣末喜方她（还是说你真的那么喜欢她）？"

"我也说不上来。"排长抓着所剩无几的头发。

这时，两人看到了武则天和小苹果，她们正对一棵树下的桌子指指点点。排

长上前："咋了？"

"那个摊位有人没？"武则天说，"我注意这张桌子很久了，一直空着。没人用让给我们啊！我们还嫌东西不够放咧。"

"应该没吧，都开市多久了。"排长说，"搬吧。"

"偶们乃班蛮（我们来帮忙）。"一灿服务少女的功能启动，很自然地走到桌子后，双手往上一抬，那桌子却纹丝不动。

"钉债地丧滴（钉在地上的）？"一灿想要退后一步观察，表情却变得古怪。

"你干吗？"武则天问。

"偶……肘八鸟了（我……走不了了）。"一灿双手推桌子做挣扎状，却怎么也无法离开，整个人好像被无形的力量牢牢吸住，"李萌泥远些，表太靠静（你们离远些，不要太靠近）。"

众人闻言色变，小苹果花容失色地伏在武则天胸肌上娇喘连连。

"晃开偶，里素森马东西（放开我，你是什么东西）？"一灿提高音量问那桌子。当然得不到回答，一灿维持着双手被吸住的状态，将脚抵在桌上，把自己往外拽，仍旧难以脱身。

这种抗衡局面很快吸引了一些人的注意，而一灿又是那么帅气，许多女生纷纷围观，我们也丢下自己的摊子去看热闹。眼见收视率越来越高，一灿连忙改变戏路，不再玩命儿拽自己，而是闲适优雅地靠在那桌子上做艺术品状。

忽然，人群里起了一阵小小的骚动，有很厉害的人物登场了！大家自觉让开了一条路，形成夹道欢迎之势，大步流星走来的人正是贞子。

贞子是我们学校头号美女老师，同时人称考场四大名捕之一，长发及腰与心狠手辣就是她的注册商标。在一款跟指甲油有关的奇幻事件中，我们和她打过交道。贞子径直来到一灿面前，俊男美女咫尺相对，简直太养眼了，她却盯着桌子，面颊滑过一丝冷汗。

"果然是它……"

"脑丝里造它（老师你知道它）？"一灿问。

"我一听说你们办跳蚤市场，就匆匆忙忙赶来了，没想到还是迟了。"贞子摇摇头，"今年也出现了啊。"

"你说清楚一点。"排长没礼貌地插嘴。

"十年前的事了吧，那时我跟你们一样还是学生。"贞子开始回忆，"那年的跳蚤市场，有个女生直到散场都没卖出一样东西，她又是偏执狂的类型，对此非

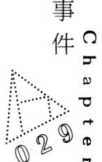

常非常怨念。从那以后，只要再开跳蚤市场，这里——"贞子指着一灿的位置，"她当年摆摊的地方，就会莫名出现一张桌子，会有一种力量强迫接触到桌子的人扮演'卖家'的角色。"

"看来真是'非常非常怨念'啊，她的精神力量居然能引发这种怪现象。"智囊锅炉工一推眼镜说。

"就因为这样，我们学校已经好久没办跳蚤市场了，真没想到……"贞子叹了口气。

"硕以偶该肿摸棒（所以我该怎么办）？"一灿冷静地问。

"也很简单，你就尽量卖东西，让那股'怨念'感到满足，就可以脱身了。"贞子说。

"那一灿你随便卖点什么吧，我们买。"排长说。

"我去给你拿货。"嬷嬷说。毕竟现在一灿赤手空拳，能卖的除了笑就是肉了。

"八愿（不用）。"一灿叫住嬷嬷，对排长说，"偶把偶滴魅腻卖给里吧，里欠偶一包烟（我把我的魅力卖给你吧，你欠我一包烟）。"

任何集体都会有小圈子，而在415，一灿和老蜗、嬷嬷、排长的关系最好。老蜗跟一灿是青梅竹马的好朋友，还一起混过帮派，交情自不必说；嬷嬷跟谁都处得不错；而排长虽然不时摆出大家长的派头，可面对成熟淡定的一灿时，却总是不吝露出繁华落尽、返璞归真的老皮老脸，反正他们挺聊得来就对了。

一灿这么做显然是为了安抚失恋的老排，我们知道他仗义疏财，但没想到他慷慨到了这个地步。排长听了那话，茫然地点了一下头，一灿的双手就忽然能离开那桌子了。哦哦，他的买卖被认可了！

一灿自由的同时，一些无形的东西也离开了他。只见刚才还目不转睛看他的女生们，竟然仿佛军训一样整齐扭头，锁定了迟暮之年的排长！那是多么不可思议的体验呀：一灿的样子没有变，仍旧一身都是宝，但不知为什么，就完全不耐看了啊！就一毛钱的吸引力都没了啊！反观排长，他微秃的前额、微驼的背脊、眼角的鱼尾纹、鼻梁的小眼镜儿……无不散发出惊人的魅力，让人看他的目光根本停不下来！

排长，曾经摔倒在路上也没人敢扶，因为总觉得会被敲诈，可如今他竟集万千宠爱于一身。听，是谁在赞美，温暖了寂寞："快看那个老爷爷好有味道喔！""是呀，看到那条法令纹没有，好深啊！""那头发大概过两年就掉光了，太期待了！"……

排长忍不住抬头挺胸，身为男人的自信又回来了。

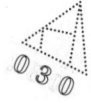

"打扰了，"一个女生含情脉脉地说，"你是生活部的干部吧？我们摊位有点小麻烦想请你帮个忙。"

"好诈哦！人家正想跟他求助！"另一个女生抗议。

"这位爷，可以耽误你几分钟吗？"又一个女生索性大大方方挽住了排长的胳膊。

排长就这样在数名女生的你拉我扯中被带走了！他频频回头投来受宠若惊的目光，而一灿则微笑招手："呆肥记得肥乃烦偶（待会记得回来还我）。"

其他目睹奇迹的人纷纷叹为观止，尤其贞子老师简直傻了，她喃喃说："这个摊位……还能做到这种事？"

说时迟那时快，武则天一马当先跑到桌后，变身卖家，她对容嬷嬷说："我要卖东西，你跟我买！"

"我一定买！"嬷嬷激动得仿佛被上天选中。

"我身上多余的脂肪，全部都卖给你！你欠我一顿牛排！"

……

提前做出承诺的嬷嬷连傻眼的机会都没有，买卖已然成立，我们眼睁睁地看着他胖了一圈，瓜子脸变成了大饼脸，可爱的小帅哥变成了可爱的小胖子！再看武则天，她本就五官清秀皮肤细腻，卸下赘肉后赫然亭亭玉立的窈窕淑女。烂操咽了一口口水！

如果说一灿的自我牺牲吊起了大家的兴趣，那么武则天的行为简直是引爆了全场的热情，顿时这个摊位变成了兵家必争之地！一群人打破头皮，争做卖家，不管抢没抢到位子，统统轰轰烈烈升启了妄想模式。

金氏想像武则天一样抛售赘肉却一度滞销，因为，首先他得有一个逆来顺受的容嬷嬷。只有面黄肌瘦的八达表示如果金氏贴钱的话，他不介意分担一点，金氏权衡再三问你要多少？八达说一斤肉算我一千块就好，金氏说老子是松阪黑毛牛是吧？！

大近视锅炉工想要一点视力，烂操表示随时候命，条件是锅炉工接受他的青春痘。锅炉工大叫就算你把眼角膜给我我也不要那丑玩意！烂操循循善诱道你看仔细了，难道它们仅仅是青春痘吗？锅炉工说它们还能是什么！烂操说只要你视力够好就能看到一直看不到的奥妙……锅炉工说去你妹的。

我觉得大卫身高一八零简直太奢侈，不如分五厘米到我碗里来，大卫说行呀我觉得你想象力不错，拿一半来跟我换呗。我说大卫我看错你了，没想到你是这

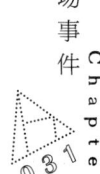

种人，失去一半的想象力我以后还写个鬼！大卫拍案说你知道从一七五长到一八零的我有多努力吗？You can you up, no can no BB！

我们不顺利，不妨碍其他人前仆后继。买卖什么样的都有，健康啊运气啊速度啊年龄啊肤色啊人脉啊……但总的说来，除非是男女朋友关系，否则那些自己都不稀罕的东西，绝对是你想卖也没人要买。而一旦涉及自己身上的优越之处，那常常会卡在价钱谈不拢上，除非以优点兑优点。比如不少机智的女生把自己的三围换来换去，取长补短……话说回来，堂堂诅咒被拿来这么玩，这个时代的人真大胆啊……

在这场轰轰烈烈的买卖过程中，一灿被所有人无视了。失去魅力的他也就失去了存在感，比路人还要路人。不过一灿心态无敌，早已看开，一直在旁抽烟看戏，只在黄昏迈着慵懒的脚步走来时，显露出了一丝不安。

跳蚤市场在傍晚五点收市，天渐渐黑下来的时候，摊主纷纷卷铺盖走人，清洁工开始打扫现场，那张摆在树下的桌子一点一点淡出人们的视线。

排长姗姗归来之际，诅咒摊位早已消失。

女追男，隔层山 04

一灿买早餐时，餐车大妈都会额外塞给他一个包子，如今这个福利不翼而飞，一毛钱都算得清清楚楚。

一灿现身公众场合，总能引来暗送秋波或公然"视奸"者，无分男女。如今他仿佛一面镜，反射了所有目光。

一灿在课堂开小差，只要是女老师，通常都睁一只眼闭一只眼，如今她们却双目圆睁，绝不姑息养奸。

是的，一灿的时代已经过去了。

这都是老排不好。他万分抱歉地说被几个女孩拉去唱K，一嗨就忘了时间，匆忙赶回时一切都晚了。

"我绝不是故意放你鸽子的！"排长指天誓地，"我跟你保证，一定在最短时间内再办一次跳蚤市场！只要办起来，那个摊位就肯定会出现，到时候我就把你的魅力统统还给你！"

"嗯嗯，辣（那）就好。"即使到了这种时候，一灿还是努力维持着他的风度，然而已经变成24K纯屌丝的他这样一点都不酷，反而有一种被人骑在头上拉屎撒尿都还忍气吞声的卑微感，零魅力的男人真的好可悲！

排长本就不是那种伤春悲秋的性格，毕竟他可是从一夫多妻制的时代活过来的，在眼镜娘那里遭遇滑铁卢，再经过与数名女生的逢场作戏后显然有所痊愈。但跳蚤市场不是菜市场，隔三岔五来一发是不可能的。虽然部长碍于老排的过人魅力答应再去跟学生会争取一下，但最快也得等一星期。

这绝对是一灿生命里最颠覆三观的一个星期。从万人迷到路人甲，这之间的落差简直是蹦极档次。曾经他在舞蹈社叱咤风云，现在已经从主力的位置上被踢了下来；曾经他的普通话再怎么渣都有妹子买账甚至夸萌，现在他一开口就等于自黑、自取其辱、自暴自弃。

有两个人给了一灿最沉重的打击：静静和阿玲。她们曾是一灿后援会的骨干，如今静静从一灿身边经过时，完全把他当空气；而阿玲虽然仍对一灿表现出一定的热情，但过去她靠近一灿时总会一脸魂不守舍，而现在满是迷茫，似乎正扪心自问：我喜欢这个人吗？我为什么会喜欢他呢？

越是这样的时候，才越显得下面的事情多离谱。

被男神俱乐部除名的一灿，正在415的窗边忧郁地吸烟，有人来找他了。

"咚咚咚"，这年头懂得敲门的人太少了。不说宿舍门总是开着，就算关着，武则天之流也总是一脚破门。我们向门口看去，来者竟是眼镜娘。

"……请进。"我们下意识看排长。

但眼镜娘进屋后，直接走向一灿，把一封平平整整的信递给了他，转身就走。

一灿打开信，我们集体拥上去。这两个人发生了交集，简直不能更另类！只见在漂亮的信纸上，第一行用娟秀的字开门见山地写着：我喜欢你。

"咣当"一声，大受打击的排长摔了个狗吃屎。那姿势，真是太有魅力了！

因为这个超展开太骇人听闻，我们都有些把持不住，连忙请来了小苹果授业解惑。她跟眼镜娘是舍友，只要能忍耐她想到哪里说到哪里的天然呆，还是很适合套话的。

"小镜给你写情书了？"小苹果了解案情后瞪大眼睛，"昨天跳蚤市场回来，她就一直埋头写着什么，原来是情书！好大胆喔！"

"重点是她怎么会喜欢上一灿啊？"排长问。

"用写情书的方式告白，的确很像是小镜会做的事情呢！她虽然文艺，其实也非常敢爱敢恨哦！"

"所以她为什么会喜欢上一灿啦？"

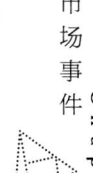

"我还以为到毕业为止都看不到小镜喜欢上谁，真没想到……"

"听别人说话啊，喂！"

大卫、烂操、八达、老蜗联合将排长扁翻在床，"老不死的，你敢这样跟小苹果说话？！"——除非 Gay，男生是不会为另一个男生的魅力买账的。

"就是，昨天跳蚤市场上不是有个很神奇的摊位吗？"小苹果终于舍得说重点了，"后来有个搞不清状况的女生被困在那里了。你们认识的，就是静静。"

静静？我们好像明白发生什么事了！

"小镜也是生活部的成员嘛，看到了就告诉她，你得卖掉点什么才能离开，我可以当你的买家——小镜外表冷漠，其实很善良哦。那个静静就忽然哭了，她说有一些对她来说非常珍贵的东西，但她不想留着了。小镜不会安慰人，只想让她别哭，说愿意帮忙……然后静静就真的不哭了，而小镜变得怪怪的，脸红红的，我还是第一次看到这样的她。"

我们完全了解了，不会错的。外冷内热的眼镜娘在不明就里之下接受了静静的感情。静静多喜欢一灿，她就多喜欢——这么说来静静之前无视一灿，不是嫌他没魅力，而仅仅是因为她不再留恋了。

阿玲的感情是以一灿的魅力为基础的，当一灿失去魅力，她就开始动摇；但眼镜娘的感情纯粹无中生有，不以男方是否有魅力为转移，所以在一灿无人问津之际，眼镜娘毅然开始了逆流而上的倒追！

"女孩子是不是都喜欢乱买东西啊！买到病看她怎么办！"排长痛心疾首，虽然被眼镜娘拒绝过，但果然还是不能接受她莫名其妙投入别人的怀抱，"不行，不能这样下去，我再催催我们部长去……"

赶在排长的努力见效前，眼镜娘与一灿又发生了第二次接触。仍然是眼镜娘主动来访，她开门见山地问："那封信看了吗？"

"……嗯。"认识一灿以来，还是第一次看到他有些不知所措。他都不知道被多少女孩直接或间接告白过了，老蜗甚至跟我们八卦过一灿高中时被一个女生上来就抱住狂亲的经历，而现在的他竟面露不自然！我想除了眼镜娘是排长的意中人外，也因为一灿已经一天一夜没被任何女性放在眼里了。

"你愿意和我交往吗？"眼镜娘问。这真是位奇女子啊！据一灿说，她的信字迹工整，文采飞扬，深情款款简直力透纸背，却又绝不流于肉麻滥情，堪称情书界的楷模。等到表明了心迹，她就亲自出马，一针见血，真是文艺共勇气一色，深情与理智齐飞，秒杀那些肤浅的花痴与矫情的傲娇！

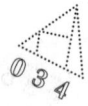

一灿沉默了一会儿，还是说："偶民八合似（我们不合适）。"

"只有喜不喜欢，没有合不合适。"眼镜娘没有失望，仿佛一切都在意料之中，她不退反进。

"偶对里米有港杰（我对你没有感觉）。"

"有感觉的人未必能在一起，反过来也成立，所以感觉怎么能作准呢？"眼镜娘微笑，她的智商同时体现在精确破译一灿的普通话上，"给彼此一个机会相处看看，好吗？"

思路清晰，态度明确，积极而不咄咄逼人，且不忘在适当的时候流露温柔。除此之外，眼镜娘又那么清秀美丽，身材不够，有比例凑，肉食系的一灿快要扛不住了！

"……还素表了（还是不要了）。"但一灿到底是拒绝了。可恶，说真的我们都站到眼镜娘这一边了！

"那就下次吧。"眼镜娘也不勉强，还是好看地笑了笑，"我能感觉到，你有一点动心了。我还会来找你的，希望不久的将来，我们可以在一起。"

眼镜娘不卑不亢地离去，背影不能更好看！

然后，在下楼梯的时候，眼镜娘与排长狭路相逢。眼镜娘说了声你好，排长有些不知所措。

"我刚去了你们宿舍。"眼镜娘说。

"……"排长完全不知道怎么回应。

"对你有点抱歉，但我确实很喜欢他。"眼镜娘说，"我想，我们在一起的最大阻碍，可能就是你。"

……

"谢谢你喜欢我，但既然我不能接受你，也就不勉强你祝福我的选择了。只希望你不要太在意了。"

"……你说得跟肯定能和他在一起似的……"排长终于能说话了。

"可以的。"眼镜娘露出一个幸福的笑容，仿佛已经置身那样的未来，"他现在会因为介意你们的关系而克制自己，但慢慢的，他一定会接受我。抱歉与尴尬，都不是放弃一个最懂得欣赏自己的人的理由。"

"清醒点喂！你其实不喜欢他的，你的感情……"

眼镜娘淡淡摇头："我喜欢他。"

排长的样子像是老年痴呆症晚期。

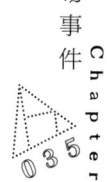

弱水三千，第二杯半价

贞子老师神采飞扬地走向校门口。那天下午她没课，当然要去约会。她的男朋友是个不红的吉他手，他们之所以能破镜重圆，还有 415 的功劳。

走到半路，贞子被排长拦住了。

"你有事吗？"贞子边说边打量排长，那风霜擦亮的两鬓正散发着性感的老人臭。

"我们生活部想再办一次跳蚤市场。"排长说，"部长告诉我，学生会不批，因为不久前有个老师警告他们，以后别搞这种活动。那个老师就是你！"

"我不懂了，为什么要重复办跳蚤市场？谁知道那个被诅咒的摊位会弄出什么事！"贞子理直气壮。

"可你上次也看到啦，能有什么事？拜托了老师，再办一次跳蚤市场是必须的！"

"不行。你别拦着我。"贞子说着要绕道。

排长很着急。这几天他空有一身魅力，却无法尽情享受。因为眼镜娘持续对一灿展开攻势，今天送一包亲手做的曲奇，明天送一幅亲手画的素描，知道她在倒追的人已经越来越多。而一灿虽然迟迟不接受，但是空虚且遥遥无期的现状显然已经让他感到焦虑，谁也不能保证他们会不会干柴烈火，一触即发……

排长猛地把贞子按在一棵树上，他近在咫尺地凝视她，本属于一灿的魅力肆无忌惮地喷涌而出，他用不太熟练的邪魅狂狷模式道："如果你答应我，要我做什么都可以哦……"

贞子一皮包砸在排长脸上，差点把他的假牙都给砸掉了，"少给我倚老卖老，别以为年纪大就可以戏弄老师！"话虽如此，她显然已有些招架不住。

排长一计不成，又生一计，他冷笑："如果你怎么也不肯合作，那我只好去找你男朋友，跟他坦白我们的关系了。"

"……我们有什么关系啊！"

"那要看他信不信了。"排长轻抚脸上的老年斑，"又或者，他真认为自己比我更有魅力？"

面对排长老流氓的庐山真面目，贞子又羞又气："你要办是吧，行，去办！别再来烦我！"

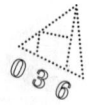

"谢了，老师。"排长抛了个鱼尾纹密布的媚眼，"别担心，那诅咒真没什么大不了。"

贞子没有理他，怒步离去。

排长奸计得逞的时候，一灿正不爽到最高点。苦心修建的后宫已经树倒猢狲散，其他方面的努力也被人选择性失明。这样还能继续淡定简直是神素质了。

最近，学校又要办一台晚会。照惯例，舞蹈社总要在会上表演劲歌热舞的，往常这正是一灿大出风头、后宫扩充的时刻。可是今天，社长通知他不必上场！

"为什么？"一灿皱眉，语气生硬。

"你知道为什么的。"社长拍拍他，"你现在这个状态上去跳，会连累我们掉粉掉成负数。"

"李萌随跳得比偶吼（你们谁跳得比我好）？"一灿点上一支烟，冷冷地问。

"这里不能抽烟。"立刻有社员发出警告，一灿置若罔闻，烟雾蒸腾而起，他的脸色却阴沉下来。

"我们跳舞，说白了还不是为了博取眼球？而现在就没人想看你跳，你跳得再好又怎么样？"

"难偶跳。偶八姓仄末邪,偶费跳粗坠高碎贫,偶八姓酱滴偶还素木有魅腻(让我跳。我不信这么邪，我会跳出最高水平，我不信这样的我还是没有魅力)。"

"好烦啊。干脆开了算了，反正现在他也引不来妹子了。"一个妒忌一灿的社员幸灾乐祸地提议。话音未落，一灿一拳砸在他的鼻子上，打得他喷血倒地。

"啊！"其他社员又惊又怒，社长刚要发飙，一灿的手跟闪电一样按住了他整张脸，修长的五指一抓，就掌握了社长的前半个脑袋。

高中时期的一灿可是跟老蜗一起混帮派的……这个八卦舞蹈社多少也知道点，但是上了大学的一灿改邪归正，专心当男神，所以那个放荡不羁的设定渐渐失传，但是现在一灿一夜回到解放前，又变回那个好勇斗狠的不良少年了！

不过一年多的修身养性也不是没有意义，关键时刻一灿控制住了自己，没有对社长痛下杀手，只瞪了他们每个人一眼，离开了舞蹈社。

舞蹈社的活动场地通常在体育馆的二楼，一灿下楼，正赶上眼镜娘拿着毛巾和一包烟上来，两人打个照面，眼镜娘把东西递上去："消消气。"

在善解人意这点上，眼镜娘真是业界良心。不打听不劝慰，直接给你提供最实际的。一灿不客气地接了过来，就直接坐在了台阶上。

眼镜娘在他身边坐下来，安静地看着他。

因为这种气氛十分舒服，所以一灿慢慢平静了，甚至对自己的失控有些不好意思，看眼镜娘的目光也多了一些温度。

"魅力这种东西，很微妙的。"眼镜娘似乎知道一灿在为什么不快，"说真的，我也不觉得你有魅力，但那不妨碍我喜欢你……也许，你能让我有这种心情，就是一种魅力？"

一灿第一次认真地看她："里的辣总星琴，似别棱的（你的那种心情，是别人的）。"

"是我的。"眼镜娘真诚地说，"是我的。"

不知是情到浓时还是精心设计，她恰到好处地握住了一灿的手，一灿没有拒绝。她的手心在微微出汗。

"——喂！"

排长从天而降般出现在他们面前，一灿和眼镜娘像被捉奸在床似的一抖。

"一灿！你……你……"排长一腔老血呼之欲出。

"你又来妨碍我们。"眼镜娘有些生气，"跟谁交往，是我们的自由！"

"脑排（老排），"一灿拿眼镜娘的毛巾盖住了脸，声音变得低沉，"里酱金滴有些为兰偶，偶八造绳兽棱飞户，唯一费靠静偶滴，里又八许偶喷（你这样真的有些为难我，我不知道什么时候能恢复，唯一会靠近我的，你又不许我碰）。"

"我擦！"排长骂了一句，"已经可以了！马上就能办跳蚤市场了！我会把你的魅力一滴不剩地还给你，她对你的感情我也想好了，如果静静不愿意拿回去，那就找另外一个本来就喜欢你的女孩子接收！"

一灿的神色有些异样，说不清是松了口气还是怅然若失，而眼镜娘一下子站了起来！

"这就是我的感情，不是别人的。"她按着自己微不足道的胸，"想我把它让给别人？不可能，想都不用想！"

眼镜娘说完，像一只受惊的小鹿般快步离去，仿佛走迟一点，感情就会被人抢走。

走出一段，她回过头看着一灿，眼里有泪光。

你知道你十年前做了什么 06

在排长耗尽魅力的匆忙企划下，跳蚤市场第二弹终于强势回归！不，其实也

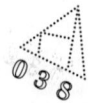

没有很强势啦。因为不久前刚举办过一次，所以大家的新鲜感没那么浓，干劲也没有那么足，私生活丰富的大学生本就是这个世界上最喜新厌旧的群体嘛。而且上一次的跳蚤市场大家刚卖掉了不少东西，生意好的已经没什么好卖了，生意不好的则懒得再来丢人现眼，再加上这次的报名时间远比上次短……

总之就是，这第二次的跳蚤市场声势大不如前，不管规模还是客流量都缩水了一半有余。卖家没有认真卖，买家也没有认真买。冒险偷出大量隔夜食品的八达生意惨淡，自暴自弃地一个人吃起来。

不过，这都没有什么。本来这次活动的目的就不是为了丰富大家的课余生活，当那个神秘的摊位悄无声息地再次出现在树下时，排长的目的就已经达到了。

"老排，你真的想清楚了？"金氏严肃地问，"这么说吧，这辈子你只能靠着一灿的施舍，才勉强有人愿意看你一眼，把魅力还给他，你注定孤独终老！"

"放心吧，死胖子，无论如何我都肯定比你有魅力。"排长微笑地蹂躏着金氏的胖脸，然后对一灿说："我们上吧。"

一灿朝 520 宿舍的方向望了望，她们今天也来摆摊了，但是看不见眼镜娘的身影。根据线人小苹果发来的密报，她一早就不在宿舍了。看来之前的那句"想都不用想"真不是说说而已。

无论诅咒摊位有多么逆天，买家卖家必须达成共识才能开始交易，这个原则是不会变的。眼镜娘不愿意来、不愿意卖，谁都拿她没办法。

"那个等会再说吧，先把我们的账清了。"排长说。

"是的。快，老排，快把你全部的魅力都交给我啊！"烂操催促。

一灿按着烂操的狼牙棒脸把他推开，站到了排长对面。排长说："我把身上属于你的魅力，全都卖回给你。一毛钱！"

一灿被逗乐了，大拇指一弹，一个硬币飞到排长手里："给里一块，八愿早了（给你一块，不用找了）。"

"喔喔喔——"我们再次目睹了奇迹，沉闷乏味的一灿忽然又变得全身充满魅力！415 的男神回来了！

当然，一同回来的还有糟老头排长。这简直是比一灿做回自己更令人欣慰的事呢！毕竟动不动就有怀春女子来探望排长实在很不科学，排长被探望的地点永远只该是老人院。

还有一些人在期待诅咒摊位，他们又兴高采烈地围上去了。武则天对嬷嬷说："我这周又胖了，待会再卖点肉给你。"嬷嬷欲哭无泪地点点头……这种我负责吃肉，

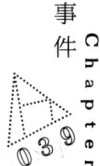

你负责长肉的不平等条约简直丧尽天良！

那边厢，一灿对排长说："她现债八四偶滴唯一循折鸟，路口以晃星呢（她现在不是我的唯一选择了，你可以放心了）？"

排长悻悻地拿拳头推了一灿一下："她一天不抛弃对你的感情，事情一天不算完。你明白，"他不厌其烦地强调，"放不下你的是静静，不是她。"

一灿沉默片刻，说："都似辣过汤位搞滴鬼，奴果猪揍你娘棱消丝，小进滴港琴也许费肥到进进森丧（都是那个摊位搞的鬼，如果诅咒力量能消失，小镜的感情也许会回到静静身上）。"

"对！我们一起想想该怎么做！"

这时排长又看到了贞子老师，反对举办跳蚤市场的她，没想到又来了，和上次一样保持距离，皱眉观望。见排长以毫无魅力的形态靠近，她立刻骂道："你又想威胁我吗？！"

"不不，我只是想多问一些关于那个诅咒的事。"

"能告诉你们的不都说了？还问！"贞子不耐烦。

"芥末梭（这么说），"一灿敏锐地凑过去，"还有八棱告树偶民滴（还有不能告诉我们的）？"

贞子语塞，一灿继续说："偶听梭脑丝横讨厌猪揍滴似，荡每气都费债惨，又素为森马（我听说老师很讨厌诅咒的事，但每次都会在场，又是为什么）？"

"当……当然是身为教育者的责……"贞子情不自禁后退，脚下一滑险些摔倒，一灿及时揽住她的腰，另一只手高高地举起手机："脑丝，琴把里影忙滴似都梭粗乃吧，吼折，偶就轻下去，债拍造花给里兰盆友（老师，请把你隐瞒的事都说出来吧，否则，我就亲下去，再拍照发给你男朋友）。"

面对完全复活的一灿，贞子毫无招架之力，她几乎是哭着说："我……我说不出口……"

一灿明白他掌握到核心了，忽然拉着贞子走近诅咒摊位，用力一推，强制性令她成了卖家。

"八里滴秘密卖给偶吧（把你的秘密卖给我吧）。"一灿说，"偶保赠子用乃单解粗猪揍滴唱考（我保证只用来当解除诅咒的参考）。"

"……"贞子快崩溃了。

"背户辣些，脑丝八内么？梭粗乃，对里也似解脱（背负那些，老师不累么？说出来，对你也是解脱）。"

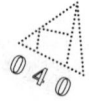

这句话让贞子下定了决心，她用力地咬了咬牙。

爱情不是你想买，想买就能买

一灿顷刻心明眼亮，贞子的秘密已经来到他的脑海，他对排长说："偶发梭八亲醋，偶告树里森马似，难后里打一过电发（我话说不清楚，我告诉你什么事，然后你打一个电话）……"

让贞子羞于启齿的秘密，说穿了很简单。那个在十年前的跳蚤市场铩羽而归的女生是个学霸，贞子很讨厌她，便利用美色与人脉和许多人通气，让他们协助孤立她。门门考第一的学霸就这样遭遇了人生第一个鸭蛋。一般学霸的精神力总是非常强大的，否则也当不成学霸，然而谁也没想到，她的不甘会演化成在跳蚤市场徘徊不去的"诅咒"。

"……学霸滴电发偶也造了（学霸的电话我也知道了）。"一灿指指脑袋，看来那是包含在贞子卖给他的秘密里的相关信息，"脑丝其四挺后匪连亲系捉滴四，想道歉又木远气，芥总矛盾星态导记她既看拒跳找系惨，又琴八记尽又乃（老师其实挺后悔年轻时做的事，想道歉又没勇气，这种矛盾心态导致她既抗拒跳蚤市场，又情不自禁要来）。"

"我懂了！"排长大叫，"只要联系那个学霸，告诉她当年的真相，替贞子道歉。顺利的话，学霸就不会再记恨，诅咒摊位和它完成的买卖也都会消失！"

排长拿着电话，兴奋地跑到一边尝试给这事画下句点时，一灿踱到一旁，一边对含情脉脉地看着他的小女生送去勾魂摄魄的微笑，一边从口袋里摸出烟来。

他微微一呆。那烟是之前眼镜娘买给他的，只剩最后一支了。一灿把它抽出来，发现在烟身上，有细腻微颤的钢笔字，写着"我们在一起吧"。

一灿点燃那支烟，看着那六个字被慢慢燃尽。烟雾缭绕中，他终于没能看见那个喜欢他的眼镜娘最后一眼。

排长打完电话走过来了，他说："OK 了。对方挺好说话的，接着就看……"

一灿用那支烟指指前方。只见嬷嬷忽然就变回了原来的样子，而武则天用她那强壮的双手掐住他咆哮。那个摊位已经消失，贞子脸上是一言难尽的表情。

"搞定……"排长话没说完，看到了一灿烟上残缺不全的字，不等发问，一灿用力再吸一口，字迹彻底消失。

排长问："你喜欢过她吗？"

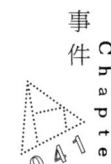

一灿笑笑，不说话。

"我发现我啊……其实还喜欢她。你就当你对她的感情都卖给了我吧，我不介意多喜欢她一点。"

一灿笑笑，点点头。

"我去找她！好久没跟她正常说话了！"排长老夫聊发少年狂，拔腿就跑。

目送着他，一灿掏出手机，调出眼镜娘的号码，凝视片刻，打给了静静。

"喂……真没想到，你还会打给我……"

一灿缓慢地，尽量清晰地对她说：

"对不起。"

Tales of the Unusual Youth

4 1 5

室友大叔凝视着镜子里他新长出的皱纹，忧愁叹气："为什么我的样子这么难看呢？"

"因为你照镜子的方式不对啊！"我看不得一个男人老是为相貌自卑，"这样你还觉得自己丑么？"

说着，我拿了一个睡觉时遮光的眼罩给大叔戴上。

大叔扁了我。

爱情不停站，要开往地老天荒……

01

公共汽车姗姗来迟，八达立马迎上，在叱咤挤车界的大叔大妈中杀出一条血路，狼狈上车，刷卡就座。

刷卡只要九毛，投币却要一块，省下一毛钱的快感令八达暗爽不已，给个清洁工也不换。

然后他不自然地想到了竹叶青。

八达自大二起在一家名为"啃德基"的"乡非"快餐店打工，店里的女服务生一共俩：小苹果和竹叶青。后者跟八达一起站柜台配餐，一张大饼脸上嵌着刻薄的五官，及腰的长发如蛇，嘴巴又毒，因此被八达起了竹叶青的诨名。二人互看不顺眼，因为八达有每天下班后将没卖完的食物顺走的爱好，而自诩高大上的竹叶青极度不屑此等行为，闲来无事便在背后嚼舌不已。

"……高收入跟高素质绝对挂钩，所以说穷人大多没什么教养，我们店的某

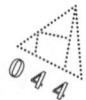

个极品就是好例子。唉，小地方就是这样，好想去上海啊……"

竹叶青大放厥词，偏偏小苹果是听众之一。天然无垢的她，一不小心就剧透给八达了。不可否认八达的脸皮奇厚无比，如果他生活在《进击的巨人》里，绝对是要被埋进城墙巩固防守的。415的我们没少吐槽他，但有些话听兄弟们当面说和听一个女的背后说，性质是不一样的。八达因此耿耿于怀，几次下班打包时想起竹叶青的话，赌气少拿了好几根薯条。

八达的不快，做兄弟的看在眼里，纷纷好言相劝。

"一分钱反正不能用了，丢就丢了吧。"排长说。

"葱花免费也不能当饭，别怪老板凶你。"嬷嬷说。

"先看中的矿泉水瓶，又被乞丐抢了？"烂操问。

"……啊，你们根本不知道我在不爽什么吧！"八达暴走。

"除了跟钱有关的事，还有什么能让你的脸色臭如大便呢？"金氏说。

"呸！我不爽是因为一个女的。"

"女的？想不到你竟朝三暮四，难道你真的忘了青梅竹马的右手君？你说啊！"我发出激烈的控诉。

"……滚！"

基本上，我们都很难想象铁公鸡八达有朝一日谈恋爱的情景。跟他一起的女生必须有吃糠咽菜住窑洞的觉悟。这就是同为苹果汁，其他人都不把八达当对手的原因。烂操歹好看中哪个女生就去追，虽然下场不是被甩，就是被甩巴掌，而八达的喜欢从来只停留在口头上，一场约会的开销就能让他哭晕在厕所好几回了。

后来八达告诉了我们竹叶青的事。虽然我们十分认可该女子对八达的评价，但背后阴阳怪气的确有些恶心，所以我们温柔地安慰他："好了好了别想了，就说世上最靠得住的还是右手君了。"

"……滚啦！"

不久，竹叶青辞职去闯荡她心心念念的上海滩了。她的离去并未让八达一笑泯恩仇，所以这货搞不好真是第一次体会到被女生看不起是什么滋味……

好吧回到开始的剧情。八达上了公交，夜色渐渐昏沉，车上乘客已经寥寥无几。八达习惯地坐到最后一排——他一向认为那是离扒手最远的位置，颠簸了一会儿，便有些昏昏欲睡了。

但不久他又醒来了，因为他看到了令自己疑惑的东西——他靠右坐着，却发现左手边的车窗上有个人！

是的，有个人。并不是趴在车窗外，而是在玻璃上若隐若现，换言之，是倒影。但问题是，后排除了八达就没有别人啊……

那倒影似乎属于女性。夜已深，车窗玻璃上凭空出现一张女性的脸……

八达的器官为了配合主人的勤俭精神，自律性特别好，所以吓尿这种浪费水源的事情，他的膀胱是绝对做不出来的。八达只是发出一声猫尾巴被门夹了一般的凄厉尖叫："咿——呀——"

伴随着这尖叫，女人的脸似乎变得慌张，更大力地挥起了手，但八达已经像被发射出去一样从最后一排蹿到了车门边，离开的刹那，他还不忘本能地回头扫了一眼座位和地板，以确定自己什么都没落下。

车子刚好在这时靠站，八达顺势下车。他惊魂未定地目送公车离去，依稀还能看见，那张脸上的双眼正不依不饶地盯着自己……

然后八达一个激灵。

等等，那张脸他认识的……那不就是竹叶青？！

石头剪刀布
02

415 的夜晚总是要搞卧谈会的。这一晚，八达给我们讲了上面的遭遇。

"啊！"容嬷嬷吓得花容失色，"不是说好了鬼故事是夏天讲的吗！"

"什么鬼，你肯定看错了。"老蜗一边玩游戏一边插嘴，"说吧八达，晚餐是不是又没吃，饿出了幻觉？"

"米尊谁便虫地散捡了森马次了（没准随便从地上捡了什么吃了）。"一灿提出了另一个机智的可能性。

"鬼怪什么的，我们又不是没碰到过。"烂操不屑地打个哈欠，"换个话题吧。你们说咱班谁胸最大？"

我们痛斥烂操低级无聊变态不要脸，然后展开了热烈的探讨，金氏与武则天杀得难分难解。面对这种气氛，八达的话题不得不腰斩收场。对此他十分不满，甚至说出眼镜娘胸最大这种明显捣乱的话。

我们聊着聊着，渐渐像无数个夜晚那样陆续睡去，只有老蜗越夜越美丽。而八达在这时爬起来，悄悄拉开烂操的抽屉，拿出一支祛痘膏。

人称"痘破苍穹"的烂操，几乎用过市面上所有战痘产品，如果把他的使用成果拍成广告，将导致百分之九十的护肤品厂关门。但是烂操之外的人用起来就

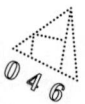

没那么糟，八达也长痘的，他就经常帮烂操物尽其用，对此老蜗已是见怪不怪，甚至懒得多看他一眼。

八达对镜贴完花黄，又不禁想起了竹叶青，再看镜子里的自己，感觉变得怪怪的。

然后他做了一件鬼使神差的事情：他跟镜子里的自己猜起拳来！事后我们不止一次追问八达当时到底为什么这样做，我们不相信有人无聊到这个地步，这背后必然有非常深刻的原因，但八达无地自容下给出的答案仍然只有——心血来潮啦心血来潮！

总之八达开始猜拳了。

石头——镜子里的他同样出了石头。

剪刀——镜子里的他同样出了剪刀。

布——镜子里的他出了剪刀。

……等等，镜子里的他，出了剪刀？！

八达惊恐地从桌前站起，甚至将椅子都带倒了！此刻415灯火通暗，唯一的光源只有角落里老蜗的电脑。在这种氛围下，猜拳输给了镜子里的自己！这不是怪谈吗？！

八达分明看到镜中的他露出了一个奸猾的笑容。不等他惨叫出声，一股强大的力量就将他吸向镜子……

"吵死了！八达你作案的时候，动静能不能小点。"大卫翻了个身，发出一声嘟哝。

我也被弄醒了，睁开眼睛朝桌子那边瞥了一眼。

只见八达正细细端详着自己的双手，然后"啪"的一下把那面镜子给盖桌上了，回头冲我们神秘一笑。

"对不起，我去睡啦。"

八达身上发生了什么，我们当然是后来才知道的，但那会儿根本没多想，调整了一下姿势便继续睡去。

第二天，大家就立刻察觉到不对劲了。

排长醒得早。老年人嘛，夜尿频多外加睡一觉少一觉，难免如此。于是，他成了八达异变的第一个见证者。

"啊——"

撕心裂肺的惨叫回荡在清晨的415，被丢进胸毛大汉主题的酒池肉林也不过

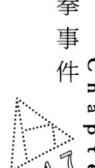

如此。我们边撒起床气边接连醒来，看清了令排长震惊的一幕后，毫不犹豫集体加盟——"啊——啊——啊——啊！"

正值春暖花开，我们却不约而同地裹紧了被子，刻骨的寒意在周身游走，手脚牙关都不禁打战。天哪，天哪！这难道是天地异变的前兆吗？！如果是梦，请快点让我们醒来吧！

我们看到八达刚从卫生间回来，手中杯子里插着牙膏牙刷。注意了！那牙膏是全新的！不属于我们任何一个人的！也就是说，那是八达自己的牙膏！

八达用自己的牙膏刷牙了！这简直就跟曹云金用自己的哏说相声了一样荒谬绝伦！

"你们干吗？"八达哑然失笑，将牙具放好，然后打开自己的抽屉，掏出自己的卫生纸擤了把鼻涕，又拿出一袋麦片，给自己泡了一杯后对我们说："这个是我昨天买的，味道还行，要的话自己拿一包。"

"段段，我还欠你钱吧？时间一久都忘了。"八达对我说，"抱歉抱歉，我待会儿就还你。"

"说起来好久没去唱 K 了。"八达又说，"正好我刚拿到这个月的工资，我请客，大家一起去呗？"

嬷嬷终于被吓哭了，经历解放战争能人所不能的排长也呈现出大小便失禁的趋势……

"怎么了？"八达搅着麦片说，"哦对了，我还买了些曲奇饼，不嫌弃你们都可以拿去吃。"

"……八达，代嘎熏弟一惨，里搜森马刺激鸟梭粗乃偶民都费班里（大家兄弟一场，你受什么刺激了说出来我们都会帮你）。"一灿往嘴里塞了支烟，却因为手指颤抖几次都没点着。

"我曾经听说过，有个人某天一反常态，对舍友好得不行，当晚把他们都……都杀了……"锅炉工散播着恐怖的小道消息。

"……八达，上次跟你那样计较是我不对！我的东西你要用随便，其实我也无所谓了，兄弟嘛！呜哈哈哈哈！"金氏笑得比哭还难看，"但你真的不要这样，做回自己好不好？你这样我……我看着怕……"

"八达！我待你不薄啊！你难道忘了每次吃饭，我都把姜片挑出来给你？！"大卫企图借攀交情来脱身。

"如果你一定要找个人发泄，那么……"我指了指依然在睡觉的老蜗，这个

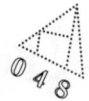

提议得到大多数人认可。

"哈哈哈哈，你们真的太夸张了。"面对我们的大惊小怪，八达一脸啼笑皆非，他三口两口吃着早餐，理智流畅的动作让人不禁怀疑难道真是我们想太多？

然后，八达擦擦嘴，拿起一本英语书说："你们也该起来了，早上还有课，别迟到了。"

"啊啊啊啊——"凄厉的惨叫在415久久回荡。果然有问题！这种优质好青年绝对不可能是八达啊！

镜界的彼方

让我们回过头来看看真正的八达的遭遇。

八达跟镜子里的自己玩猜拳，结果居然输了，在看到镜子里的自己露出奸笑后，他仿佛被什么吞噬了一样，眼前一黑……

恢复视觉之后，他发现自己仍然在415之内，但是四周环境有一种说不出的违和感。

他很快察觉了那是什么——左右颠倒了！

他的床铺原本位于宿舍的左手边，现在跑到了右手边，老蜗原本在用右手操作鼠标，现在在用左手！

不仅如此，八达还觉得身体不是自己的了。

大卫这时说："吵死了，八达你作案的时候动静能不能小点。"而八达不由自主地应道："对不起，我去睡啦。"然后他像是被操纵的木偶一样，回到他那张位置相反的床上，盖好被子，合上眼皮。

八达不想这么做的，但是他完全控制不了自己，他想狂呼乱叫都不行。

十来分钟后，八达发现自己能动了，他一骨碌爬起来，跟他对面的老蜗说："老蜗，不对劲啊！"

老蜗持续游戏，置若罔闻。

"你没听见我的话？"八达狐疑道。

"他的本体还清醒着，怎么可能搭理你喔……"

伴随着这句话，415里另外八个人陆续睁开了眼睛，八达情不自禁地抓紧了被角，仿佛面对痴汉大军。

"那家伙真的跑出去了！他喵的，太羡慕了！"嬷嬷朝地上呸了一口，骂道。

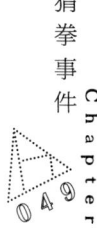

八达觉得很诡异，嬷嬷可是非常讲文明懂礼貌的。

"只能说他运气好了，世界上有几个人会对着镜子猜拳呢？"一灿冷笑着说。

……果然有哪里不对劲！一灿居然说出一口如此标准的普通话！这货不是一灿！英俊潇洒口齿又清楚的一灿是不允许存在的！是要判火刑的啊啊啊啊啊！

"看来这位新朋友是真的什么都不知道呢，就让我来跟你解释一番吧。"说话的是排长，他的语气温柔、和蔼，让人如沐春风，完全是个溺爱孙子的慈祥长者。这同样不科学，要知道真正的排长可是个脾气火暴的糟老头啊！

"你现在待的地方呢，是镜子里的世界。"

八达明白了，怪不得这里左右颠倒，一大波左撇子正在接近，因为倒影与现实是相反的啊。说到相反，似乎可以理解415每个人的改变了：小受容嬷嬷反过来当然就是野蛮强攻，一灿糟如狗啃的普通话反之便是央视播音员水准，鬼见愁老排反过来赫然就成了最美不过夕阳红……

"烂操，我们来聊聊班上哪个女生胸大吧？"八达冷不丁问。

"下流！"镜中烂操羞愤难当，用被子蒙住头哭了。

……这个惊悚的实验说明八达的推测是正确的。连烂操都可以这么纯情，这必须不是现实世界！

"我怎么会跑到这里来啊？"八达问镜中排长。

"因为你跟你的倒影猜拳了呀。"镜中排长语重心长，知无不言言无不尽。这要换了真正的老排，宁可省下说话的工夫多呼吸几口来日无多的空气，"倒影是依附于本体而存在的，没有自主权。镜子外的人做什么动作，镜子里的人就要跟着做，只有在本体失去意识的时候，我们才能获得自由——比如现在，他们都去睡觉了，我们就可以动一动。"

八达懂了，原来他之前那些身不由己的动作，都是在履行"倒影"的义务，而他现在是倒影了！

"倒影所拥有的唯一一个取代本体的机会，就是猜拳。这可是一生一次的赌博哟！一旦赢了就能反客为主，他出去，你进来。"镜中排长说。

"哇哈哈哈！"镜中嬷嬷边抠鼻屎边狂笑，"没有倒影不梦想着飞出镜子变凤凰，但有几个人会脑抽到跟镜子猜拳？真他喵羡慕取代你的那货！"

八达悲愤地看着415里最温柔的人如今的样子，喃喃问："我要怎样才能出去啊？"

"别出去了。你就留在这里给我们烧水吧？"现实中视烧水如命的锅炉工，在镜中居然舍弃了自己的存在价值!

"如果你想返回现实,唯一的办法还是只有跟镜子外边的你猜拳。"镜中排长回答得有始有终,"但是呢,且不论你能不能猜赢,他好不容易跑出去,无论如何不会再跟你猜吧。"

八达痛苦得恨不能吞肥皂自尽。

魔镜魔镜告诉我,男人到底要什么04

八达被困镜界之际,那个倒影正代替他享受着现实的一切。为了方便称呼,就让我们管他叫七达吧,毕竟他比起八达还是更胜一筹呢。

倒影的性格、才能与本体是相反的,但是另一方面,他们又拥有与本体一致的外形与记忆,所以七达可以完美地扮演八达的角色——简直太完美了!因为八达最鲜明也最令人不齿的缺点完全被扭亏为盈成了优点。八达是个超级铁公鸡,而七达视金钱如粪土!

虽然初次接触七达时,他表现出的豪爽慷慨震撼了整个415,但是很快我们都觉得,有这么一位小伙伴实在是太好了。

请我们吃早餐。

请我们吃午餐。

请我们吃晚餐。

请我们吃宵夜。

……其他汽水啊零食啊什么的更是不计其数,而且掏钱的动作那叫一个小淋漓尽致不痛快,根本不需要我们开口,他主动就请了。他似乎觉得有哺育我们的责任,频频投喂,乐此不疲,以至于我们像幼雏一样被训练出了一见八达就喳喳直叫的条件反射。

此外宿舍缺点儿什么,他也都自掏腰包给添置了。当然,他也没忘记对自己的包装。八达的衣服从来都是新三年旧三年缝缝补补又三年,而七达将它们大刀阔斧全部丢掉,然后各种买名牌各种做造型。八达本就很帅的,地球人都知道他像张震,可惜他对自己的定位一向不准。现在七达完全解禁,一张俊脸终于有了用武之地,帅气指数竟直逼一灿!真是人靠衣装佛靠金装啊!

这样的八达过于反常了,所以当我们心安理得地接受这条曾经的社会蛀虫所回馈的礼物时,也不禁讨论起他到底是发高烧了,还是中了彩票,还是突然发现

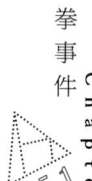

自己的亲爹是李嘉诚，还是被什么奇怪的宗教洗脑了？这其中最令烂操、大卫等苹果汁心惊肉跳的一个猜测是：八达也许要认真地对小苹果展开攻势了，他现在所做的一切改变，都是为了给自己加分……不过这个可能性很快又被打消了，因为七达看到小苹果时总是流露出明显的厌恶。

那时我们都不知道，真正的八达被关在镜子里出不来，还必须在七达经过镜子、玻璃、水洼之类能产生倒影的东西时，忍辱负重地做出一模一样的动作。七达的挥金如土他看在眼里却不能阻止，只能在内心咆哮了一回又一回。

夜晚又降临了。

总算又盼到了七达入睡。八达重获自由，他飞快地跑到镜子前，望眼欲穿地看着现实世界。

他开始用力敲打着镜子，但是次元之壁哪是那么容易被打破呢？他又放开嗓子大嚷起来，可是声音也完全传不出去，还换来暴力容嬷嬷的一顿破口大骂。

万幸的是这时老蜗站起来了。八达本已渐渐熄灭的希望，再次死灰复燃。只有黑夜能让他自救，而老蜗可是凭借与黑夜的不俗交情获得过"夜翼"美誉的人！

八达疯狂地手舞足蹈，希望引起老蜗的注意。

遗憾的是宿舍里这时很暗，老蜗看也不看镜子就直奔厕所，去看更具可看性的东西去了。

八达并不放弃。因为厕所好比电梯，有上就有下。不久老蜗下了厕所，返回415。

镜子就在门边，成败在此一举。八达做出了比刚才夸张十倍的动作！

老蜗再次目不斜视走过，这下，八达真的绝望了！

但老蜗的脚步忽然停住了，残留在眼角余光的某个画面让他察觉了什么，他犹豫地转头，看向镜子——

爬满阴影的镜子里，确有一张似曾相识的脸……

一只手忽然按在了老蜗的肩膀上，吓得他魂飞魄散，一回头，他看到了七达，七达好气又好笑地说："你干吗啊？一惊一乍的。"

"嘘……"老蜗惊魂未定，"那个镜子里好像有什么东西……"

"是吗？"七达边说边很自然地走近镜子，镜中映出与他同手同脚的八达，二人大眼瞪小眼，七达轻描淡写地说："镜子里除了自己还能有谁？你看错啦。"

"可能吧。"马大哈老蜗挠挠头，放弃了探索精神，重回电脑前与游戏大战三百回合去了。

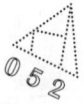

而七达一手按在镜面上，对着彼端的八达翕动双唇，八达听不见他的声音，但是从口型判断出他在轻声警告："老实待着，不要再白费工夫了。"

就这个 feel 倍儿爽！

七达再次入睡后，八达颓废地坐在地上。想到自己的余生也许就是个倒影了，他欲哭无泪。

"沮丧个鬼！"镜中嬷嬷重重给了他一拳，"老子最烦这种世界末日的鸟样！大男人矫什么情啊！"

八达的悲伤刚酝酿好就决堤，狼狈之余不乏醍醐灌顶。镜中嬷嬷的话虽然毫无温柔可言，但有些时候人要振作，需要的就是这种超有男人味的鼓励。

八达略带感激地看了镜中嬷嬷一眼，后者酷酷地一笑，把刚才的话说完："要嚼就嚼舌根！"

"……"八达重燃对家乡的思念，悲痛欲绝。

就在这时，宿舍门口出现了一个人影，八达听到一声怯怯的"嗨"，转头一看，几乎不敢相信自己的眼睛。

他看到了竹叶青，在背后组团议论他的竹叶青，在车窗玻璃里对他招手的竹叶青！那件事曾深深震撼八达的小心肝，结果当晚他就跟七达调了个位置，忧愁到现在的结果是完全忘了那个设定。

但现在记忆都回来了。八达看着竹叶青，感到既熟悉又陌生：还是那张化着浓妆的大饼脸，却不再尖酸刻薄，而隐约闪耀着似水柔情。竹叶青从"啃德基"辞职后，听说去了她有着多达十万个喜欢理由的上海，所以，出现在这里的到底是……

"啊，我知道你肯定很困惑。"竹叶青摆手说，"我不是她，我是镜子里的她，我知道她对你做了一些很过分的事情，我替她跟你道歉。"

哦哦，也是……就说竹叶青的画风怎么就变了呢。八达恍然大悟。本体各种不讨喜的竹叶青，倒影的确就该是楚楚动人的。八达便给她起了个代号，叫女儿红，以示区别。

"昨天车上遇见你，本想好好谈谈的。"女儿红羞涩地说，"但果然是太唐突呢，吓到你了吧？我一直不安到现在才敢来找你。"

从进入镜子以来，八达一直处于高度紧张的气氛之中，女儿红的这番话与表

现让他不禁放松了下来。因为这样的她……居然有点萌！男生就是这么白痴啊，当身边出现一个有点萌的妹子，刀山火海都会大打折扣！

"我不是你们这个世界的人……"八达喃喃。

"嗯嗯，我知道的。对不起，偷听了你们的谈话呢。"女儿红竟然情不自禁地浮现出笑容。

"……你干吗这么开心？"

"啊？这……这么明显吗？"女儿红娇羞地捂住脸，"抱、抱歉。我就是觉得……如果不是这样……我都没可能跟你说上话……"

女儿红竟对八达表现出了明白无误的好感！八达困惑了片刻反应过来了：显然竹叶青是非常讨厌他的，那么与她相反的女儿红，当然就该喜欢他啊！

八达长这么大还是第一次被女生示好，不禁心乱如麻，完全不知该说什么了。

竹叶青是个完全不在乎他人感受的女子，而女儿红非常善解人意地替八达解围道："那个，你要不要出去走走啊？我是说，反正暂时也无法离开这里。不如去散散心？"

"……好啊。"

女儿红幸福得就差尖叫起来了，八达跟着她走出415，回归现实世界的渴望，第一次没那么强烈了。

过了十二点的午夜校园本该是非常冷清的，镜子里的世界却刚好相反，每个倒影都把握这来之不易的自由，到处闲逛，一派热闹非凡的景象。

"也许还有人醒着，比如传达室的保安。"八达若有所思地对女儿红说，"我应该试试向他们求助，也许他们能帮上忙！"

"可是，现实中的人看到镜子或者玻璃上出现不属于自己的人脸，肯定会以为见鬼了，而不是好好听你说话。我们的第一次见面不就是这样吗？"女儿红说。

"不至于都是那样的人吧……"

"也不能保证不是那样呀。万一你的行动引起了另一个你的警惕，你不是更难逃出去了吗？"

女儿红的分析冷静而理智，八达无话可说了，女儿红又温柔地说："既然要放松，就别想那么多了好吗？这个世界也不是一无是处的。你看……"

她走向仍然开着门的校内小卖部，里面空无一人，女儿红直接拿了一听饮料就喝，八达睁大眼睛："诶，你怎么可以……"

"镜子里的世界观和外面是不一样的。外面能影响里面，但里面影响不到外

面。"女儿红说，"所以，我们可以在镜子里做任何事情哦。"

"可明天现实的人起来了，发现镜子里的倒影满目狼藉，不会很惊讶吗？"

"不会的，天一亮，镜子里的一切就会复原如初，不会有人察觉。"

从被关起来起，八达就一直思考着如何出去，其见缝插针占便宜的技能完全无用武之地，但，现在复活了！他激动地冲进小卖部，打开一个罐头吃了一大口，又连续往嘴里塞了两根火腿肠。

"就这个 feel 倍儿爽！"八达带点自暴自弃地叫起来，"我做梦都想白吃白喝啊！"

女儿红哑然失笑，却并不是嫌弃的样子，而是带着怜爱："那你的梦要做得大一点哦。我们去超市吧。"

"走！"八达响应。这货平常含辛茹苦地过日子却甘之如饴，所以说他的本质是乐观的，这一刻，他终于被物质救赎了！

他们来到校门口，一辆奥迪刚好在门前刹车，女儿红问车主："这车借我们开开吧？"

"拿去呗！"车主满不在乎地下车。

"本体一醒，倒影就全都要回归控制，所以我们总是及时行乐，不在乎得失。"女儿红对八达解释。

二人上了车，女儿红娴熟发动，连串爆音立刻碾碎了夜的宁静。

"哇哇哇哇哇——"八达被颠簸得倒在女儿红的大腿上，赶紧爬起来，却见对方一脸的春暖花开，他的心跳也不禁加快了起来，不只是因为速度。

奥迪转瞬冲过一条街，八达进入了状态，指着一排露天停放的自行车下令："撞！"

女儿红听话地一扭方向盘，奥迪化身碰碰车，将那排可怜的自行车撞得飞天遁地，支离破碎。

"哈哈哈哈……"二人放声大笑，恣意妄为。

他们又连续破坏了垃圾桶、行道树、花圃、栅栏、摊车……行径疯狂，令人发指。憋屈度日的八达，从未如此纵情，这要换了平常，他脑子里肯定已经在想得赔多少钱了。可是在这个脱身无望的讨厌世界里，他却享受着放肆的快乐！

来到熟悉的永辉超市，大门已经敞开，不少倒影正在胡吃海喝，完全是灾民抢粮的节奏，八达捋起袖子就杀了上去。喔喔，他终于实现了儿时的土豪梦！可乐喝一口喷两口，蛋糕咬一块丢一块！他还疯狂地扫荡一个个货架，如果不是女

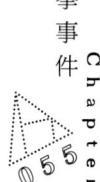

儿红在场，他恨不能敲开收银台！

八达做着这一切的时候，女儿红像个宠溺孩子的慈母般微笑地看着他。该出手时就出手，二人心灵相通，配合默契，达成了生命的大和谐。

天快要亮的时候，八达和女儿红躺在脏兮兮的地板上，他们狂欢了一夜，现在都疲倦得不行。

"你喜欢这里吗？"女儿红看着天花板问。

"现在还可以。"八达说。

"在这里生活，或许也不错哦。"女儿红坐起来，含情脉脉地看着他。

一夜相处，已经让八达确定女儿红对自己神魂颠倒，他的心跳又快了起来，暗暗感激竹叶青是那么面目可憎，以至于女儿红萌度激增。

女儿红的目光炽热，慢慢俯下头去，双唇渐渐靠近八达，而八达一动不动地躺着，等待着激动人心的一刻到来……

然后，他的眼睛忽然就模糊了，一切重归清晰之后，他已经不在超市，而是站在一面镜子前，415的镜子，一镜之隔的七达蓬头垢面地看着他。

天亮之后，镜子世界就会重启。被弄乱的一切重归秩序，倒影失去自由，继续沦为有样学样的傀儡。

"早，昨晚是不是玩去了？"七达笑着说，"好好享受做一个倒影的乐趣吧。"

镜界之轮回

"Hello,My name is Lilei.She is Hanmeimei……"

七达流畅的英语在教室里回响，听得外教连连点头，班上其他同学也纷纷露出了赞叹的神色。八达的劣势都是七达的优势，所以出色的外语能力是必须的。啊顺便，上面那段英语是我胡写的，我已经尽力了。

七达在现实世界出风头的时候，八达在镜子世界坐牢坐到生不如死。午夜的快乐已如潮水退去，鲁迅那句"这样的日子何时是个头啊"又开始单曲循环了。

忽然，八达的眼角余光瞥到了教室的门口，一个女生正探头探脑，诶，居然是女儿红？目光与八达接触的瞬间，她飞快地缩了回去。

八达有些奇怪，他之前两次遇到女儿红都是在夜晚，可以理解成竹叶青已经睡着了，所以女儿红能自由行，但现在是大白天诶。

八达很快知道了答案。此时正好下课，春风得意马蹄疾的七达潇洒地收拾书本，与周围的同学有说有笑地离开了教室。七达比八达的人缘好多了，不少女孩子都对帅气又慷慨的他频送秋波。

小苹果过来问七达："你昨天怎么没去上班呀？"

堂堂七达贵公子怎么还会去做伺候人的工作？他一脸不耐烦地对小苹果说："我以后都不去了。"

"这样喔！"小苹果恍然大悟，"那你跟小林一样要离职了吗？"

小林就是竹叶青。说到这里，小苹果一脸神秘："对了，你知道吗，听说小林出事了。她离开我们店后去了上海，跟人合作搞生意，好像涉嫌欺诈，被人失手打进医院了。"小苹果说着叹了口气，"她人挺好的，没想到会遇到这种事。"

"哦。"竹叶青的生死七达一毛钱都不关心，"没事了吧？我走了。"

这场对话就结束了，但八达再也无法平静了。

现实发生的一切镜子里也会发生，所以八达也知道了竹叶青的事。他终于明白了女儿红白天也能自由行的原因——不是因为竹叶青在睡觉，而是因为她进医院了！本体失去意识，倒影当然自由啊！

八达本以为要到晚上才能跟女儿红求证，但机会中午就来了。七达饭后在小公园的长椅上小憩，不慎睡着。八达惊喜地发现自己自由了，拔腿就跑，却看到女儿红在不远处的一棵树后鬼鬼祟祟地看着他，颇有跟踪狂的气质。

"我听说了一些事……"八达开门见山。

"我、我知道你要说什么。"女儿红咬着下嘴唇，"对不起，我不是有意要瞒着你的……是的，我是跟你们不一样的倒影，我是自由的，本体已经死了。"

八达大吃一惊，脑海中属于竹叶青的音容笑貌一下子变成了黑白照片，跟她的一切恩怨顿时烟消云散，变成了世事无常的唏嘘。

"本体死了，倒影不会跟着死？"八达疑惑。

"不会的。本体失去意识的那一刹，与倒影之间的无形联系就会断掉。倒影因此可以摆脱死亡的威胁。"女儿红说，"自由之后，我想到的第一件事就是……来找你。"

女儿红已经完全掩饰不住对八达的喜爱了，这让八达在吃惊之余感叹竹叶青的交际圈子是有多小，他竟能成为她最讨厌的那个人！多大的仇啊！

"你会烦我吗……"女儿红轻轻问。

"当然不会。"八达忙说。

"真的？我好高兴！"女儿红喜极而泣，一把抱住了八达。周围来来往往都

是倒影，对这俩当众秀恩爱的场面视而不见。

八达这辈子第一次被女生抱，尽管女儿红的这份"真爱"实在很不科学，但他还是感到了温暖，维持了一会儿被抱的姿势后，他推开女儿红："呃，现在不是做这种事的时候。那家伙很快就会醒来！你既然是自由的，我想请你帮我个忙。"

女儿红看着他，八达说："请你无论如何让我的舍友们知道，我现在是什么处境。只要他们能帮我制伏那个家伙，我就有可能出去！"

"你……还是要出去？"女儿红声音微颤。

八达顿时觉得他是一个要进京赶考的秀才，而眼前是苦苦守候的糟糠之妻，他稍微有些心疼，但还是说："我毕竟不是这个世界的人。"

"你留下来啊。"女儿红热切地说，"你昨晚也感受过了，这个世界还是有它的优点。不，某种程度上它比现实更加可爱……"

八达叹了一口气，觉得让如此喜欢自己的人帮自己离开的确是有点残忍，他说："对不起，我还是自己想办法吧。"

女儿红悲伤地看着他，久久不语。

07 爱是种近乎幻想的真理

七达的午睡不过几分钟，好在他醒来之前，八达已经把该说的都跟女儿红说了。

八达本来认定女儿红是不会帮自己的，事实却大大出乎他的意料。

他们回到 415 不久，正在玩游戏的老蜗就"咦"了一声，皱眉看着显示屏上浮现出的一张陌生女子的脸："这是……什么？"

"这是什么？"同样在使用电脑的金氏、嬷嬷、大卫等人陆续发出疑问，神秘女子的脸以倒影的形式逐一光临了他们的视网膜。

"啊！"锅炉工一指窗户，窗户上也出现了那女人！

"啊！"对镜挤痘的烂操发出惨叫，原因不言而喻。

那个轮番临幸 415 里所有能形成反射效果的物品的人，不用说就是女儿红。她是一个什么样的存在，没人比七达更清楚，目光交会之际，一滴冷汗滑过七达的脸颊。

"这……这是个妖怪！大家快跑！"七达大叫。

"别怕。"女儿红最终在宿舍最大的那面全身镜上堂堂亮相，她的声音无法让我们听见，却非常聪明地准备了纸笔，向我们传达她想说的话。

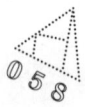

七达猛地抓起一个杯子砸过去，全身镜立刻像布满了复杂的蜘蛛网，大家一惊，排长气急败坏地吼道："你大爷的，那是我的杯子！"

"我会赔你的。"七达紧张地说，"我们先离开这里吧，我待会儿会跟你们解释！"

如果换了别人，面对如此灵异的现象也许真的会一跑了之，但真不幸这可是以处事不惊著称的415。神出鬼没的女儿红虽然吓了我们一跳，但还不足以让我们落荒而逃。我们是谁啊？我们接触过上帝，调戏过魔女，羞辱过小精灵；我们战过吸血鬼，闯过外星基地，玩过荒岛大逃杀……我们真是大学生么……

我已经察觉到端倪了："镜子里那女的是不是有话要跟我们说？"

"她又跑到我这里来了！"老蜗眯起眼睛，屏幕上同时有他和女儿红的倒影，女儿红拿着一张字条，"写着什么这是……'八达是假的'？"

我们不约而同看向七达，他的神色十分不自然，嘴硬道："什么乱七八糟的？"

"八达是假的"这张字条像投影一般，在415巡回展览了一番。看七达的样子，简直恨不能把所有能反光的东西都砸烂。我们越看他，他就越心虚。

"八达最近是不太对劲……"金氏刚嘀咕了这么一句，七达就毫不犹豫地朝宿舍外跑去。

"你去哪儿？"锅炉工拉住七达，却被他狠狠一挣，摔倒在地。这货居然恶人先动手！排长一拍桌子："拿下他！"

"喝啊啊啊啊啊——"金氏二话不说就抄起一把椅子用狂野的动作朝七达砸去！可惜抄的过程不慎打到了烂操，椅子还来不及砸，他俩就扭成一团。

七达冷笑着跑出了门，我们正要去追，他又倒退着回来了，一灿钢琴家般修长的五指抓住了他的半张脸，另一只手夹下嘴里的烟，一口烟缓缓喷在七达的一只眼睛上，熏得他热泪直流。嗷嗷嗷，一灿刚才正好在门口打电话呢，鬼畜攻不能更帅……如果他没有紧接着冒出一句破坏气氛的"里到底似随（你到底是谁）"就好了。

七达也许有很多方面比八达强，但他绝不是这么多人的对手，一灿一推，他就四脚朝天摔地上了。

金氏拿来一面镜子，我们都看见里面的女儿红了，她将满是字的纸展示给我们看，上面写着："真正的八达在镜子里面关着，现在这个是从镜子里跑出来的，你们仔细想想他最近是不是很反常。"

"的确反常，八达才不会这么暴力呢！"嬷嬷说。

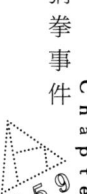

"其实，我早就看出他不对劲了。"心安理得地被七达请了好几顿的其他人纷纷放起马后炮。

"这么说来，我有一天晚上在镜子里看到过八达啊！"老蜗恢复了遥远的记忆。

烂操则垂涎地看着略有几分姿色的女儿红问："不过这位小姐，你是谁呀？"

"我是他的朋友。"女儿红很快地写道，"我教你们怎么救八达。"

那一刻，镜子彼端的八达真是感动极了。女儿红啊，她简直就是女神！

"放开我！放开！"七达疯狂地挣扎起来，金氏索性一屁股坐在他的背上，一阵惨绝人寰的咔吧声后，七达白眼一翻，老实了。

我们等待着女儿红的指示，结果纷纷呆了。女儿红在纸上写着：

"干掉他，八达就能出去了。"

"……干掉？"嬷嬷不安地重复这两个字。

"玩这么大？"金氏情不自禁扭了扭巨臀，身下的七达呻吟阵阵，领便当根本只是时间问题。

"放心，他只会消失，不会流血的。"女儿红鼓励道，"这是唯一救你们朋友的办法。"

镜子彼端的八达听到这里时，眉头不禁皱起，他觉得好像有什么不对……

"我们这个系列，向来以促进读者精神文明修养著称，太暴力了不太好……"锅炉工有些语无伦次。

"你们傻啊……"刚才还穷凶极恶的七达，此刻面如土色，频频倒吸凉气，"居然还认真考虑她的话……她在骗你们啊！"

"有你说话的份儿？"排长一脚踩在他的脑袋上，"那你倒是说说，怎么才能让八达回来？"

七达沉默了，显然他很清楚这趟进去绝对是无期徒刑，这辈子也休想出来了。

"请相信我，我也希望能帮助八达。"女儿红举着字条，神情肃穆，"这个倒影咽气后会消失得无影无踪。"

八达后来告诉我们，他在这一刻明白了女儿红的动机，令他全身的寒毛都竖了起来！竹叶青领便当后，女儿红就彻底自由了，但是没有本体可以跟她互换，她永远只能是一个倒影。同理，如果我们干掉了七达，八达就真要一直留在镜子里了！

至于女儿红困住八达的理由也很简单：她想永远跟八达在一起啊，为什么她的眼里常含杀意，因为她爱这个穷鬼爱得深沉……

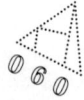

八达虽然理解了，但是什么也做不了，而愚昧的我们开始犹豫要不要试试女儿红的提议。

一灿这时将烟头一丢，说："烂偶乃吧（让我来吧）。"说着去拿哑铃。那是415锻炼身体的公用器材。

"喂喂，来真的？"我们都被这架势惊到了。

一灿抓住七达的头发，逼得他不得不跟自己四目相交，另一只手则将那只哑铃在他眼前晃了晃，钝重的寒光闪瞎了七达的狗眼。

"你……你敢……"七达牙关不停打战。

"窄掉他金滴八费给偶民呢麻黄吧（宰掉他真的不会给我们惹麻烦吧）？"一灿斜视着镜中的女儿红。

女儿红镇定自若地在纸上写道："我保证不会。"

"不会你妹！"七达狂叫，"她的保证算什么？她躲在镜子里，你们能拿她怎么样？！我可是一条命啊！"

一灿二话不说，将七达的头重重按下去，然后发出让人胆战心惊的狞笑。

"一……一灿！"我们集体吓尿了，嬷嬷跟大卫甚至抱成一团，金氏屁股一软朝旁边倒去，七达勉强把自己撑起来，回头就只见一灿高举哑铃，凛凛神威宛若锤哥，致命一击呼啸而至！

"咚——"

一声巨响，哑铃砸在七达的脑袋旁，砸得他的耳朵嗡嗡作响，暂时失聪，一张脸呈现出最高学历是胎教的错觉，而一灿俯下身轻轻对他说："滚、肥（回）、去。"

七达都不知道自己是什么时候鼻涕眼泪流了一脸，他用抖得似帕金森的手接过一灿递给他的镜子，对着里面同样狼狈不堪的八达举起了手。

镜子里的八达，在那一刻听见女儿红撕心裂肺地喊道："不！"

然后——

石头、剪刀、布！

七达完全是用慢动作出了一个剪刀，而八达在那一刻获得了冥冥之中的神秘力量加持，竟能握指成拳。

打破两个世界隔阂的规则起了作用，赢了猜拳的八达，天旋地转之后回到了415。他错愕地看着眼前的一切，左右不再颠倒的现实，竟让他有些不习惯。

半晌，我们默默地将沐浴乳、盆子、毛巾什么的塞到下半身散发出难以言喻的气味的八达手中，那是七达留给他的最后的礼物。

Let it go

八达得救了，又一桩怪事结束了。后来一段时间，我们都对镜子有了阴影，每次照都有被偷窥的感觉。八达的心病尤其严重，能不照镜子就不照，以至于牙缝长期出现葱花的身影，一不小心还以为是长苔藓了。

"但也不错啦，你好歹体验过被倒追的感觉了呢。"我说。

"啊，别让我想起来！"八达打了个寒战，估计女儿红那张病娇的脸又在他的脑海浮现了，我甚至觉得他的膀胱都在那一刻敲响了警钟。

现实中讨厌到懒得多看你一眼的人，在另一片天空下也许对你难舍难离，这个世界真是奇妙啊。

让人意想不到的是，几天之后事情有了变化。某个清晨，八达照例是全宿舍最早起来的，照例摸了金氏的卫生纸要去如厕，无意瞄到新买的全身镜上贴着一张字条——由内朝外贴的，竟是来自镜子世界的留言。

八达警惕地看那留言，是女儿红写的：

之前的事情，非常对不起，同时也要谢谢你。我跟他现在非常好，果然这才是最适合我的，所以别怕照镜子了，他不会离开我的。

八达看了好几遍，才恍然大悟：经过之前的事件，他非常害怕与抗拒女儿红。那么，与他相反的七达，岂不是就该为女儿红神魂颠倒啦？正巧他们都是倒影，简直是天生一对！

八达长出一口气，对女儿红若有似无的小愧疚、担心七达何时又会取代自己的恐惧，都在那一刻烟消云散，他振奋地握紧拳头大喊一声："Yes！"

"啊！""鬼叫什么啊……""吵死了！""八达！皮又痒了？！""啊靠，你又偷用我的纸！"……

面对被吵醒的415，八达叉着腰，理直气壮地吼回去："呸，你们没资格发火！之前占了我那么多便宜，还没跟你们算账呢！等着瞧，我会让你们——拿了我的给我送回来，吃了我的给我吐出来！"

大叔又在长吁短叹、郁郁寡欢了，用脚趾……不，用脚印都能猜到他在忧伤什么。我于是跟大叔说："你别这样，会有女孩喜欢你的。"

"不，不会有。"大叔自暴自弃，"除非发生奇迹，否则凭我这张丑脸，绝不会有任何人看上我。"

"别放弃！我大学有个朋友叫烂操，我曾以为除非发生奇迹，否则再遇不到比他更矬的人。"我摇晃着大叔的肩咆哮，"可你看！现在不就遇到你了吗！"

大叔发疯似的殴打我。

不要来侮辱我的美 01

一个清秀的女孩独自走着，忽然有东西掉在她面前。

"唐突佳人，罪该万死。"烂操风度翩翩地出场，"那，是我的。"

女孩警惕地看着这个从头发可疑到脚底板的家伙，只见他换了个POSE，风情万种道："可以麻烦你，帮我捡一下那块肥皂吗？"

女孩闪电后退，留给烂操一个自食其力的空间。烂操的低级阴谋失败，但还是硬把台词接下去："谢谢。不介意的话，我请你喝咖啡吧。"

"……我做了什么值得你感谢的事？"即使不想跟烂操有任何接触，女孩也无法不对如此生硬的搭讪吐槽。

"霸气是你的外在，狂野是你的气场，温柔是你的内心。"烂操深情朗诵，"你的存在，本就值得感恩。"

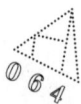

女孩确信遇到神经病了，惨叫一声，拔腿就跑。

目送那习以为常的背影，烂操摇摇头，轻叹了一声，把作案道具捡了起来。

"……偶金佩胡里（我真佩服你）。"一灿满脸黑线地走过来，"里滴厚颜无起又到鸟星滴进界（你的厚颜无耻又到了新的境界）。"

"你懂个屁。"烂操竖起中指，"一样米养百样人，也许就有女孩吃这套！"

"叟先，里得有鸭脏碾（首先，你得有一张脸）。"一灿点烟。

"你是特地来打击我的是吧！"

这是一个本该坐在课堂里的时间，烂操却无视大明湖畔的老师，现身步行街展开猎艳之旅。正好很闲的一灿就一起来了，他的存在有效拉低了烂操本就约等于零的成功率。

人称"会走路的狼牙棒"的烂操，五官杀气腾腾之余透着一股猥琐，全校的颜值都被他拉低了。平常吐槽烂操是 415 的一大乐趣，久而久之，竟让他练就了百毒不侵的心理素质，追求真爱的决心日复一日，变本加厉。

经历了一上午的失败后，烂操与一灿坐在街边吃麻辣烫，过往美女看到一灿都会不由自主靠近，然后在烂操的淫笑中落荒而逃，两人俨然诱饵和陷阱的关系。

"偶刺完肥去鸟，里鸡几撸腻（我吃完回去了，你自己努力）。"边吃边说话的一灿，发音更加离谱。

"急个什么，再陪我一会儿。"烂操不答应。

"接叟现死吧，里租定又孤独宗脑滴（接受现实吧，你注定要孤独终老的）。"一灿开导道。

"滚。"烂操骂完，注意到对街一个背对他的娇小女孩，那背影有一点楚楚可怜，烂操盯着人家，自言自语道："转过来，转过来……"

女孩仿佛接收到烂操的电波，真转过来了，烂操倒吸一口凉气说："真是五官端正啊！"

415 的辞典里，"五官端正"特指那些长得很丑的人，意思是他们唯一值得欣慰的地方只有五官都长在该长的位置。要怎么用不失礼的方式形容那女孩呢，嗯……她就仿佛一个女版的烂操（超失礼的啊）。

端正妹发现了烂操在看他，竟然远远地对他点了个头。"靠！"烂操赶紧把脸埋向麻辣烫，"饶了我吧，丑女对我笑了！眼睛会烂掉啊！"

"酿滴发，里照进几席就该难掉了（那样的话，你照镜子时就该烂掉了）。"一灿说。

"走了走了，我们换个地方。"烂操叫道。

这时发生了一点意外，端正妹撞到了一对情侣，男的手里的可乐被泼在了身上，他恼羞成怒："你瞎啦？！"

"对不起……"端正妹赶忙道歉。

"别跟她计较了。"情侣中的浓妆女阴阳怪气道，"人家光是活着，已经很不容易。"

"呸，出门不带眼睛也就算了，还不戴面具。"

"也许戴了的，但丑裂了。"

两人你一言我一语地奚落着端正妹，后者因为理亏，低头不语。

一灿有点听不下去，但不等他做些什么，烂操捋起袖子冲过去骂道："你们在说啥？大声点！"

烂操本就长得很凶，一暴走简直是杀无赦的气场，而那男的显然是外强中干的主儿，登时就吓闭嘴了。烂操不客气地说："她眼睛瞎？你他喵才瞎！不然会找这种正宗戴了面具的？"说着转向浓妆女，"小姐你要去抢银行是吧？怕泄露身份所以把脸涂成这样？真是方便啊！洗个脸没人能认出来了！"

一灿微笑着欣赏路见不平拔"嘴"相助的烂操，一旁的端正妹满脸惊奇。往来路人了解发生什么事后，也纷纷加入对那对情侣的冷嘲热讽中。

最后，沦为众矢之的的二人悻悻滚蛋了。走出一段距离，男的回头骂道："两个丑货，真是绝配！"

烂操脱下鞋子就要砸，两人兔子似的跑远了。

"别追了……"端正妹轻声阻止。

"这种人真是太没素质了！"烂操说着朝地上啐了一口唾沫……等等，这个行为也不是很有素质啦！

"是我不对在先，也不能全怪他们。"端正妹说。

"那跟你长什么样又有什么关系？"烂操嚷道。

"我是很丑啊。"

"这样想你就输了！"烂操严厉地说，"你要这么想，我长得很好看！有病的是世界，为什么要我吃药？"

此刻的烂操，豪情盖天，容光焕发，充分显示了这话是发自内心的，端正妹被震得哑口无言，好一会儿，她钦佩地握住烂操的手："谢谢你！"

"客气啥！没人爱的时候，更要学会爱自己！"

"我……马上要经历一件大事，一不留神可能会送命，我很害怕……你这种无论如何也要努力活下去的勇气，正是现在的我最需要的。"

"……这话听起来好像有哪里不对。"

"总之，真的很谢谢你！"端正妹说着，出其不意地踮起脚尖，在烂操的唇上亲了一下。

这个史上最五官端正的吻引起了整条街的恐慌，眼镜摔碎的声音此起彼伏，间或还有车祸和惨叫声。

烂操被吻得魂飞天外，端正妹松开他后，露出一个羞涩而动人的笑容。

"叭叭——"有喇叭声传来，一辆宝马停在了路边，司机将车窗摇下一道缝，轻声说："上车。"

"哥哥。"端正妹说，"对不起，我只想散散心。"

"别说了，快点。"司机又把车窗摇了上去。

端正妹对烂操挥挥手，坐上车绝尘而去。烂操维持着石化状态，站在原地。一灿过来拍拍他："粗嗡滴鸡妹肿摸样（初吻的滋味怎么样）？"

"谁说是初吻啦！"烂操回过神来，上下打量一灿，摇头道，"我还是第一次觉得，你也就长那样。"

"哈？！"这话一灿可不能当没听见。

"太帅了，真是的！"烂操喃喃，"居然有人可以帅成那样！太帅了，太帅了……"

"里梭撒？梭亲醋点啊（你说啥？说清楚点啊）！"

"太帅了，太帅了，太帅了……"

刚才，烂操透过摇下一道缝的车窗，看到了端正妹的哥哥，虽然戴着墨镜，但是容颜之精致，简直不像是人间所能拥有，而仿佛 PS 的产物！他就是那么帅，即使是一灿都要被甩出好几条街啊！

"里梭撒！梭亲醋点啊！里梭啊！里梭啊（你说啥？说清楚点啊！你说啊！你说啊）！"

沉浸在美的震撼中，烂操觉得一灿不甘心的质问，听起来是那么令人同情。

超级变变变

烂操和一灿回到415。刚进门，我们就笑着对烂操说："你走桃花运啦！刚

才有女孩子来找你！"

"是吗？"烂操喜上眉梢，作为男厕所的化身，异性轻易不会接近他，如今竟有女孩主动来找，简直堪比牛顿找到地心引力，哥伦布找到新大陆一样划时代的创举。

"谁？"

"是 3W.com 哦！"

"……你们大爷！"

3W.com 是 520 宿舍的一员，姓康，康的发音近似 com，于是我们就给她起了3W.com 这种只此一家别无分店的外号。3W 小姐也是五官端正界的界王神，但长得不好看还是其次，关键是她性格也不怎么样。曾几何时，415 与 520 联谊，次日全体旷课。被要求写检查时，3W 居然写了一份举报信，把责任全部推到别人身上，声明自己是被带沟里的……这事曝光后，武则天一直很不爽她，二人不时起冲突。

"3W 也算女孩？"烂操做呕吐状，"下次看到那种异形，请直接通知国防部，别告诉我，谢谢！"

"明白了。"我点点头掏出手机，"喂喂，国防部吗？我们发现一头姓烂的异形……"

烂操正要扑过来杀我，门口传来一声咳嗽，回头就看见了 3W 的身影，她面无表情地对烂操招手。

烂操不情不愿地出去了。二人站一起的情景拍下来能直接拿去当《行尸走肉》的海报。

"什么事？"

"当然是好事，便宜你了。"3W 笑着说。

"……我已经有喜欢的人了。"

"呸！"3W 如受奇耻大辱，"全世界的男人死光了，我也不会考虑你。"

"说得好！那你找我谈个什么？"

"先看看这个。"3W 亮出手机，"认识他么？"

手机屏幕显示着一个人的照片，烂操定睛一看，差点叫起来，这不正是他之前见到的那个帅到惊天地泣鬼神的 PS 男么？！

"这谁啊？"烂操故作镇定问。

"简单说，他是男模界崛起速度最快的一颗新星，看看这张脸，完全不难理解对吧？"3W 笑着说，"不过他确实男神过头了，一直有人怀疑他整容。不久前啊，

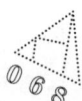

网上还真的曝出了一张据说是他整容前的照片，引起轩然大波呢，你真的完全不知道？"

"只有 Gay 才会那么关心男人的八卦。"烂操正气凛然地说，"这关我什么事？"

"虽然没有百分百的证据显示那张照片就是男神的，但他在那之后从模特界消失了。"3W 如数家珍地说，"这不就显得不打自招了吗？他的经纪人也在找他，还有许多狗仔队……"

"所以说这关我什么事？"

"有消息称，他现在在我们这里，具体位置还不知道。"3W 神秘兮兮地说，"偶然的机会，我在论坛看到一个帖子，发帖人称只要能提供线索，帮忙找到那位男神先生，就能得到超乎想象的酬劳！你们宿舍经常遇到怪事，我想也许你有特殊的找人方法。"

"可怜的男神，搞得跟通缉犯似的。"烂操说，"我介绍八达给你认识吧，酬劳什么的他应该感兴趣。"

"我可不想让别人参与这事。"3W 嗤之以鼻，"除了同类，还有谁能理解我们这种人？"

"……这种人是哪种人啊？"

"坦率一点吧。我们都长得不怎么样。"

"呸，谁跟你是我们！"烂操骂道，"老子长得很怎么样！你这丑女，负分滚出！"

3W 气急败坏地离去，烂操回到 415。

"怎么样？"嬷嬷关切地问，"婚礼定下来没？"

烂操把嬷嬷揍翻在地，然后大叫起来。

"人家被打得这么疼都还没叫呢。"嬷嬷委屈。

但烂操的叫声越发凄厉，他简直是在一秒钟内进入了痛不欲生的状态，我们本来以为他在开玩笑，渐渐发觉不对劲。只见烂操瞪大双眼，汗出如浆，整个人剧烈颤抖，甚至抓狂地拿头去撞墙！

"羊痫风？！"八达惊叫。

"快按住他！"排长大声下令。

我们一拥而上，金氏与一灿分别按住烂操的双手，我往他嘴里塞了条毛巾防止咬到舌头，大卫和锅炉工则分别按住他的双脚，老蜗也远远地跑来了，伸手解开烂操的裤腰带。

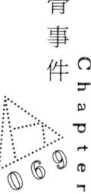

"等等，为什么要解裤腰带？"我问。

"不是要非礼他喔？"老蜗面露迷茫……滚回去打游戏啦你！

烂操虽被制住，整个人仍然发疯般抽搐着，他的皮肤下面仿佛有岩浆在沸腾，这令他的身体温度不断升高，甚至出现了龟裂……

"他是不是要爆炸啊？！"八达尖叫。

"把他抬到校医院去！"排长当机立断，"听我指挥，一、二、三！"

所有人不约而同地把烂操向上用力抛起，烂操撞到天花板，掉下来昏过去了。

"你们干了什么？！"排长惊恐。

"糟老头，都怪你乱叫什么一二三，听上去就像要把他抛起来庆祝呢。"金氏责备道。

在集体的关怀下，烂操可能已经在数孟婆脸上的皱纹了。我们七手八脚再去扶他，动作忽然统统凝固。

我们惊呆了——烂操，正发生着肉眼可见的变化！他满脸的青春痘像是海水退潮一般退去，那规范得能拿来当几何教具的三角脸正在改变形状，濒临一米七的身高渐渐就变成了一米八，胸肌、腹肌这肌那肌也陆续崛起……

整个过程持续了十几分钟，好像有一个看不见的医生在给烂操动手术一样，415里充满了骨头变形的咔吧声，惊心动魄。

等一切终于风平浪静，烂操，已经不是烂操了！这个屌丝中的战斗丝，如今可称英俊！与一灿势均力敌，与八达、嬷嬷大战完全不费力！

烂操的眼睛缓缓地睁了开来——哦，他还多了优美的眼睫毛和双眼皮呢——张开嘴吐出一句话："我怎么了……"哦，他的声音也变得富有磁性！那口野兽般的森森利齿也变成了贝壳般整齐的小白牙，那虚弱的样子我见犹怜，竟让嬷嬷心跳加速！

烂操，脱胎换骨了！

我不丑，我还很温柔 03

一个清秀的女孩独自走着，忽然有东西掉在面前。

"唐突佳人，罪该万死。"烂操风度翩翩地出场，"那，是我的。"

女孩看了一眼烂操，扑哧笑了，把地上的肥皂捡起来递给了他。

"你笑起来真好看。笑什么呀？"烂操问。

"笑你刚才装模作样的。"女孩愉快地说。

"呵呵，想给你留下深刻的印象，好像失败了呢。"烂操像个孩子一样吐了吐舌头，"但是，还好有你帮我呢，不介意的话，我请你喝咖啡吧。"

"这就算帮了你啦？"女孩歪着头，"搭讪的借口好差噢。"

"又被看穿啦？"烂操单手抚额，摇头叹息，"完了完了，今天真是太失败了！"

女孩又笑了："也没很失败啦，我刚好想喝咖啡。可不可以再加一块提拉米苏？"

"当然！"烂操绅士地做了个"请"的动作。

两人说说笑笑，朝着校门外走去……

以上发生在教室通往宿舍区的路上，烂操本来跟我们走在一起，忽然发现了一个不错的女孩，立刻冲过去，故技重施。至于此人为何随身携带肥皂，真乃不解之谜。

"……他的泡妞技术什么时候进步了这么多？！"眼见烂操一击得手，排长瞠目结舌地问一灿。

"抗碾（看脸）。"一灿一针见血地说。

是的！泡妞这件事，说白了就靠两样法宝：1. 脸，2. 不要脸。

一灿属于那种脸的条件好到什么都不做，就有妹子请缨暖被窝的类型，嬷嬷、八达虽然长得不坏，却不能像烂操那样恬不知耻、油嘴滑舌。而今烂操已改头换面，碰上好这口的女孩，那还不手到擒来！

毫无疑问，那是烂操人生最辉煌的几天。跻身美男俱乐部的他，每天游戏花丛、勾三搭四，肩膀搂一下、屁股捏一下之类的小豆腐更是吃到饱。果然是屌丝上位后特有的暴发户作态啊！不信抬头看，资深花美男一灿就不会满足于如此小器的乐趣！

不过，想到昔日夜夜求拯救、求脱团的烂操未来很可能死于寻欢作乐的人生，我们的心头仿佛压上了一块沉重的大石。金氏尤其悲愤：虽然他无比肥胖，只说脸的话还是比烂操顺眼一些，如今他正式成了 415 的垫底阶层——猪皮地毯！

"那个五官端正的女孩在哪里啊？我也去找她亲一下！"金氏哀号道。

是的，关于烂操的异变，十之八九与那个偷亲他的端正妹有关。一灿已经把那件事告诉了我们，这应该算是近期烂操最离谱的遭遇吧，由此引发的离谱后果也就不是不能接受了。

却说烂操跟他勾搭上的女孩喝完咖啡后，互相留下联系方式，约定下次再见才分开。烂操吹着口哨准备回宿舍，又遇见了 3W。

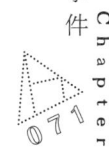

"总算出来了。还以为你们会直接上宾馆去。"从 3W 的语气听来，她已经恭候烂操多时。

"说什么呢，我们是纯洁的男女关系。"烂操眉飞色舞，"不过那一天也不会太久了。爽啊，果然没有什么比当帅哥更棒了！哇哈哈哈，我得抓紧再多泡几个！"

"你不是说你本来就很帅？"3W 讽刺。

"谁会介意自己越来越帅嘛。"烂操大言不惭，"对了，我跟你很熟吗？"

"我问你，"3W 进入正题，"你是不是见过他了？我跟你说过的那个男神。"

"干吗这么问？"烂操懒洋洋地说。

"昨天有些话……我没说完。"3W 顿了顿，说，"找到那家伙的酬劳不是钱，而是——脱胎换骨！"

"啥？你在开什么脑洞？"

"脱胎换骨，变得要多漂亮有多漂亮！"3W 激动地说，"网上有人对比分析过男神的两张照片，一致认为如果真是同一个人，世界顶尖的整容技术也很难做到，这里面必然有我们不能理解的方法在起作用。如果能找到他，也许就可以掌握那种方法！而现在的你显然已经脱胎换骨了，你什么时候见过他？"

烂操的改变的确发生在见过了 PS 男兄妹后，他也曾把这两件事联系到一起，但他讨厌 3W，懒得跟她多费口舌——须知最近几天，武则天因为跟 3W 闹不快而想要搬出去住，还拉了小苹果一起各种看房，想到要跟小苹果稍微疏远了，苹果汁个个对 3W 怀恨在心。如今的烂操已经不是非小苹果不可，但那份不爽还是延续了下来。

"你说的那谁我没见过，但你加油，哪天真变漂亮了，我也许会让你追我也说不定哟。"

说完，烂操发现不远处有个扶着墙壁、娇娇柔柔的弱女子，立刻"食指大动"地冲了过去，把气坏了的 3W 晾在原地。

谁也没想到，这心血来潮的举动完全改变了接下来故事的走向。

那名弱女子看来十分普通，不至于只剩五官端正，但各方面都很平庸，烂操走得越近越是兴趣了了，但那女孩忽然惊喜地叫起来："是……是你！你果然也变了……"

烂操一愣，女孩已经软绵绵地倒在了他的怀里。烂操忙说："小姐请自重啊，大庭广众我们又是初次见面，还是找个没人的地方再……"

"你不认识我了……也难怪……"女孩露出一个虚弱的笑容，"我们昨天见

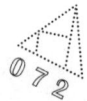

过的……"

这话一出，烂操立刻冷静了下来，脑子里开始浮现出端正妹的轮廓，嘴巴顿时张得老大。

烂操是被端正妹亲了之后发生的蜕变，而现在这版的端正妹画风也比之前进步了不少，怪不得她会说烂操"也变了"。

"你……到底是什么人？"

"我……"端正妹的呼吸越发急促，"我……怕死……我不该……这么早出来……"

"说人话，我听不懂啊！"

"找我哥哥……找我……"

端正妹眼睛一个翻白，昏厥过去，烂操忙以公主抱的姿势托住，然后吃力地抱着她走向 415。

他没有发现，在他投入地跟端正妹对话时，3W 正躲在一旁。

04 战 5 渣的逆袭

烂操抱着端正妹走进 415 时，排长破口大骂："你别太过分了！神圣的宿舍可不是这样用的！"

"对，如果你非要跟这位姑娘那啥，就先踩过老排的尸体吧！"金氏义正词严地帮腔。

排长扁金氏时，烂操小心翼翼将端正妹放在他的床上。其他人都上来围观，八达问："这妹子怎么了？"

"不知道，忽然就晕了。"烂操说。

听了这话，我的痛苦难以言喻：过去烂操这样说，就可以用"就说让你不要随便出现在女孩面前了"来吐槽他，而现在的烂操已今非昔比，这个句式不能用了！想吐不能吐才最寂寞，没说完槽点只剩离歌！

"是不是发烧了呀？"嬷嬷说着，伸手温柔地抚摸端正妹的额头，手掠过她鼻尖时，整个人忽然一抖，"等等……她……好像没有呼吸了？"

烂操一惊，忙也伸手去探鼻息，整个脸吓白了。

"你这白痴！"排长大骂，"人不舒服当然是送医院啊！带回家来等死啊？"

"我们家已经有一个分分钟等死的老头了！"刚被打得鼻青脸肿的金氏立刻

不知死活地补上一句。

　　排长再度殴打金氏时，锅炉工叫着"120，120"，拿出手机正要打。

　　"没那个必要。"

　　伴着那句凛冽的话，黑色的人影出现在门口，那是一个矮壮敦实的黑衣汉子，戴着墨镜，他说："把她交给我吧。"

　　"你谁喔？"烂操问。

　　"少啰唆，交给我就对了。"黑矮子说着，径直走进415，魔爪伸向床上的少女。

　　"光天化日强抢民女，还有没有王法啦？"容嬷嬷叫嚷着阻止。嬷嬷是何等人物？他曾以一招"仙鹤神针"叱咤清宫，有他出手，我们特别放心！

　　结果黑矮子轻轻一挥拳，嬷嬷就轻飘飘地飞了出去，撞在墙上陷入昏迷。我们大惊，都忍不住在心里叫着："活该！这就是你欺负紫薇和小燕子的报应！"

　　黑矮子正要再接再厉，排长顺势把金氏朝他踹了过去。金氏是何等人物？他曾以一招"压力山大"制伏孙悟空五百年，有他出马，我们特别放心！

　　结果黑矮子竟抓住了金氏，单手把他举过头顶丢了出去，刚刚爬起来的嬷嬷顿时被压成了肉垫。我们大惊，都忍不住在心里叫着："活该！这就是你欺负紫薇和小燕子的报应！"……

　　大概是为了避免我们前仆后继，黑矮子紧接着做了一件让人跌破眼镜的事：他一手抓住了床脚，轻而易举地将上下铺同时提起！还叫道："谁还要上！"

　　接着出阵的按说该是前不良少年一灿与老蜗，可他们现在也都惊呆了：这是什么样的力量啊！

　　黑矮子惊天动地地将床放下来，巨大的声响让我们集体震颤，他冷笑一声，拎小鸡般拎起端正妹。

　　所以果然就只能这样了吗？堂堂415面临踢馆只能忍气吞声？

　　不！智囊锅炉工忽然大叫："八达！手机！"

　　八达愣了一愣，闪电般掏出他的老年机。

　　曾几何时，415经历过一次"手机复仇事件"——开通某神秘套餐后，便能将受到的虐待转换成"M值"，10点M值可兑换一个虐人机会。因为我们的生活太丰富，即使是如此有趣的道具玩几次也就腻了，如今舍难当头，这个秘密武器终于再现江湖！

　　八达用手机对准黑矮子下令："请我吃饭！"

　　415一片死寂，八达惊叫："靠，习惯了。"……什么叫习惯了！你一直在用这一招骗吃骗喝吗?!

虽然八达下错指令,黑矮子还是呈现出被控制的状态:"你要吃什么?"

八达这时聪明了:"你跟我出去,我看到什么想吃的你买单就是。"说着就往外走,黑矮子身不由己地跟上。

团灭危机就此化解,我们长舒一口气,老蜗说:"那家伙是什么东西啊,天赋点都拿来加力量了吗?"

"鬼知道。"锅炉工看了一眼床上的端正妹,"但只要她还在,那家伙就还会回来吧。"

"啊!得赶快送她去医院才行!"烂操猛然想起。

这个时候,大卫抛着一把车钥匙美滋滋地回来了。我说,你们都注意到了前面完全没提他吧?

大二下学期,大卫为了排遣无聊而考了驾照,成为415首个有本一族,甚至因此得到给外星人当教练的机会。在许多大学生整天想着打游戏谈恋爱时,大卫的兴趣则转移到了开车上。最近他更是借了亲戚的车开,哪怕去附近的永辉超市买樟脑丸都会大张旗鼓地驱车前往。

"刚看到八达跟一个穿西装的男人走在一起。"大卫对我们说,"谁呀?他的朋友?"

而烂操抱着端正妹冲他大叫:"TAXI!"

05 速度与基情

大卫和烂操一前一后,抬着端正妹往校门口走去。大卫亲戚那辆破旧的桑塔纳就停在外边。

"等会儿。"万年不在线的正门保安竟在这个节骨眼上负起责来,"你们这是……这位同学怎么了?"

两个男生抬着一个昏迷不醒的女生,的确不太对劲。烂操与大卫一时无言以对。

"她怎么了?"二人不吱声,保安更加狐疑,要是他发现端正妹已经断气,这就直接变刑事案件了啊!

说时迟那时快,3W远远地跑来,她直接插入保安与端正妹之间说:"她是我们宿舍的,一直有贫血的毛病,这几天刚好是她最危险的日子,所以晕了!正拜托这两位送她去医院。"

保安显然理解何谓"最危险的日子",点了点头,3W立刻指挥道:"快抬她上车。不好意思师傅,我们先走了啊。"

就这样,四人有惊无险地上了车。烂操抱着端正妹坐后座,大卫坐驾驶席,3W特自然地坐上了副驾驶座。车子发动,呼啸着离开学校。

"妈呀,我有一种当人贩子的感觉。为什么不叫救护车啊?"大卫抱怨。

"救护车一来一去不耽误时间么?你快开。"烂操催促,怀里的端正妹已经没有了生物的感觉,发凉发硬,若非烂操长期坐拥各种等身充气抱枕,练就一身处变不惊的本事,此刻必已吓尿。

3W从上车起就一直专注地盯着端正妹看,烂操说:"那个,刚才谢谢你了。你不用一起去吧?"

"嗯?喔。"3W反应过来,"这位……小姐,现在很危险吧。我知道去医院的近路。"

"真的?怎么开?"大卫忙问,看来十分担心这辆车转型成灵车。

"前面左拐。"3W边说,边不动声色地掏出手机。

十五分钟转瞬即逝。

"你确定没带错路?"大卫皱着眉头说,"我怎么感觉我们在原地打转啊,这个地方刚才经过的吧。"

"别、别着急啊。那条巷子进去就到了。"3W按着手机说。

"你在跟谁发短信?"烂操注意到了。

"啊?没有。"3W飞快地收起手机。

烂操顿时疑心爆棚:"给我看看!"

"凭什么给你看啊?"

"靠,这人干吗站在路中间。"大卫喊着,烂操忙向前看去,只见那个黑矮子竟然出现在了前方!

"不要减速!"烂操大叫,"撞过去!撞!"

"车上已经有一个快死的了,你还让我再制造一个?!"业界良心大卫果断拒绝。

而黑矮子已经大步流星地迎着车势奔上前来了,他高举拳头,不由分说地砸在了车头上,整辆车被强迫刹住,车尾猛然一撅!

"这不是我的车啊啊啊!"大卫哭爹喊娘。

转眼车子的前半截就变成了《龙族》那样的深坑,大卫慌忙倒车,黑矮子却不费吹灰之力地拉住了整辆车，使之完全动弹不得，接着他又猛一发力，把车像举重一样举了起来！

"……明白了，这是梦。"大卫通过逃避现实恢复了镇定。

"等等，我还在车上啊！"3W尖叫。

"再跑啊！"黑矮子低沉地吼了一声，把车子像摇存钱罐那样哗啦乱摇，里边的人像硬币似的摔了一地，然后他粗暴地把车砸到一边。

烂操已经吓傻了，他坐在地上爬不起来，无形中构成了身后端正妹的最后一道防线。

"还不死心？"黑矮子摩拳擦掌。

烂操的所有勇气都已经跑到了膀胱那里，呼之欲出。就在这个时候，又一个超展开上演了！

一个人影从天而降，来势夸张，落地时却又悄无声息。烂操颤抖着回过头，眼睛睁大——来者不就是那个帅到天理难容的PS男吗？！只见他抱起端正妹，脚尖一蹬地面，又像一阵风般飞走了。那轻盈的身姿，仿佛轻功高手，又仿佛两色风景的儿童文学著作《神秘的快递家族》的男主角。

"啊！"黑矮子发出一声怒吼，把刚才掀个底朝天的车子又翻了过来，然后将大卫塞进去："给我追！"

"不好意思先生，我们现在是交班时间……"大卫试图拒载，黑矮子拿手指弹了他一下。

鼻血如注的大卫哭着发动了车子，烂操与3W也跟跟跄跄地爬上了车。

06 蚂蚁呀嘿，蚂蚁呀哈

濒临散架的破车以高速穿街过巷，眨眼就开到了大马路上，黑矮子一直专心地注视着天空，并对车夫大卫发出"一直开""拐弯"等指令。而大卫可能觉得这车已经没得治了，索性自暴自弃玩命儿开。

"……蝴蝶？"3W冷不丁冒出一句。

黑矮子头也不回地问3W："你说什么？"

"天上那个是……蝴蝶？"3W指着携带端正妹空中逃亡的PS男，虽然太阳大得令人睁不开眼，她还是依稀判断出PS男的背上，似乎伸着一对翅膀……

"对了，是蝴蝶！"烂操被打开思路，激动地说，"这就说得通了！那个帅得

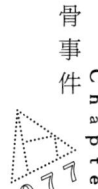

像 PS 过的家伙，其实是蝴蝶。让他脱胎换骨的不是整容，而是破茧，丑陋的毛毛虫在破茧之后，变成了美丽的蝴蝶！"

然后烂操又指着黑矮子说："我也知道你是什么了……你是蚂蚁！听说蚂蚁能举起超过自身体重上百倍的东西……"

"难得，人类竟能想到这个地步。"黑矮子冷笑。

"老子还碰到过猫和老鼠的拟人呢，蚂蚁和蝴蝶算什么。"烂操不禁有些得意。

"蚂蚁和蝴蝶？"3W 不像 415 那么身经百战，这个设定让她努力消化了很久，"那你们为什么……我记得蚂蚁和蝴蝶的关系挺好的……"

是的。《十万个为什么》曾经告诉过我们：有些蚂蚁和蝴蝶会建立合作关系，当蝴蝶还是毛毛虫时，蚂蚁们将它搬回洞里，吸食它分泌出的一种甜液，而毛毛虫就在蚁穴内安心化蛹、成虫，直到变成蝴蝶飞出。这真是童话的好素材啊。

昔日朋友，为何反目？！

"虫子的世界当然很单纯。"黑矮子说，"做人嘛……我从他还很丑的时候开始保护他，那时大家关系确实不错。等到他终于蜕变，成为名模，矛盾就出现了。那货想甩掉我，没那么简单！我在全国范围找他，有许多人自愿帮我，出于嫉妒他的美貌，或是希望也能像他一样……"

烂操气愤地瞪着 3W，当初她确实拉拢过自己，但恐怕 3W 也不知道这件事的水如此之深。毫无疑问，3W 从烂操身上察觉了端倪后通知了黑矮子，她甚至还一边拖延时间一边给黑矮子发短信，导致他们终于被截住。好一曲忠诚的赞歌啊！

"别这样看我。"到了这种时候，3W 反而坦然了，"美丽极限，爱漂亮没有终点，追求完美的境界，人不爱美天诛地灭。"

"要点脸！连狡辩都不是原创的！"烂操大骂。

这时，车子已经开进了山里，路况差得像一灿的普通话，大卫像八达一样斤斤计较着这辆车的维修费，整张脸皱得仿佛垂暮的排长。

"停。"黑矮子终于说出了这句话，大卫如释重负一踩刹车。黑矮子踢开车门下车，3W 亦步亦趋地跟着，追问："我会帮你的……我真的可以变漂亮吧？"

黑矮子不置可否，只是警告烂操和大卫："滚。"

目送黑矮子和他的帮凶从眼前消失，慢慢走近一座掩映在树林深处的别墅，大卫和烂操面面相觑。

"要走么？"烂操犹豫。

"不然怎么样啊。妖怪的事交给别的剧组啦！浮 X 物语、苍 △、○○鉴定师什么的都会做得比我们更好！"大卫心碎地用眼神抚摸着破车，已经开始语无伦次。

烂操的心情也非常复杂。不用怀疑，这货绝对是贪生怕死的主儿，但……他抿抿嘴，那里似乎还残留着端正妹柔唇的触感。

"走啦，我还得去卖肉还债呢。"大卫哭着催促。

"对了。"烂操突然说，"那个蝴蝶公子，应该很有钱吧？如果我们帮了他，区区一辆车……"

"你还在磨蹭什么？快啊！"烂操话音未落，大卫已经出现在了前方十几米处，"大明星等我们去救啊！"

别惹蚂蚁 & 虫虫危机 07

半山别墅不算少见，那只是规模普通的一栋，但它有一个宽敞的庭院。烂操与大卫赶到时，战争已然打响。"咻"一个花盆跟炮弹似的飞出来，砸得粉碎，吓得二人魂飞魄散，刚要探头，一张沙发又飞了出来。

长着斑斓翅膀的 PS 男，此刻正悬浮在空中。蝴蝶不是蚂蚁的对手，但好歹有着会飞的优势，气急败坏的黑矮子于是捞着什么就往天上丢，企图把 PS 男打下来。

"多大仇！人干事？！" PS 男闪得狼狈，只能以网络术语还击，他的声音可真是好听。

"这就是你始乱终弃的后果！"黑矮子恶狠狠道。

"不是你先曝我照片的吗？！"

他们进行着没营养的争吵，大卫不耐烦地说："直接飞走不就完了，跟他啰唆什么啊……"

"不，他妹妹不在。"烂操敏锐地说，"PS 男大概把她藏在了房间里，他是想引开那蚂蚁。"

"Boss！"这时，3W 从四楼某个窗口探出头来兴奋地叫道，"我找到了！她在这里！"

"别碰她！" PS 男显然是个妹控，他焦急地朝那窗口飞去，但黑矮子直接拔起一棵树如标枪一般朝他掷去。这一次他成功了，PS 男狼狈地从天上掉到院子里，黑矮子欣喜若狂地跑过去。

"Stop！"

黑矮子转身，看到了大卫，顿时勃然大怒："靠，你们还真敢再回来,不要命了！"

　　"可不是随随便便回来的。"大卫把攥成拳头的手从口袋里拿出来，"我都忘了身上还有这个武器！"说着他做了个长传的动作，一枚小颗粒飞向黑矮子！

　　"啊！"黑矮子被打中，爆发出一声惨叫，居然在地上连连翻滚。同样倒地的 PS 男惊恐地捂住口鼻，大卫丢的东西正散发出一种强烈的气味——那是居家旅行防虫必备的樟脑丸！我不是说过，大卫有了驾照后连去超市买樟脑丸都要开车吗？就是那个时候的樟脑丸啊！虫子怎么可能不怕樟脑丸！

　　"你……"黑矮子挣扎着想爬起，大卫又做了个投三分球的动作，一颗樟脑丸划着优美的抛物线砸在他身上，黑矮子仿佛被陨石砸中般陷进土里。

　　"这是艾斯贝拉的仇！"大卫吼着他擅自给那辆桑塔纳起的名字。占到上风令他兴奋极了，便把一包樟脑丸运球似的在腰间裆下传来绕去，时不时地射出一颗，打得黑矮子满地找牙。

　　形势一片大好之际，3W 又来捣乱了。她竟提着一台吸尘器跑进庭院，开关一按，嗡嗡作响，蛇一般的吸管三两下就把满地的樟脑丸收拾了个干净！

　　"你妹啊！"3W 助蚁作伥至此，大卫仰天长啸。

　　"干得好。"不愧是生命力强横的蚂蚁，解除了威胁的黑矮子居然原地满血复活，大卫吓得屁滚尿流，一边叫着"不要过来"，一边手舞足蹈做出各种打篮球的假动作虚张声势。

　　"等等，狼牙棒呢？"3W 发现烂操下落不明。

　　黑矮子一愣，一拳将大卫放倒后，沿着别墅外墙手脚并用地爬了上去，转眼来到刚才 3W 探头的窗口。真不愧是蚂蚁啊！

　　"不要——"PS 男想阻止，3W 用吸尘器瞄准他，吸管散发出的浓烈樟脑味熏得 PS 男又倒了下去。

　　再说我们的烂操，他与大卫商量的的确是声东击西战术：大卫用樟脑丸对付黑矮子，他则趁机翻墙绕路上楼，去保护端正妹。

　　烂操原本做好了对手只有 3W 的准备，他甚至兴奋地幻想过抽她大耳光子时多么有快感。事实是烂操抵达那个房间时，3W 已经从另一侧楼梯下楼救驾去了。那个房间里，只剩在豪华大床上躺着的端正妹。

　　端正妹完全是一具尸体了，烂操颤抖着碰碰她，发现她的皮肤呈现诡异的僵硬，仿佛一尊雕像……

　　烂操正在想该做些什么，外头的喧嚣停止了，他回过头，刚好看到黑矮子的脸从窗口冒出，立马被吓得魂飞魄散！

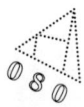

好在烂操也并非全无准备，他慌忙去掏口袋，手一抖整包没开封的樟脑丸掉在了地上，烂操想捡起，整个人却被提得半身悬空。

黑矮子完全是掐着烂操的脖子把他提起来的，烂操透不过气，凌空乱蹬，但对黑矮子而言不痛不痒。以他的怪力，当场将烂操斩首示众也无压力，而他却慢条斯理地踱到了窗边，将烂操伸了出去。

院子里，大卫已晕过去，PS男在3W的威胁下动弹不得，但3W看到黑矮子想对烂操做的事情时，整张脸吓白了，失声道："不用做到这个地步吧？！"

黑矮子满不在乎地把手松开……

忽然，一双手缠住了黑矮子的脸，有人从后面死死箍住了他！黑矮子一惊一缩，烂操福大命大地摔回房内，将一张桌子压塌了。"咳咳咳……"烂操像来日无多的排长那样暴咳，试着睁开泪水模糊的双眼。

那个努力救了他的人，是一个美女，不，一个仙女！她美得那么惊艳，那么不真实，但她的脸色很差。即使如此，仙女仍旧不顾一切地与黑矮子纠缠……

仙女虽然很努力，到底无法抗衡蚂蚁之力，眼看要被黑矮子反抓，她如一张纸片般飞回床边，黑矮子气急败坏地追上去，然后表情凝固在脸上。

仙女拿着一条折断的桌腿，摆出类似打高尔夫球的架势，而"球"正是烂操刚才掉的那包樟脑丸！

"再见。"仙女用天籁之声吐出这两个字，开杆一击。"啪"一声整包樟脑丸飞射而出，包装破开，白色颗粒宛如霰弹般铺天盖地射满黑矮子一身。黑矮子凄厉地叫着，直接从窗口掉了下去！

仙女丢下桌腿，扶起烂操。啊烂操，虽然他接触过审美扭曲的未来人一叶、后来甩了他的拉芳、圣诞驯鹿化身的伪娘、利用他感情的阿妙……但是她们加在一起再乘以十都不会有仙女的一根眼睫毛好看啊！而他现在正被仙女温柔对待着啊！

他们身后的床上，有一个破裂的人形茧壳，那是端正妹羽化之后褪下的皮囊。

如果你愿意一层一层一层地剥开我的心 08

"……成了人类，貌似就无法不沾染人类社会的一些陋习。我也没想到，我们会为利益不欢而散……他认真想搞垮我的事业。我一来为避开舆论的风口浪尖，二来妹妹蜕变的日子快到了，只想至少得选一个远离他的地方，否则指不定会被

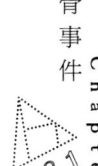

他怎么捣乱……"

战争已经结束。烂操与大卫在庭院里听 PS 男讲那过去的故事，而端正妹温柔地为他们包扎伤口、端茶递水，轻灵穿梭的背影真应了那句话——像蝴蝶一样。烂操和大卫为之神倾，PS 男说什么都不重要了。

顺便说一下，3W 现在正靠着墙角睡觉。黑矮子作势要谋杀烂操时她给吓晕了，这人所做的一切都是为了跟"丑小鸭"说再见，害死同学什么的倒是超出她的底线了。当然，即使这样她也是不可原谅的。

但她终究要失望了。她的靠山黑矮子在跌下楼之后就消失了，满地的樟脑丸中，找不到一只渺小的蚂蚁，也许被风吹走了，也许被谁一脚"啪叽"了。

"那么，二位还想知道什么吗？" PS 男问。烂操和大卫是他的大恩人，因此他的口吻恭敬极了，甚至可以容忍恩人的眼光一刻不停地黏在自己的妹妹身上。作为一个妹控这需要多大的牺牲呀！

"嗯啊？"烂操回过神来，想了想摸着脸说："为什么我会……"

"我遇见你时，正赶上快要化蛹，体内的荷尔蒙是破表状态，你被我亲了之后，感染到了一些。"端正妹温柔地说，"蜕变的过程非常痛苦，所以我很害怕，是你给了我力量呢。"

"还说呢，你后来羽化到一半又跑了。都怪你自作主张，才引发了这么多事。"PS 男嗔怪。

"因为……人家痛得快死了嘛。"端正妹撒娇，"人家顺着荷尔蒙的气息去找烂操先生，也是为了得到更多的勇气……"

"哼，真拿你没办法呢，下次不许自作主张哦。"PS 男轻轻点着妹妹美丽的鼻尖……妈的死妹控！

烂操完全明白了：他以为端正妹死了，其实她只是在继续未完成的蜕变，当她终于"复活"并以天仙姿态救下自己，才算是真正的"破茧"。

"不知有多少蝴蝶，死在了脱胎换骨的前一瞬。我很幸运坚持到了最后。"端正妹抚摸着烂操的脸，"这都是你的功劳，我要报答你。"

"那就把我变成跟你们一样漂亮吧！"烂操兴奋地说。

"不行的。我们的体质不一样，包括你现在的变化也只是暂时的，我的荷尔蒙会随新陈代谢渐渐还原常态，到时候你就会恢复原样。"

"……那还报答个什么啊！"烂操失望极了。

端正妹微微一笑，抱住烂操，第二次深深地吻了他。

"我现在已经是终极形态，荷尔蒙不会再感染你了。"端正妹娇羞道，"这个吻，是纯粹感谢你的。"

烂操的眼睛变成了两个心，幸福得死不足惜。

"也许那家伙还会再回来，我们不能在这里久待了。"PS男说，"我和妹妹要离开了，再见，二位。"

"啊……"大卫赶忙站起来，不等他开口，一阵香风扑面而至，这对漂亮的兄妹同时展开翅膀，飞上了天空。那时正是夕阳西下，他们的身影被映照得仿佛回归的天使。

"车！车！"大卫号叫着。

"我们不会忘记你们的！"兄妹俩挥手。

"车啊啊啊啊啊啊！"

"送君千里，终须一别，请回吧！"

"……听别人讲话啊！喂！"

大卫绝望的呐喊把3W吵醒了，她茫然四顾，碎碎念着："Boss呢？他们呢？"看看烂操，"你……怎么变回来了？"

"嗯？"烂操沉浸在幸福中，无所谓地摸着他复原如初的三角脸，"变回来就变回来了呗……"

3W于是察觉到了什么，失声道："变漂亮什么的，其实是假的？那……"她号啕大哭。

"你不想哭喔？"大卫悲痛地问烂操。

"有什么好哭的？甭管长什么样，老子都可以接触到各色美女，甚至有仙女投怀送吻……"烂操轻蔑地看着3W，"所以说啊，你要么朝心灵美的方向努力一下，要么去一趟韩国吧。喔，还有……"

烂操背对着橙色夕阳，豪气干云地叉着腰，说出那句坚信不疑的台词："反正，我本来就一点也不丑，我长得很、好、看！"

Tales of the Unusual Youth

415

其实每次这种开头都预示着我已告别学生时代，相依为命的臭男人从九个变成一个，不免伤感。

我问大叔："你有过跟好朋友分开的经历吗？"

大叔说："我的好朋友就是你，我们还在一起啊。"

我非常感动，忍不住说："谁是你的好朋友啊？！"

大叔就和我一道陷入了伤感之中。

01 那一天知道你们要走

事发突然。大二下学期某天，415 有四个人要搬出去，他们是嬷嬷、大卫、老蜗和一灿。

一切都要怪万恶的 3W.com。这位五官端正的女子与 415 素有嫌隙，前不久还因为某桩跟昆虫有关的事件令矛盾激化。偏偏她所在的 520 与 415 剪不断理还乱，3W 连带着不爽起某几位舍友来。舍友之一的武则天觉得朕君临天下，为什么要跟这等贱民共处一室？遂动了迁都的念头，并拉拢了上官婉儿……不，小苹果和眼镜娘。忠仆嬷嬷知道后便想随侍在侧，于是拉上了大卫……老蜗当时刚好跟排长吵架，一个不爽决心出走，好朋友一灿便与他共同进退了。

这是离别的前夜。嬷嬷仔细地收拾着行李，另外三位叛徒则分别忙于裸睡、抽烟和游戏。排长看在眼里，阴阳怪气："你们不是要走吗？还等啥？走啊！"语气里充满了的悲愤。也许因为他曾亲历祖国被列强瓜分的时代，再见不得任何分裂。

但嬷嬷的心情不受影响，他笑着回答："黄历上说明天适合搬迁。黄道吉日你懂的。"

"我不知道什么黄道吉日，我只知道什么叫黄到极致。"烂操插嘴。这货超想跟女生同居，可惜没人要。

"真要搬吗？再考虑一下吧。"八达轻声劝道。

"你只是觉得走了四个人，你能蹭的东西会变少对吧？"大卫一针见血，八达忙假装到处看风景。

"表太单肥四（不要太当回事）。"一灿喷了口烟，"饭过地荒卒而已，还素藏藏口以见面滴（换个地方住而已，还是常常可以见面的）。"

是的。基本上这就是他们的态度，合情合理，倒显得不舍的人小题大做、上纲上线了。但习惯了宿舍里永远有十个人，四个床位的留白就感觉很无情无义，也许真要到未来彻底分开，一年都难得见一次面，我们才会觉得完全版的415有多么奢侈。

之后大家的话渐渐少了，那晚相对平时要安静得多。过了十二点，老蜗甚至没有熬夜玩游戏。

沉默的黑暗中，锅炉工说了一句："不知道毕业的前一晚，是不是就像现在这样……"

我的眼眶为之一热，思绪不期然回到了一年多前。

415-men：第一战 02

"喂，你又用我的东西啊？"

正躺在床上午休，一句没好气的话让我睁开眼睛，转头看到金氏从八达手中夺过一支洗面奶。

"你的喔？跟我的太像了。"八达瞪大眼。

"你用哪个牌子？"金氏问。

"喏。"八达从公共置物架上拿起一支洗面奶。

"靠，那个是我的！"烂操吼道。

"喔喔抱歉抱歉，其实是这支。"八达忙改正。

"呃，那支是我的。"我举手。

全宿舍像看小偷一样看着八达，八达无奈，只好指着自己的牙杯说："这支是

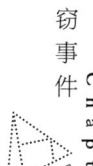

我的，这次不会错了。"

"……那是牙膏吧喂！你都用牙膏当洗面奶啊！"金氏暴走，"这次算了，下次别让我看见你用我东西！"

"别小器嘛，朋友就该有福同享。"八达抗议。

"谁跟你是朋友了！"

"不是就不是咯。"脸皮极厚的八达倒也没有多受伤，转身出了宿舍，"拜拜，我去买张彩票哈。"

"真倒霉，跟这种寄生虫住一起。"金氏骂道。

"你刚也骂过了。"排长开口，"背后少说两句吧。"

"我说错了？他也占你们的便宜吧？"金氏不满，"我用的不是一般的洗面奶，香港买的，一支几百！"

"知道了土豪。你洗一次脸的量够他洗个澡了。"

"你说啥？"

剑拔弩张中，容嬷嬷插入一张人畜无害的笑脸："好了好了，天热，都消消气。别吵啦。"然后他跑去拎开水瓶，"要喝水不？我给你们倒。"

"又是那个书呆子烧的？"烂操说。

"是呀，他去自习室前都会把所有开水瓶灌满。"嬷嬷笑着说，"我们以后叫他锅炉工算啦。"

"别，那种古董一看就开不起玩笑。"排长摆手。

这时，老蜗和一灿回来了，边进门边谈笑风生，张扬响亮，嬷嬷笑着招呼："回来啦。"

"是啊，打球打得好爽。"老蜗抹了把汗。

"你们跟大卫一起去打篮球啦？"

"不是，桌球。"老蜗搭着一灿的肩，"赢钱啦。"

"有兴趣下次一起啊。"老蜗说。旁边的一灿拿出烟来抽，厌恶抽烟的我不禁皱眉，一灿看见了，冲我高深莫测地笑了一下，随口问："听锅（听歌）？"

"嗯啊。"我点头，这人的普通话真难懂。

"戒几八错（戒指不错）。"一灿又说。

我摸摸右手无名指上的戒指："路边摊买的。"

一灿点点头，又跟老蜗厮守去了。

我看看时间，该吃午饭了，本想呼朋引伴的，想想还是算了。

那时是大一。军训刚结束，开始上课不到一星期。415的十个人虽然住在一个屋檐下，彼此的关系却只能说是认识。也许只有人见人爱的容嬷嬷敢自豪地宣称跟每个人都成朋友了，其他人嘛……

八达试图通过"我的东西是我的，你的东西也是我的"来建立友谊，不幸失败；锅炉工除了烧水外，有空就跑自习室，学霸形象让人望而却步；老排除了会对金氏表现出一点脾气，整体还算慈祥，但我们暂时对忘年交没兴趣，而好装 × 不求甚解的金氏同样不讨喜；狼牙棒拟人的烂操虽然长得不亲切，但经常会抖出岛国动作片之类的包袱吸引我们的注意力，让人对他又爱又恨；大卫除了身高暂时没有其他存在感，只好通过篮球麻醉自己；青梅竹马的老蜗和一灿形影不离，一身若有似无的江湖气让大家总不禁要保持距离，只有交际花嬷嬷与八旬老翁排长敢于搭讪……

至于我，那段时间正处于低气压中，觉得青春托付给这个又小又破的学校，简直是一朵鲜花插在粪坑里。引以为傲的人来疯性格都因此被封印。

这样的我，最终选择孤身前往食堂，忧郁悲壮。

以难吃著称的食堂，在刚开学的几天总是异常火爆，许多没见过世面的人把在这吃饭当成一种浪漫。忽然我看到了锅炉工，那朴实刚健的造型与看破红尘的表情相得益彰。他也看到我了，点点头："吃饭？"

"嗯，挤不进去。"我说。

"等等吧。"锅炉工平静地说。

我可没有那种耐心，低头看看戒指，圆弧上还有一抹淡淡的紫色，我便将它对准自己。

接着一个厨师模样的人挥着菜刀冲了出来："排队！叫你们排队是听不懂喔？！不排队谁也别吃！"

人墙迅速崩塌，饿鬼们你推我挤一阵终于恢复了秩序，而我巧妙地被挤到前排第一位。

接待我的是阿玲，那时我们还不认识。我回头寻找锅炉工，没找着，就向阿玲打了两人份的饭菜。

我端着一大盘菜和两碗饭，在队尾终于找到了锅炉工："走吧，我打了你的份了。"

锅炉工露出意外的表情："喔……多少钱？"

"算了，下次你请我吧，你去打两碗汤。"

 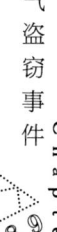

这是我第一次和舍友单独吃饭，完全是心血来潮的。但话说回来，如果打算在这个宿舍里交朋友，安静低调的锅炉工的确会是我的首选。

锅炉工吃了两口，惊奇道："你运气真好。我上次点醉排骨，给我的几乎全是土豆和骨头，你这份全是肉。西红柿炒蛋也是蛋比较多，青椒鱿鱼也是……"

"大概是排第一个的原因吧。"我说。

然后我们一语不发，各吃各的。唉，我果然还是受不了这种气氛，随口说："你经常去自习室啊。"

"嗯，很多要读。"锅炉工拍拍放在桌上的课本。

"刚开学就这么勤奋，你成绩很好吧？"

"考到这种学校，能好到哪里去？"锅炉工自嘲，"我就想靠专升本或自考拿到好点的学历。"

"我是只能考到这里。你是发挥失常了吧？"

"失常吗……"锅炉工苦笑，"我觉得准备得很充分了，模拟考成绩也不错，谁知道……我们班的尖子这次都考砸了。只有一个女生稳定发挥。"

"哦，她考去了哪里？"

"F 大。"锅炉工说出我们城市最好的大学，"跟清华北大没得比，但也算矮子里拔将军了吧。"

再然后，我们又无话可说了，只能闷头吃吃吃。

我忽然感到一阵悲哀。这跟我梦想中的宿舍生活差太多了！这气氛要持续三年的话……我多倒霉啊！

想着，我又一次抚摸了一下右手的戒指。

魔戒

那枚戒指我是在八月得到的。当时高考结束，成绩比甄子丹的《大闹天宫》还要烂的我，已确定被鸟不拉屎大学三棍子打不出个闷屁系录取。我很悲愤，因此把那个夏天过得分外放纵。事已至此，不玩白不玩。写小说、看电影、游泳、旅行，我是见缝插针、起早贪黑地进行。

某晚，我吃完宵夜，在一条步行街上瞎逛，路过一个卖银饰品的摊位，却鬼使神差地停了下来。

"随便看看。"摊主嗓音疲惫地招呼。

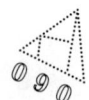

我其实对这些全无兴趣，不过好歹要开始新生活了，也不是没有考虑过从此改走狂狷邪魅俏鬼畜路线。我随意抓起一枚戒指，它是镀银的，不知仿的什么名堂，单纯的圆环构造，没有镶嵌宝石的戒托，戒面较宽，刻着一些奇怪的纹饰。我把它戴在右手无名指上。

然后，我眼中的世界忽然变了：我看到面前的摊主正袅袅蒸腾着一团黑色雾气，看着像着火了似的，而蹲在我身边的一位客人，身上则缠绕着一缕紫气，乍看仿佛古代女子挽着的叫作"披帛"的巾带。

我把戒指取下来，黑气与紫气就都消失了。再戴上，雾气缭绕。我忍不住伸手去拂，碰到那位客人时，紫气忽然飞快地钻入了戒指，仿佛它是抽油烟机。

银白戒面浮现出了淡淡的紫色，简直太神奇了！那人莫名其妙地问我："你干吗？"

"没什么。"我不知道怎么搪塞。

他白我一眼，指着一串项链问摊主："十块卖不？"

"太白菜了吧？至少十五，我一般都卖二十。"

"不卖算了。"那人哼了一声，转身就走。

摊主郁闷了一会儿，忽然抓起那项链惊叫："诶！我傻了，怎么把这个拿出来卖？"

"怎么了？"我问。

"这是我老婆的！好几千呢！幸好那家伙不识货。"摊主后怕地说，"妈呀，一紧张胃更痛了。"

我隐约想到什么，忽然握住他的手。本以为又会看到黑气源源进入戒指，但相反，刚才吸入的紫气被戒指释放了出来，与黑气混作一团后便消失无踪了。

"你现在感觉怎么样？"我问。

"心跳特别快。"摊主说。

"……是问你的胃还痛不痛啦！"

"不痛了，但总觉得你会让我别的器官剧痛。"

……把钱扔给这个思想龌龊的摊主后，我落荒而逃，连日来的郁闷心情一扫而光。

我明白了，那紫气与黑气，其实不是真正的气体，而是"运气"！紫气代表好运，不是有"紫气东来"的说法吗？而黑气当然是厄运。那枚戒指让我可以看见运气，并在不同人之间实现好运的转移——刚刚的客人本来可以用小钱买走那

串大几千的项链，我吸走了他的好运，他才没能得逞。之后我用好运中和了摊主的厄运，让他的胃痛不药而愈……

为了验证推测，我马上又做了个实验：在车站，我不动声色地将一个人的好运转移到自己身上。

我等的公车很快来了。我随人流一起上车，不早不晚赶上一个人离开座位，我美美地坐了下来。

不必怀疑了，这戒指的确可以操纵运气！而且我还发现，好运会直接与你的"愿望"发生化学反应——我要等车，就交上与车有关的好运。

这么说来，如果我有足够的好运，许一个进入好大学的愿望，是不是也能够成真？！

从那天起，我不再无所事事，开始每天每天上街转悠，寻找别人带着的好运，然后神不知鬼不觉偷走！

正式下海当扒手后，我发现这行也不容易。

首先不能欺负弱者。够资格坐老幼病残孕专座的人，他们的好运我是不会动的，我就是这么帅！

其次我信奉不偷那么多只偷一点点，因为偷时得用戴戒指的手跟当事人亲密接触，越巨大的好运吸收起来越费事，素不相识的人能让你碰那么久吗？有次我就被一个姑娘打了，也怪我不该选她的臀部作为下手地点。

最后，就算顺利偷走大量运气，也应该做好偷后服务。有次我趁人潮狂偷一个男青年的冲天紫气，却听他接了个电话，大叫着"三百六十五个日子不好过，你心里根本没有我"就要去跳楼，吓得我忙把好运连本带利归还。对了，电话那头传来的也是男声。

总之直到快开学，我也没能让整枚戒指变成淤青般的深紫色，尽管把那些运气都用光了，期待中有人通知我"之前的录取出错了，你其实考上了哈佛"的奇迹始终没有发生——我到底进了现在的学校。

我的青春，就在功败垂成的挫败中拉开了帷幕。

牌皇

紫戒会被一灿和老蜗 get，是我始料未及的。

我去洗衣服，随手把紫戒放床上。曾对它表示出兴趣的一灿看到了，随手戴起，新世界的大门打开了。

　　当我看到这两个不良少年走进水房，其中一个还公然挪用我的财产时，我是既火大又不安。而一灿笑眯眯道："借过借偶民王一下（这个借我们玩一下）。"

　　"能够吸运气的戒指，牛啊！"老蜗兴奋地说。

　　我傻眼了，这两人不问自取罢了，竟无师自通把设定给弄懂了，连糊弄他们的机会都不留给我！

　　"表酱八琴用嘛，费烦里滴（别这样不情愿嘛，会还你的）。"一灿说。

　　"这么扯的事，你们倒是一下就接受了喔。"我说。

　　"谁还没遇过几件怪事呀？总之谢咯。"老蜗拍拍我，跟一灿嬉笑着走了，而我则陷入被打劫的悲愤。

　　没能靠紫戒进入高大上名校后，我只用它干不必排队、上车有位之类大材小用的事，而一灿与老蜗则有特别的使用技巧！

　　是的，还有比打牌更能将运气物尽其用的么？这种娱乐也正适合老蜗与一灿，并且他们才不像我慈悲为怀，完全是天经地义般偷取着好运。看谁有紫气就过去搂着人家大叫"好久不见，你死哪去啦，怎么不认得我啦？我们穿一块尿不湿长大的呀"……等好运吸完了才猛然推开人家说："哎呀搞错咧。"

　　当然上述方法主要是老蜗在用，对象一般是男生。一灿则专挑女生下手，边吃人家豆腐边偷人家好运，简直丧心病狂。

　　抵达那个叫淡菜街的地方时，自从跟了我就吃不饱穿不暖的紫戒，已经被他们喂得酒足饭饱。

　　爬上一道长长的台阶，绕过一个臭臭的公厕，他们进入一家棋牌室，里面每张桌子都围了一圈人，不是打牌就是搓麻，大家齐心协力抽烟爆粗，堕落氛围让老蜗和一灿宾至如归。

　　二人朝着最热火朝天的角落走去，只见四个人在打牌。戴着紫戒的一灿一眼就看出，其中三个浑身厄运，绝对没可能赢，而既没有紫气也没有黑气的另一人，跟他们差不多年纪。

　　那是一个女生，长发宛如海带一般动人。见老蜗与一灿分开人群进来，目光在他们身上停了好一会儿。

　　"随王（谁玩）？"一灿问。

　　"我我我！你给我加油。"老蜗跃跃欲试。

　　一灿便握住他的手，将刚才搜集到的好运流畅地传达给了老蜗，成为他打牌

的"手气"，充足了电的老蜗意气风发，对牌桌四天王说："加我一个！"

"你要玩？我的位子让给你。"一个秃顶老汉擦着汗，狼狈爬起，"再输只能穿马赛克回家了……"

"小姑娘手气真好，怪不得他们都叫你牌皇。"一个同桌的大妈看着那个海带女嘟哝。

"牌皇？"老蜗跛跛地坐下来，"我们恰好有个同学是一代女皇。"他嗫嚅地看一眼一灿。

"幼几。里先王吧，偶去买烟（幼稚。你先玩吧，我去买烟）。"一灿笑着说。

一灿轻松地走开，完全不担心老蜗。没想到买完烟逛了一圈回来，老蜗身上的紫气已经消失殆尽，而黑气仿佛炊烟升起，他的脸色很不好看。

一灿看老蜗的牌，烂得好似放进过榨汁机。他二话不说再次给老蜗输"运"。

牌皇女孩瞥了他们一眼，说："该你摸牌了。"

老蜗摸了一张牌，和手里的一凑，饥寒交迫的牌面立刻回光返照；再摸一张，农奴翻身把歌唱；再摸一张，养猪种树谁最强？脱贫致富找蓝翔……

总之，满载运气的老蜗大杀四方，将包括牌皇在内的对手打得屁滚尿流，小人得志的他笑出满脸牙齿。

"不玩了。"输了两把后，牌皇沉声说。

"才玩多久呀，下一把我让你呗？"老蜗得意。

"不玩了不玩了。"另外两人也跟着打起退堂鼓。

围观者纷纷发出意犹未尽的抱怨，也有人解嘲："没办法啦，每次都赢的牌皇也栽了呢。"

"有没人要跟我来一发呀？"老蜗边数钱边问，围观的个个退避三舍。牌皇铁青着脸走出了棋牌室。

"他们玩好大，这会儿工夫我就赢了好多。"老蜗得意扬扬，"趁着手气好，换个地方玩吧。"

"表太汤星，猴吻木多嫂鸟（别太贪心，好运没多少了）。"一灿晃晃紫戒表示反对。

"那走吧。"老蜗倒也豁达，"我去尿尿，然后找个地方吃点好的！"

老蜗牛哄哄地去上厕所了，一灿则踱到其他桌子去观战。直到外面传来喧哗，他才发觉老蜗就算是去大便也该出来了。

一灿走出棋牌室，震惊地发现公厕旁长长的台阶的底端，老蜗昏迷不醒，黑

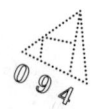

气卷土重来。

当天晚上，一灿与老蜗没有回宿舍。

相遇容易，相处不易，且行且珍惜 05

第二天早上醒来，我一眼看到八达撅着屁股轻轻抽着熟睡中的金氏……床头的卫生纸，见我察觉了，他很自然地做了个"嘘"的动作，继续完成自己的工作，然后在出门大便前冲我挤挤眼，分了我两张纸。

……这算封口费吗？谁想要啦！

一灿与老蜗的床仍是空的，没人知道他们为何夜不归宿。换了现在，我们肯定会打电话关心一下，对话还会是这样的："怎么还不回来？""加班呢，最近公司忙。""骗人！你一定又在跟狐狸精鬼混！""咳，宝贝你说什么呢，没有的事。""你不要再说了！你已经不爱我了，枉我一把年纪还给你生下一对儿女……"

可当时电话根本没打成，因为我们谁都没有他俩的号码，包括嬷嬷和排长。而一灿跟老蜗也没有主动打回来。这个表面客气和平的宿舍，始终还是充满了冷冰冰的距离感啊。

"一个宿舍的竟然不知道彼此的号码，太可笑了，是多不熟啊！"排长恨铁不成钢地训斥着，我们都眯眼看他：这老家伙是站在什么立场上叫骂的啊？

不过排长也不是骂完就算，他接着催我们报号码，大家当场交换、记录，我的联络簿一下子丰满起来。

等我们去上课时，排长更是表现出了惊人的行动力：他到处问有谁知道一灿和老蜗的号码，尽管专挑女生问这一点让人怀疑他只是在趁机搭讪，但乍看还是很感人的！嬷嬷深受触动，也帮忙去问520。

"哦哦，你是说那个长得很帅的人，还有那个皮肤黑黑的人吧？"小苹果迅速做出了回应。

"对啊对啊，你有他们的号码吗？"嬷嬷惊喜。

"没有耶。"

"……"嬷嬷被打败的同时怦然心动，小苹果的萌可是席卷全系的，"那，给我你的号码好不好？"

"好呀。你的也给我吧。"小苹果大大方方地说。

刚交换完，武则天的大饼脸就插了进来，没好气地说："上课了，滚回你的座

位去。"

嬷嬷飞快地滚了。尽管他当时还没喜欢上武则天，但服从命令本就是奴才的本能。

我们坐在同一排上课，这也是排长唆使的，他认为住在一起的人理应也坐在一起。但我们的总人数只有六个，除了老蜗与一灿，金氏和烂操也公然缺席了，从这点看来，他们已经成了"合格"的大学生。

这节是高数，全程我都昏昏欲睡，坐我右边的八达则在纸上涂鸦着一串串彩票号码，顿时失去了交谈欲望。左边的锅炉工则全神贯注，更加不是一个世界了。

课上到一半，锅炉工突然问我："你……要不要看看我的毕业照？"

我惊讶地看着他，他有些笨拙地解释："高中的毕业照，有同学扫描了发给我……"

我的心蓦地一暖。这个木讷的家伙也在尝试着缩短我们的距离啊，忙说："好啊。"

那照片看不看其实无所谓，反正我只能认出锅炉工和美女。锅炉工指着其中一个说："这是我们班长，也就是我们那届考得最好的。"

"喔，长得还行嘛。"

"我觉得这个比较漂亮。"

"略土诶，你喜欢这一款的啊？"

……

正培养着友谊，排长丢来一句："准备了！"

"啊？"

"要点名了啊！我们宿舍现在有四个人不在，分配一下谁替谁。"

"他们有叫我们替吗？"锅炉工纳闷。

"这种公益行为还等人出声？"排长嗤之以鼻，"你就算了。喂，舍长，你替那个胖子吧？"

我点头："好。"

现在想想，在促进 415 团结统一的大业上，排长的确起了不可取代的作用，真是家有一老如有一宝啊。

我们紧张中略带兴奋地完成了第一次的"代点"，全程顺利而富有纪念意义。有一些默契仿佛珍贵的种子，从那时候起就悄悄萌芽。

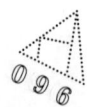

别人的大学

那么，烂操和金氏旷课去干吗了呢？答案是泡妞。

但凡泡妞高手，不是有脸就是有钱，可烂操有的只是个屁，但他独辟蹊径地带上了金氏。这样一来，再怎么没优势的人都能被对比出"身材苗条"的卖点。好比取经大队里有了八戒，沙僧的大胡子也显得十分性感。唯一要担心的是金氏的胸围过于丰满，导致烂操对妹子身材的要求在无形中提高了不少。

金氏傻乎乎地被烂操带出来，走着走着不安地问："今天还有课的，如果点名怎么办？"

"大不了被记嘛。这点小事难道比交女朋友还重要？"烂操不屑地说，"你一直都是单身吧？"

"谁说的！"金氏奋起逞强，"别看我这样，可多女孩喜欢我的性格了！"

"好棒喔。"烂操翻着白眼，掏钱包准备去一个店里买水，结果半天没掏出来，瞬间变身千手观音把自己从头到脚摸了N遍，"我我我钱包呢？！"

"是不是没带出来？"

"有带！我记得很清楚！"烂操面如死灰，暂时将爱情置之度外，"生活费全在里面啊！"

"那……快找找吧。"金氏识趣地低头寻找起来。

二人像没头苍蝇一样展开地毯式搜索，只差没有四脚着地。这时一双长腿慢慢走近，经过烂操时，仿佛一不小心把他撞倒了。

"靠！"气头上的烂操张口就骂，却发现肇事者秀色可餐，那是一个有着海带般长发的女孩。她一边道歉，一边扶起烂操。烂操的气立刻消了，却攥紧女孩光滑的小手，久久不忍松开。

"你们在找什么？"海带问。

"哦，没什么，一个钱包而已。"烂操潇洒地甩甩头发，"算了不找了，里面也就一万左右。"

海带微笑着把手从烂操的魔爪里抽出来："再找找吧，也许还能找到。"说罢转身走开了。

烂操的心痛已经被心动取代，痴痴地目送海带的背影，问金氏："你说她是不是对我有兴趣啊？"

"有你妹！"金氏骂着，举起一个脏兮兮的钱包，"你丢的是这个吧？我在那

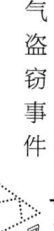

边草丛找到了！"

"哇！"烂操高兴得大叫一声，如果不是金氏重于泰山，真恨不能把他抱起来转圈圈，"还真被那个女孩说中了，她是我的幸运女神啊！"

"啥？"金氏刚才在认真帮烂操找钱包，没发现他竟背着自己拈花惹草。

"走，介绍你认识未来大嫂！"

心情大好的烂操，拉起金氏就去追海带，结果隔着一段距离，他看到海带又用似曾相识的"不小心"撞到了一个胖妞，然后握着手道歉不已，稍后胖妞过马路时几乎没被一辆车当场轧死，非常惊险。

"你在看什么啊？我们好像变态！"金氏抗议。

"嘘！"烂操不耐烦地堵住了他的腊肠嘴。

他们就这样鬼鬼祟祟地跟了海带两条街，没有贸然上前相认。海带不断与路人发生故意而短暂的接触，而每个被接触的对象都会迅速交上好运……

一前两后，就这样来到了F大的门口。

"原来她是这里的学生。"金氏忧郁道，"哥本来也想考这里的，后来觉得是金子在哪儿都会发光……"

烂操懒得听他吹牛，径直穿过了F大的门，不料海带忽然从一棵树后闪出来，双方正面对决。

"你们一直跟着我？"海带难以置信地问。

烂操尴尬两秒后说："记得我吗？你刚帮了我呢。"

"我哪有帮过你什么？"

"别谦虚了，你能赐给人好运，对不？"烂操说。

"我们都看到了！被你碰过的人都遇上好事了！"金氏兴奋得有如中了彩票。

"神经病，我听不懂你们说什么！"海带说着急欲离开。

烂操拦住她："我理解你不想被太多人知道。你可以信任我，把我当成搭档。"

然而正常女性都能看出烂操不是想当搭档而是企图搭讪，所以海带义正词严地警告他："离我远一点！"

"不要这样啦，我真不是什么可疑人物。"

"你再不走……"海带咬牙切齿，五爪微张。

"走走走！"金氏见状不妙，忙拉着烂操撤退。

"拉我干吗啊！"烂操身不由己地被拖出好几米，"这样就认输了，还泡个屁妞啊！泡面去啦你！"

"你都说了她有特别的力量，把她惹急了对我们有啥好处啊？慢慢来吧。"金氏说。

"想不到你不仅胸大，而且有脑！"烂操惊叹。

"呵，有时候，男人就是要给女人一点空间。这是我的经验之谈。"金氏耸耸肩膀，嘚瑟地说。

烂操再次坚定了眼前这不过是头装×猪的事实。

07 八一八那些道貌岸然的奇女子

上午的课结束后，除了八达兴冲冲跑去买彩票外，我、嬷嬷、大卫、锅炉工和老排都返回了宿舍。一进门竟看到老蜗头扎绷带躺在床上，一灿靠着窗抽烟。

"……他怎么了？"排长愣了一下忙问，语气里充满白发人送黑发人的痛惜。

"哦，骚微有点老赠蛋，屎八鸟（稍微有点脑震荡，死不了）。"一灿说。

……但这离奇的口音听来总觉得是什么怪病啊！我们情不自禁地上前围观。老蜗对我们苦笑了一下。

"昨晚你们在医院？"大卫问。

"嗯。柴肥八九（才回不久）。"一灿看着我说，"多亏鸟里滴戒几。偶花现他粗四后腻刻给他苏怒鸟问气，肿涮有点运（多亏了你的戒指。我发现他出事后立刻给他输入了运气，总算有点用）。"

我很辛苦地分辨着这位帅哥一点也不帅的口音，见紫戒仍在，这才放下心来。

"没事就好，大家都很担心呢。"嬷嬷真诚地说。我们不约而同地点点头。

"谢谢。"老蜗与一灿有些感动，异口同声。

和睦的气氛中，我问："你怎么受伤的？"

"妈的！"老蜗如诈尸一般猛然坐起，然后头晕眼花地躺下，"哎哟……都怪那个贱人，是她害我的！"

我们大惊，闹了半天居然是凶杀案？！

"偶奶缩吧，戏秦戏酱滴（我来说吧，事情是这样的）……"一灿刚一开口就被老蜗打断了："拉倒吧你，别浪费大家时间了，还是我来说。"

我们都笑了，一灿也露出自嘲的表情。嘛，这两个家伙其实都有可爱的一面呢。

他们你一言我一语地说起整件事，一开始就是戒指的设定，听得一屋子人大眼瞪小眼，排长、大卫、嬷嬷一起跟我抗议："这么有趣的东西居然不告诉我们！"

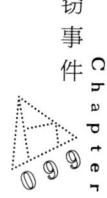

"接着怎样？大大快更新！"我装傻逃避。

"我们就去打牌了，遇到一个头发像海带的女生。"老蜗说，"阿灿去买烟后，她提出跟我换座位，我说行，她起身时一个不稳摔在我怀里，说看来换位子影响运气，还是不换了。啊，老子的运气才真的被影响了，好运从那时起就变成了厄运！"

我听得心里一紧。

"后来阿灿回来，重新给我输入好运，我总算又赢了。"老蜗撇撇嘴说，"再后来我上厕所出来，看到那女的脸色很臭，看来非常不爽被我们赢了。然后她突然握住我的手说拜拜，我就猛地脚下一滑……"

"难道她……"我不敢相信。

"她，也有一枚——戒指！"老蜗一字一句咬牙道，"可惜我发现的时候已经晚了。还有，她的戒指是黑色的！"

这就说得通了！紫戒只能吸收好运、抵消厄运；黑戒刚好相反！海带不傻，一定早就注意到了紫戒，因此专挑一灿不在场时对老蜗下手。看来她之所以是"牌皇"，不是技术多好，而是把对手都咒衰了吧！

"偶民谎赠也似桌弊，木鸡格缩她（我们反正也是作弊，没资格说她）。"一灿将烟头摁灭，"荡港动叟就素拧一肥四鸟（但敢动手就是另一回事了）。"

"说得对，那女的长啥样？我们留意一下！"排长迅速开启同仇敌忾模式。

"忘了给她拍照了，可恶。"老蜗骂道。

一直没说话的锅炉工，默默把手机递了上来，屏幕上是他给我看过的那张毕业照的放大版，显示着他们那届唯一考得好的那位"班长"。

"是她么……"锅炉工颤抖着问，"我记得她是有一枚黑色的戒指……身边的人常常会倒霉……"

"是！"一灿和老蜗看着这熟悉的画风，齐声叫道。

锅炉工的脸色已经难看得仿佛烂操了，打死他也不会想到，自己之所以沦落到这所破学校，不是天灾，而是人祸！很明显，海带高中时代就得到了黑戒，虽不能用它吸收好运，却能让别人遭受厄运来使自己脱颖而出。也许她不陷害任何人也能考上 F 大，她却选择了一将功成万骨枯之路，何其腹黑啊！

"你认识就好办了。怎么找她？"老蜗摩拳擦掌。

"我只知道她读 F 大新闻系。"锅炉工低沉地说。

"好，走吧！要她血债血偿！"排长不知嗨什么。

"等等，她能操作厄运，我们得事先准备足够的好运，才能对付得了她。"我说。

"辣横简当（那很简单）。"一灿冷笑。

"你们又打算偷别人的好运？"嬷嬷急切地说，"别做这种损人利己的事呀，这样跟那女的有什么不同？"

一灿不以为然："八男总摸办（不然怎么办）？"

"我身上有好运吗？用我的！"嬷嬷一脸正气。

我们都被这种圣母精神闪瞎了，嬷嬷竟如此舍己为人！排长一拍桌加入捐款队伍："有种！我的好运也拿去！"

"荡里木有吼问（但你没有好运）。"一灿说。

"这里还有谁有？你尽情拿。"排长自作主张。

一灿看了一眼大卫，大卫苦笑："我待会儿要去打球……算了，你拿走吧。大不了输一场。"

嬷嬷和大卫的好运仅仅染紫了戒指的冰山一角，不足以讨伐海带，可大家被容嬷嬷的圣光净化过，已经不能坦然地外出狩猎别人的好运了。

这时八达回来了。一灿看了他一眼，显得十分吃惊，我们忙问："难道……"

"……糙多的（超多的）。"一灿重重地点头。据他说，此刻的八达简直是化工厂的烟囱，噌噌猛冒紫气！

"你们在聊啥？"八达挥着手中的一张纸片说，"我刚买了张彩票喔，万一中了，我会请你们吃饭的！"

我们瞬间明白了，八达所拥有的好运是什么……

大卫叹了口气："你不必请，以后我们会请你的。"

"说得没错，朋友的确应该有福同享。"排长说。

"再有人骂你寄生虫，我就跟他急！"我说。

"不过你也别蹭得太过分就是啦。"嬷嬷苦笑。

而一灿张开魔爪，伸向完全搞不清状况的八达。

图书馆战争

猎魔之旅终启程！队员包括我、一灿和老排。老蜗和锅炉工显然不构成战力，大卫有比赛，嬷嬷据说佳人有约，而八达，我们心疼他，特赦他不用参加。

F大真的很大，如金氏的胸脯般望不到头，相比之下我们的学校根本是贫乳。不过我们倒也不担心目标会像大海捞针般难找，因为我们做什么都会很走运！

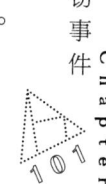

靠着紫戒加持，我们下意识选了一个方向前进。

F大有翠郁的林荫道及古朴的老建筑，我们一路走马观花，来到一栋楼前，一二层是图书馆，人来人往。

我们要找的海带——聪明的你肯定已经发现了，她就是让金氏与烂操恨不能跪舔的女子。当时她正在二楼阅览室翻着书，无意中朝窗外一瞥，赫然看到了一灿！男神就是这样了，隔得再远也能以蓝光高清画质显像。做贼心虚的海带心里一咯噔，她当然没忘记自己对一灿的朋友干过啥。

海带慌慌张张地离开座位，饥不择食般胡乱从周围的人身上吸收厄运，她必须尽快充实自己的弹药库。接着她跑出阅览室，迎面却撞见了金氏与烂操。

"我们等你等到现在哦，没想到吧！"烂操说。

"滚开，别添乱了！"海带烦躁地甩开他俩。

"看在我这么有诚意的分上，帮帮我吧。"烂操可怜兮兮地紧跟着，"我就想要点儿桃花运……"

"我也很倒霉呢，老瘦不下来，拜托了！"金氏说。

"……"海带忽然眼睛一亮，"你们得帮我个忙。"

"你说！"俩笨蛋激动不已。

"有几个人上楼来了，要找我麻烦，帮我挡一下。"

"你不是该有特别的防狼技巧？"烂操问。

"帮不帮？！"海带提高音量。

"当然。"烂操忙说，"金氏，我保护她离开，你殿后！"说完推着海带就朝三楼跑去。

"啊，为什么不是你殿后啊？！"金氏大叫，但烂操的身影已经迅速远去。

金氏暗暗叫苦。这货虽然膀大腰圆，但还真不是打架的料，他杵在原地战战兢兢。

不久，我们几个也到了。415的四个人面面相觑，都超意外的。金氏脱口而出："就是你们要找她麻烦啊？"

"你说那个海带头？"排长立刻追问，"她在哪？"

"她……"金氏犹豫。

"说啊，你跟她什么关系啊？"

"没……她让我挡住你们……"金氏吞吞吐吐。

"哇嗷！"排长夸张地叫了一声，"我们来替天行道，结果碰上窝里反了！日防夜防家贼难防啊！"

"你说什么啊？"金氏恼怒。

"你的智商没法懂的。先闪一边去吧。"

金氏跟排长本就互不顺眼，这会儿跟他杠上了，动也不动。

排长骂道："好猪不挡道！"

"再说一句？你个糟老头，白骨精！"

"猪八戒你好样的！"排长的逆鳞被触，开始捋袖。

"喂喂！"我试图阻止。

"你们走吧，我早就想跟他打一架了。"排长呸了一口，挪到空旷点的地方，金氏也不再霸住楼梯口，配合着宿敌转移战场。

一灿拽了我一下，轻描淡写地说："兰能偶尔打打架木啥八吼（男人偶尔打打架没啥不好）。"

我们便在厮杀声中继续往楼上挺进，不断传入耳中的惨叫，每一声都仿佛排长的遗言。

09 意外的幸运签

烂操和海带往楼层高处移动，本意是趁金氏拖延之机判断一下追兵路线，然后从另一侧楼梯逃跑，不料二楼以上都在整顿，另一侧出入口封锁了，作恶多端的海带被这局面弄得进退两难。

更要命的是烂操侧耳聆听过楼下的动静后疑惑地说："追杀你的人好像是我宿舍的？"

"……什么？！"

"确实是，其中有一个，话都讲不清楚！"

海带没想到自己病急乱投医，居然投到个庸医。烂操还天真地说："那就不要紧了，大概是误会，我去帮你解释一下。"

海带猛然拉住他："你不要走！"

烂操感受到了患难见真情的节奏，笑道："嘛？"

……我和一灿来到五楼，感觉 RPG 之旅终于到头了。这是最高一层，人迹罕至。要对上 Boss 了！

让我们大吃一惊的是，率先映入眼帘的竟是昏倒在地的烂操，而海带蹲在他

一旁！事后戴着紫戒的一灿告诉我，当时烂操黑气勃发，惨烈程度像是正在被火葬。

"别靠近。"海带强作镇定，"不然他就完蛋。"

"你干了什么？！"我质问。

"呵，我把厄运对准他的心脏集中注入，心脏能遭到的最大厄运是什么，你们懂的。"

"……你知道自己在做什么吗？！"我难以置信。

"我也不想！把你们的戒指拿来！"海带伸手道，"快！否则我继续注入厄运，他就死定了！"

不知她是虚张声势还是真那么丧心病狂，但我不敢轻举妄动。虽说烂操嗝屁了世界应该会变得更美……我看向一灿，很怕他会不管不顾地冲上去为烂操报仇，但他也迟疑了。

感情寡淡的舍友，不等于无关紧要的路人。

事态陷入胶着，我的手机这时响了，接通后，意外传出了锅炉工的声音："抓到了吗？"——看来对这个改变了他一生的女魔头，锅炉工还是无法不在意。

我飞快对他说了前情提要，顺便让他感受了一下海带"快点！别耍花招"的咆哮。

锅炉工在那头重重叹了口气，说了一句话。

"你们在商量什么鬼？！"海带警觉。

接下来，我一秒都没犹豫，将手机朝海带砸了过去。无坚不摧的诺基亚如美队之盾般呼啸飞出，而海带也如巴基般酷炫地接住了它——只不过是用鼻梁。

我和一灿在来时就预先备足了好运，于是，平常朝垃圾桶丢个纸团都会出界的我，此刻宛如百步穿杨的神射手！海带根本来不及反应就喷着鼻血晕了。

锅炉工刚才跟我说："别跟她耗，直接砸晕。"多么简单粗暴又行之有效的战略啊！不愧是 415 的智囊！

Boss 被干掉了，我和一灿立刻跑上去，脱下她的黑戒，化解了烂操死于心肌梗塞的危机。

"要怎么惩罚她？"我指着昏迷的海带问。

一灿收起黑戒，捡起我（果然）没摔坏的诺基亚，给鼻血横流的海带拍了一张照片，然后点起一支烟，微笑着说："涮鸟，兰棱又云酿旅棱滴辍误（算了，男人要原谅女人的错误）。"

同一时间，二楼，金氏与排长仰躺在地。他们已经打完了，两个人都鼻青脸肿，

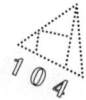

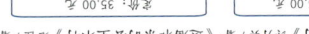

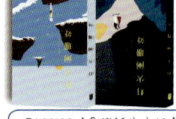

我爱偶签名旅绘

青春的旁逸 03

非童画·阿《青春的旁逸 3》插图

Illustrated by 米佝

衣衫不整。

金氏说："想不到你这把老骨头还挺耐打……"

排长说："你胖归胖，身手倒还挺敏捷的……"

"比不上你啊，明明一只脚都踏进棺材了。"

"过奖过奖，我算是领教了天蓬元帅的厉害。"

两人打着嘴仗，越说越来劲，然后相互搀扶着爬起。

可能，有些男生的友谊，真的要靠打一架来建立。

追忆篇终幕：起风了 **10**

我把海带的毁容照给锅炉工看，不苟言笑的他，忽然就喷了，我才发现这货有一口硕大的牙龈，后来的日子，我们常常能看到他这样夸张的笑容。

以拳头交换友情的老排和金氏，从那之后转型相声搭档，成日互损，带动了宿舍的"人身攻击"热潮。当一切矛盾都能靠吐槽化解，这个集体就真的开始团结了。

比起大卫不出所料地输了球赛，更让人唏嘘的或许是嬷嬷的情路。本来那天他打算约小苹果，被一灿吸走了桃花运后，他们的约会也泡汤了。这是否间接扭曲了嬷嬷的取向，令他后来走上痴迷武则天的不归路，那就谁也不知道了。

至于八达悲惨吗？人家丢失的可是真金白银欸。不过，看看他今天掰人两头蒜，明天顺人一根葱的乐此不疲的生存状态，又觉得没啥好内疚了呢。

死里逃生的烂操当然没学乖，未来招惹了各色怪异美女，堪称烂桃花专业户。反而是老蜗开始修身养性，他在养伤期间玩游戏消遣，结果一发不可收拾地陷了进去。少了这个拍档，一灿也开始安心当男神，当然有需要的时候，两人还是会一起下海兴风作浪的。

我呢？我很快乐啊。不久后就认识了春菜。像是迈过了高高的门槛，一整幅明媚的青春才正要徐徐铺展。矫情的低气压，不知不觉而翼而飞。

还记得那天晚上，宿舍里第一次变得热闹。大家回味讨论着这第一次共同经历的奇妙事件，个个兴致高昂。排长当场订了纪律："以后有好玩的东西必须共享，违者处以猪压床之刑！"

"老不死的，想被我压就直说嘛！我成全你！"金氏迅速对号入座，丰乳肥臀抖动不已。

"晚上不如聚个餐吧？"大卫提议。

"我不会出钱的！"八达严正声明。

"赞成舍撮！锅炉工，不要泡面了。"嬷嬷说。

"你叫我？"锅炉工纳闷地指着自己。

"对啊，你帮大家烧了那么多次水，实在没什么好谢的，就让我们以后叫你锅炉工吧。"我说。

"……真是谢谢啊！那你们的外号又叫什么？！"

"这位老当益壮的排骨不如就叫……"

那是契机，也是奇迹。纵然未来仍有磕磕绊绊、风风雨雨，415大家庭就从那一刻开始成立。

11

风继续吹

当我结束回忆时，天亮了。我想着往事入睡，它们就成了我跌宕的梦。梦醒了，我又回到了大二下学期，四个人要搬走，简直比梦更不真实。

嬷嬷他们背起行李时，大家都不约而同地感慨，但也不至于表现得宛如生离死别，大卫提议："不然一起去我们新家坐坐？"

"休想让我们当苦力！"排长说。

"好啊，一起去看看呗。"锅炉工拍了一下排长，其他人也表示赞成。

于是，就这么自然地，全宿舍都参与到这乔迁之喜中来。我反复告诫自己：搬走四个人，不代表分道扬镳。现在只是改变，不是离别。当时我们小看了即将到来的大三，都觉得大家在一起的时间还很多。

即使如此，最后一个走的我在关门时，回头看了一眼空落落的宿舍，还是产生了预演毕业的错觉。

那年八月，我努力地搜集好运，希望能去到好的大学，结果失败了。

而我现在知道了那些紫气的去向。

遇见你们，就是我在青春里最大的幸运。

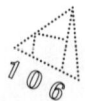

Tales of the Unusual Youth

415

大叔说："好想买房子。有一个自己的家。"

我严肃地说："大叔你要透过现象看本质，房子不等于家，有爱才是家！"

大叔茅塞顿开。

"这就好比矮穷矬不等于屌丝，单身的矮穷矬才是屌丝！"

大叔发疯似的殴打我。

One Night In 415 分舵

嬷嬷、大卫、一灿、老蜗搬迁记差评上映中。

选了一个所谓的黄道吉日，四人正式出走。虽然这并非老死不相往来的节奏，我们却都十分伤感，抓住他们的手送上了"走了就别回来！""就当我没生过你们！""狗行千里吃屎！""走得再远，你大爷永远是你大爷"等殷切祝福。不过嬷嬷他们也知道我们刀子嘴豆腐心，所以始终嬉皮笑脸，回头是岸的逆转剧情没指望了。悲愤的是我们还得去参观他们的新家，这简直好比女朋友被抢了还去参加她的婚礼。排长本来宁死不从，是我好言相劝："人都没了，还有什么不能原谅？走吧，送他们最后一程……"排长哽咽着点点头……

送葬……不，送行队伍就这样浩浩荡荡出发了。嬷嬷他们的新家离学校不远，在差不多一站路外的居民区。嬷嬷说："所以哪天咱们想回娘家，也就是一抬脚的事。"排长闻言冷笑："嫁出去的女人，泼出去的水，谁稀罕你回来？"嬷嬷说："这小区虽然旧了点，但感觉还挺舒适吧？""是的，它有一种厕所的气质，让我恨不能来一发。"排长说。

嬷嬷充耳不闻:"关键是租金便宜。""省下钱请道士也好,这里一看就会闹鬼。"……

保守派领袖排长就这样不停地跟维新志士嬷嬷抬杠。亏得嬷嬷脾气好,怎么都不动怒。我们在这个过程中走过生锈的铁门与肮脏的大院,进入一栋楼,四层左手边就是他们的新窝。这房子共有三个卧室,嬷嬷他们和武则天为首的520几位各占一间,剩下的属于一对同居情侣。先入为主的武则天、小苹果和眼镜娘正打扫卫生。

"来啦!"嬷嬷用担心意外怀孕的妹子与姨妈重逢时的喜悦口吻宣布。

"来得真齐啊,正好,来帮忙吧!"武则天把一块抹布丢嬷嬷脸上。但谁会听这娘们儿的指挥?排长、烂操和八达毅然捋起袖子,跟眼镜娘和小苹果抢活干。

就这样,有人自愿出力,有人假装到处看风景。最宾至如归的莫过于老蜗,他拿出笔记本,准备玩游戏。

这座旧房子里电插座不多,仅有的几个也因为劳动最美丽而不便使用。老蜗在浊世中寻觅着一方净土,忽然注意到一扇小门,似乎还不是厕所。

老蜗去拧门把手,忽然听见门后有人在说话。

"一群混蛋!混蛋!谁答应你们搬进来的!"

老蜗打开门,原来是个储藏室,狭小杂乱,根本藏不住人。疑惑地关上,随即清楚地听见里面又传来怨念很重的一声"等着瞧!"那明显是女声!但再次开门,依然空无一人。

老蜗忙去报告小伙伴:"这房子好像有点不干净!"

"那还不快帮忙!"武则天把一个空桶扣在他的头上。

等该做的卫生都做完,415六人也决定打道回府了。排长嘟哝:"明明是来踢馆,怎么变成助纣为虐了!"……这货越来越像个傲娇老爸了。

"那我们走了。"我对嬷嬷他们说,"常回家看看啊。"

"嗯。"他们一起点头,总算这些家伙天良未泯。

当晚,遍插茱萸少四人的415响起了他们的来电。熟悉的卧谈首次以电话会议的形式召开,新鲜之余,仿佛大家没有分开。

当然,放下电话后他们的遭遇,我们是后来才知道的。

当时老蜗问了一声:"一灿,你在晃什么?"

"偶饭(我晃)?"仍睡老蜗上铺的一灿纳闷,随即发现整个房间都在摇,

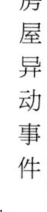

一灿大叫："递进（地震）！"

是的，地震！天花板开始落灰，窗户咔咔作响，桌上的东西噼里啪啦往下掉！嬷嬷四人纷纷从床上摔了下来，连滚带爬地往房间外跑。地震是会死人的啊！

他们开门时，正赶上看见隔壁的520三剑客披头散发冲出，只穿睡衣的她们，看起来是那么美好，就如同她们看见裸奔的大卫时发出的尖叫一样动人。

金风玉露一相逢的同时，地震停了。

隔壁的情侣把门打开一道缝："你们吵什么？"

"刚才地震了……"嬷嬷已是花容失色。

情侣面面相觑："地震？你们在做梦吧？"

情侣关门后，老蜗说："我就说这房子不干净！"

武则天回头看看满地狼藉的房间，没好气地说："废话！简直是超不干净！"

02 爷爷泡的妞

"我第一次听到净身出户时，真的以为是阉干净了才准走。"

"我昨晚在学校附近的一家小吃店，找到了梦寐以求的怎么吃都不会胖的宵夜——闭门羹。"

嗯，我和梅子又在约会了。这是第几次？已经记不清，但就像过去任何一次那样愉快。因为比起春菜，梅子实在太简单了。我不需要陪她去给外联部拉赞助，不需要帮她参谋这样那样的比赛，不需要听她吐槽学生会高层的有眼无珠……跟梅子一起就是嘻嘻哈哈吃吃喝喝。一边享受轻松，一边患得患失。

春菜积极上进，而我浑浑噩噩，梅子则是无忧无虑的。情感上我喜欢跟梅子在一起，理智上又舍不得跟春菜的距离……

"喂。"梅子的手在我面前晃了晃，"发什么呆？"

我忙把走远的神拉回来，梅子托着下巴卖萌道："面对美女居然开小差，太没礼貌了。"

"面对美女必须想入非非啊，专心才没礼貌。"

"噗，那你在想入什么非非？"

"如果我说出来，这篇会被禁掉的。"

"什么鬼啦！"梅子戳我额头，"陪我去个地方吧。"

我们结了账，走出那家面馆。学生时代没钱泡咖啡馆，我们一般就在吃饭的地方促膝长谈。第二杯半价算什么，我们的紫菜葱花汤可以免费续杯哦！

梅子带我登上一辆公车，我说："不是去你学校吧？我今天不想变性诶。"

"美得你。我是带你去我奶奶的老家。"

"绕过爸爸妈妈直接见奶奶！"

梅子捶了我一下："我奶奶小时候也住福州的，后来搬走了。这么巧我大学在这读。奶奶说老家快拆了，让我去拍几张照片给她做纪念。"

"喔，不是见家长，真失望呢。"我讪讪地说。

车子渐渐驶到郊区，高楼不知何处去，狗窝依旧笑春风。我看到窗外是一条老街，路面啥也没铺，尘土飞扬。两侧是许多高不过两层的旧房子，多为木造、砖砌，甚至能看见珍贵的门槛、烟囱和瓦片。除了凝视排长，我已经很久没有感受过如此的沧桑感。

梅子带着我下车、走进老街，走到最大的那座房子前。灰色的高墙布满枯萎的爬山虎，腐朽的木门上嵌着锈透的铜环，春联仅剩一滩浅红的横批，一棵歪脖子树半死不活地杵在门口。梅子说："是这里了！"

"好冷清，已经没人住了吧？"我东张西望。

"是啊，我奶奶八十多了，也只有八岁前住在这里。"梅子边说边用手机拍照。

"亏她老人家还记得这儿了。"

"上了年纪嘛，就会特别怀旧……"

眼前的老屋忽然传来嘎吱一声。我们瞬间安静下来，四只眼睛盯着那扇门。

门打开了！一道黑影窜了出来，一边扑向梅子一边大叫："小花啊啊啊！"

我眼疾手快将梅子一拉，黑影摔个狗吃屎。那是个瘦小的欧吉桑，穿着类似唐衫的旧衣服趴在地上。

"……没事吧？"我试探着问，真怕他回一句："七十九了，咣当一下拍地上了，还能抢救得过来吗……"

"小花啊啊啊！"欧吉桑跟安了弹簧一样忽然跳起，一双老花眼饥渴地盯着梅子。

"您认错人了……"梅子不知所措地说。

"不会错，你和小花一模一样！小花，我好想你啊啊啊啊啊！"欧吉桑哀号。

我心里一动，问梅子："小花会不会是你奶奶？然后你跟你奶奶年轻时很像……"

"……那我大概知道我老了是啥样了。"梅子的语气忽然变得很伤感，让人非

常好奇她奶奶长什么样！

"小花，你不记得我了吗？"欧吉桑可怜兮兮地看着梅子，总有一天会成为幼师王的梅子顿时动了恻隐之心，不禁道："我记得。"

"记得？那你说，我是谁！"欧吉桑说，"你说呀！你说呀！你不知道就是冒牌的！"

……等等怎么变成这样！不是你上赶着来相认吗！梅子不知所措地说："你……你是……"

"我是大菊！"……什么鬼名字啦！这是骚扰吧！

"大……大菊，我记得喔。"梅子艰难地叫着。所以果然是骚扰吧！

欧吉桑露出了满意的笑，说："真的是小花呢。小花，来……"

他闭起眼睛，半张老脸就朝着梅子的胸口靠了上去。我看不下去了，拉起梅子就走。

"小花！小花！"欧吉桑焦急地伸出手。

"老不羞，滚！"我骂了一句，脚步更快。梅子本来还略犹豫，但可能因为我十分坚决，终于不再回头。

走出一段，我松开梅子。手心残留着柔软的温度。

做房子呢最重要的就是开心

上午十一点，老蜗独自在房间呼呼大睡。

嬷嬷和大卫去上课了。他们非常享受跟妹子前后脚起床然后互道早安、一起吃早餐然后相携上学的过程。一灿当然不会那么肤浅，但闷在家抽烟更无聊，于是他到415找我们去了。只剩老蜗僵卧孤村不自哀，即使是遭遇地震的昨晚，他也仍然坚持玩了一通宵！

但老蜗的眼睛猛地睁开了。睁得如此突然，两粒眼屎甚至弹飞了出去。老蜗感到不对：他被什么压着，不能动也不能叫，可眼前分明只有上铺床板！

传说的鬼压床？老蜗的心头掠过阴影。这时床"轰"的一声塌了。老蜗后背着地，无形的压力一轻，他忙向左一滚，那重量总算没有不依不饶地缠上来。

老蜗完全醒了，他不是第一次感受到这个房间的异常了，看着自己刚躺过的地方，一个轮廓渐渐浮现出一个女生——穿着土土的粗布衣裙，头发枯黄开叉，面有菜色，俨然一个灰姑娘。她充满敌意地盯着老蜗。

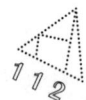

而储藏室的碎碎念正是女声，老锅迟疑地问：“你是……幽灵啊？”

灰姑娘冷笑：“是又怎样？”

“怎样！你还敢问怎样！”老蜗勃然大怒，“晚上地震，白天震床！很好玩是吧！幽灵了不起啊？！”

灰姑娘有点傻眼，这绝不是人类面对幽灵的正常反应，“……你不怕我啊？”

“怕个鬼！滚！”

灰姑娘一伸手，嚣张的老蜗被她凌空提了起来。

“喂喂别乱来！我可是吸血鬼，我咬你啊！”老蜗叫嚣着《青妙2》的台词。灰姑娘手势一变，将他砸趴在了天花板上。

“……这位姑娘我们好好谈谈吧……”老蜗服了。

“你为什么不怕我？”

“刺激的东西我见多了……区区幽灵……”

“那可真抱歉啊。”灰姑娘翻个白眼，“我不是幽灵，我是房灵，也就是房子的灵魂。很吃惊吧，不是只有你们人类才有灵魂。”

“难怪你的气质跟这个破房子这么搭……”老蜗刚说完，又被遥控着在墙上狠撞了几下。

“房灵在自己的地盘几乎是无敌的，你说话小心点。”灰姑娘用和善的小嘴说着凶残的台词。

“我到底怎么你了，我是你的房客啊！”老蜗鼻青脸肿地说。

“谁想要你们这些房客！”灰姑娘彻底爆发了，“每座房子都有一辈子只伺候一家人的梦想！有些房子不是拿米住的也就算了，像什么店铺、仓库、教室、厕所，不会有人永远为它们停留。它们好比人类中的屌丝，注定孤独终老。”

这房灵姑娘忽然进入了解说模式。如此接地气的比喻让老蜗暂时忘记了自己的处境。

“你知道我们最看不起哪类房子吗？是旅馆！它们有着身为家的全部功能，却只能收获一段又一段露水姻缘，这跟特殊职业有什么两样？

“……立刻跟全世界的旅馆道歉！”不以吐槽见长的老蜗忍不住咆哮。

“可我觉得，最悲哀的还是我们出租房。”灰姑娘忧郁地说，“我们洁身自好，梦想从一而终，有时候，的确也能遇到有意厮守的住客，那段岁月多美，仿佛就是永远。但是一转身，他们忽然就搬了。多年感情就这样被始乱终弃。心力交瘁却也只能鼓起勇气迎接下一段缘分与下一段心碎……日子一天一天过，我们越来

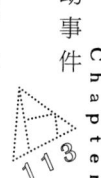

越老，再没有挑剔的资本，而只能被挑。"

"……剩女是吧！"老蜗的吐槽功力一日千里。

"还记得你们隔壁的情侣？"灰姑娘哀伤地说，"他们已经在我这住了好多年，我很喜欢他们。不久前，他们有意买下我，房东也答应了，反正除了他们，也没有其他人来租我。我好开心啊！终于可以跳出火坑，告别风尘。谁知道你们这群死大学生忽然来了！房东那个老流氓于是跟那对情侣表示，尽管我徐娘半老，但还是很有市场，想为我赎身得加价……他们于是买不起了。我只好继续当我的出租房……"

老蜗总算明白灰姑娘为何这么怨念了，只整蛊他们而不影响那对情侣，也得到了解释。

"房灵通常不在人前现身，但我实在不能忍了。"灰姑娘将老蜗丢下来，郑重警告道，"你们这群死小孩，搬走吧！否则别想有好日子过！"

"太不讲理了，我们才住进来一天，租金已经交了三个月的了！"

"我不管你们！我不想闹太大，是怕破坏那对情侣对我的印象，你们不要敬酒不吃吃罚酒！"

老蜗觉得跟一座房子吵架实在是太蠢了，正想着如何是好，灰姑娘忽然消失了。开门声接着响起，老蜗去客厅一看，情侣中的大姐回来了。

"没去上学？"大姐打招呼，"怎么一脸伤？"

老蜗知道，他要敢跟大姐打房子的小报告，绝对会被从窗口丢出去，便随口扯道："没什么，睡糊涂了……"

"刚搬来还不习惯吧。"大姐热心地说，"这房子虽然旧了点，但住起来还是挺舒服的。冬暖夏凉，不容易脏。"

老蜗心不在焉地点头，可以想象灰姑娘是多么卖力在推销自己的好，简直就是田螺姑娘。

"不过房东太混蛋了，他以前好像是混帮派的。"大姐很健谈，"本来我们想买下这房，他却突然涨价，买不起了。还有……下半年房租也要涨了，我们考虑搬了。"

整个房子猛然一晃，大姐惊叫："欸！地震了！这次我感觉到了！"

"错觉吧，我没感觉呢。"老蜗走进房间，"拜啦。"

关上门，灰姑娘现身在他面前，"怎么会这样……"她的眼泪哗哗地流了出来，与此同时厨房和卫生间传来水声，天花板也出现了渗水。

"喂，控制下！不然他们明天就搬了！"老蜗警告。

灰姑娘苦兮兮地咬住嘴唇，忽然朝老蜗冲了上去，老蜗来不及反应，灰姑娘已进入了他的身体，老蜗不由自主地开门下了楼。

"搞什么鬼喂！"——显然，灰姑娘抢了老蜗的身体！

"吵死了！"老蜗又哭着给了自己一耳光，"房子又没脚，只有这样才能出去散散心！我这么惨了，你帮我一下是会怎样啊！"

一人一房跑出小区，跑在成群无数的房子构建的迷宫。

04 同情我，就给我钱！

夜幕"Biu"的一下就降临了。

老蜗坐在光明湖公园里，愁苦地浏览着万家灯火。愁苦是他和灰姑娘的共同表情，老蜗今天简直把一年份的运动量都用掉了。

"玩够没啊，回去啦……"老蜗说。

灰姑娘无精打采地拖着老蜗的双腿，往本体走去，很明显尚未释怀。老蜗却松了一口气。

经过一条僻静的小路，老蜗看到了一个提款间。三四平米，玻璃门后是三台提款机，老蜗随口说了句："开在这里也不怕被抢。"

他的脚步就忽然停了下来，灰姑娘借着老蜗的眼睛炯炯有神地看着提款间。

"人类的所有烦恼，其实有钱就都能解决吧？"

"……胡说！金钱可未必能头到幸福！"老蜗人惊失色，忙端出心灵鸡汤。

"我真蠢，烦什么呢，帮他们弄到足够的钱就好了啊！"灰姑娘兴奋地说。

"这种想法要不得啊啊啊！只有劳动换来的金钱才是最可贵的啊啊啊！"

灰姑娘无视老锅走入提款间，手按在墙上，三台提款机同时开始工作，老蜗的心里则开始用哆啦A梦到红星闪闪到好汉歌的节奏狂播 no zuo no die，why you cry。

"啪"，灰姑娘的手忽然被弹开了，角落出现一个穿警服的正太，大叫："你知道自己在干什么吗！"

"不管你是谁，救命啊！"濒临入狱的老蜗狂叫。

"我是这里的房灵哦！"正太一脸严肃，奈何稚嫩的少年音无法同步，"人来抢劫也就算了，大姐姐你也是房子，怎么可以这样子咧！"

灰姑娘扫了一眼这个提款间的崭新装潢，凶道："刚出生没多久的小鬼懂个屁，闪开！"

"大姐姐你非要这样，除非踩过我的尸体！"正太说着，高举双臂，警报立刻响起，提款机通通黑屏。果然房灵对自己的地盘是享有绝对控制权的。

但灰姑娘的房龄也不是白累积的，她猛一跺脚，地面啪啪龟裂，正太脚一软直接给跪了，灰姑娘又攻击天花板，正太一翻白眼晕了，警报声停了下来。

"不管在谁的地盘，都是强的一方说了算。"灰姑娘得意。

"萌萌！站起来！站起来啊！"老蜗擅自给正太起了个名字后，恨铁不成钢地冲他吼。

灰姑娘故技重施，提款机再次亮起，哗啦啦狂吐钞票。如果在场的不是老蜗而是八达，这会儿已经失禁了。灰姑娘又脱下老蜗的睡衣（是的，老蜗从起床开始跟她打交道，忙得没空换衣服）铺在地上，将钞票收拾进去，又扎成一个可观的包袱。只穿背心的老蜗背起这满满一包钱，那画面美得他自己都不敢看。

"……把监控破坏掉吧。"事已至此，老蜗只想销声匿迹。瞬间，角落响起爆炸声。

"指纹和脚印得擦干净！好好回忆一下你刚碰过哪些地方！"老蜗又说，"还有别急着走，留心看看周围有没有目击者……"

"你很懂嘛。"灰姑娘赞美。

"呜哈哈哈哪里哪里混混而已……"老蜗自暴自弃，放声大笑。

你有超能力，我有房产证 0 5

雌雄怪盗满载而归。因为太害怕吃牢饭，老蜗一路东躲西藏，步步为营，尽显专业本色。

终于回到家了，门自动打开，迎面是一幅乐也融融的晚餐图。武则天三人和嬷嬷三人正围着一桌快餐盒大快朵颐。看到造型独特的老蜗，全体停下了筷子。一灿吞下一口菜，说："里兰得粗萌，居男窜层酱（你难得出门，居然穿成这样）……"

"不关我事……"老蜗有气无力地说，手一滑，睡衣包袱掉在地上散开，无数毛爷爷在地板上凝视着祖国的花朵。

"老蜗你……"容嬷嬷捂着胸口娇喘连连。

然后大家都看到，一个外观朴素的女生从老蜗身体里分离了出来，她一扬手，满地钞票蝴蝶似"哗哗"飞起，在沙发上垒成壮观的一摞摞。

武则天和小苹果各含着的一口饭掉了下来。

"把事情告诉他们吧！"灰姑娘意气风发地下令。

"她是这房子的灵魂……总之是一个恨嫁的剩女……她逼我推倒小正太……"老蜗机械而疲惫地复述着不堪回首的今日。

"啥？要我们搬？"一代女皇武则天听说要迁都，怒发冲冠，"放肆！拉出去斩了！"

"租金我会加倍退你们。"灰姑娘开出遣散费。

"有钱了不起喔？想都别想！"武则天可不是见钱眼开的。

但她显然忽略了一座更年期房子的耐心，灰姑娘一瞪眼，餐桌来了个华丽的后空翻，饭菜洒满人间，本来坐着的六人更集体被椅子掀倒在地。

"别惹她！她现在是主场作战！"老蜗以过来人的身份提醒未经人事的小伙伴们。

"对了，都老实点。"灰姑娘叉着腰说，"来，一起动脑筋，想想我该怎么把钱送给未来的主人？"

小苹果怯生生地举手发言："直……直接给……"

"你傻啊，吓到他们怎么办？一会儿该不要我了！"

"辣里现债酱烙，就八怕他萌鸡道里滴群债（那你现在这么闹，就不怕他们知道你的存在）？"一灿镇定地朝那对情侣的房间指了指。

"门口没鞋，说明他们不在家。"灰姑娘嗤之以鼻，"省省你的鬼主意吧。除非房产证上写你的名字，否则你们绝不是我的对手。"

话音刚落，卫生间传来了开门声，一个很有分量的脚步朝着客厅走来。

灰姑娘的脸色瞬间变得煞白。来者是个粗壮的胖子，光头、满脸横肉，让人不禁想起那句诗：大金链子小手表，一天三顿吃烧烤。

老蜗疑惑地问嬷嬷他们："这谁啊？"

嬷嬷说："房东啊……说是路过这里时突然好想大便，就……"

房东走到灰姑娘面前，咧开大嘴奸笑道："我隔着门什么都听见了。没把这房子卖了是正确的，原来还躲着你这玩意儿啊！"

灰姑娘的气焰已经荡然无存。虎落平阳，强攻转受，房东眯着眼打量她，然后下令："还不快把地板收拾干净！"

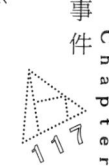

倒地的桌椅立刻咸鱼翻身，扫帚、畚斗和垃圾桶争先恐后赶来清理满地狼藉。

"你居然这么听话！"老蜗满脸惊讶地看着灰姑娘。

"必须的！没听她刚才说吗？我是她的主人，她是我的东西！"房东笑得身上的肉乱颤。

"那……我们不必搬了是不是？"小苹果问。

"当然不必啦，我的好房客。"房东笑眯眯道。

"呼。"武则天松了口气，"那这些钱快想办法送走吧，留着准出事。"

房东不搭话，一边与毛爷爷深情对望，一边问灰姑娘："你下手时没被看见吧？"

"没有，证据也都抹掉了……"灰姑娘哭丧着脸，有问必答。

"那对情侣回老家去了，这两天都不在。"房东对老蜗他们说，"今天的事就咱们知道。咱把钱分了吧？"

众人吃惊于房东的提议，一灿这时朝大门走去，嘴里说着："烟木有鸟，偶去买（烟没有了，我去买）……"

房东冲灰姑娘使个眼色，刚被一灿打开一道缝的门又立刻关上了。

"森马意素（什么意思）？"一灿皱眉问房东。

"机敏的小子,谈完再走吧。"房东丢给一灿一支烟，"我这个人呢，懒得编瞎话。我大可以吞了这些钱骗你们说全还了，但你们早晚会知道是假的，所以不如打开天窗说亮话吧。这里的钱最少有一百万，我不会亏待你们。"

倒不是说嬷嬷他们有多么正人君子，实在是他们胆子不够肥，做不出私吞赃款这样的事。而房东既然有了那种意愿，不合作的知情者就很碍事。老蜗想起大姐曾说过：房东以前是混帮派的。他是个真·流氓。

"偶民季节费肿么样（我们拒绝会怎么样）？"一灿抽着烟，冷静地问。

"那我就得跟她商量商量怎么堵你们的嘴了。"房东抓住灰姑娘吓唬，"我讨厌麻烦的事，还好现在有这么个能干的帮手。喂，你能让人消失得毛都不剩么？"

面对这种不在一个等级的思考模式，灰姑娘直接吓傻了。

"不急,好好考虑。保不准警察还是会找到这来呢，等确定安全了,咱们再谈。"房东嘿嘿笑着，拍拍灰姑娘："我去忙一下，你看住他们，别给我放水哦。"

房东打电话去了，后来一灿推测，他是在找人聊洗钱的事。而灰姑娘有些愧疚地对大家说："我不能不听他的……所以你们老实一点……"

七人靠墙而坐,愤怒而无奈。一灿与眼镜娘则不动声色地默契交换了一个眼神。

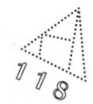

咆哮突击队

"……等确定安全了，我们再谈。"

围观着排长的手机，415余下的六人陷入沉默。

流氓房东自以为控制了灰姑娘就控制了全局，却忽略了人类的智慧。几乎就在灰姑娘蛮不讲理地展示出力量时，眼镜娘当机立断地拨打了排长的电话，然后就把手机倒扣放置，全程给我们做现场直播。据事后采访，她表示只是习惯性以防万一，没想到真能带来一线生机……话说眼镜娘到底有着怎样的过去啊！

等到那头不再有声音传来，排长第一个发言："现在的鬼故事真是很有气氛呢！好了，该睡觉了。"

我说："不对吧？嬷嬷他们很危险啊。"

"这就是重色轻友的下场！"排长叉着腰冷笑，"就说不让他们走吧？一走就出事了吧？活该！我们接着要做的就是在他们头七时去上香。"

我们眯着眼睛看排长，锅炉工说："也有一定的道理，我去烧水了。"

"刚好，我泡个面。"金氏转过身。

"八达，就让你我同去洗澡。"烂操邀请道。

"我去跟大梅子聊天啦。"我拿着手机走向屋外。

我们当然知道排长不是那种见死不救的人渣，但是长辈的威严让他必须在此刻演出一场"不听老人言，吃亏在眼前"的戏码。这个时候最好的办法就是全面配合他。果然，排长一下子觉得极其无趣，骂道："让我说两句发泄下都不行啊！"

"玩够了就想办法救人吧。"我温柔地说，"再怎么说，那房子也是415的殖民地。我们都有份的。"

"直接报警就好了吧。"排长闷闷地说。

"不行。"锅炉工推推眼镜，"一来警察叔叔未必相信这种设定，二来经手抢劫的始终是老蜗，关键时刻房东把事情往他身上一推，只要那个房灵不现身，就得由老蜗来背黑锅。"

"所以还是得我们自己上？"金氏大失所望，"跟房子怎么打啊？"

"而且那房灵显然并不年轻貌美啊！"烂操的重点永远令人很火大。

的确，虽然已经迈入了第三季，但我们仍是一群不折不扣的屌丝。能够一再获得续订真是祖坟长草啊！

"有了。"锅炉工再次提出好主意，"正所谓以牙还牙，房灵就要让房灵来对付。

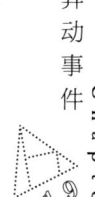

如果每个房子都有灵魂，那么我们这间宿舍……"

大家都激动了起来！是啊！理论上 415 也该有个什么化身不是吗？它会是什么样？是男是女？高矮胖瘦？排长仰天长啸："喂！我们的话你都听到了吧？出来见个面啊！"

楼上的 515 宿舍立刻传来痛骂："喊什么！谁家的牲口牵回去！"

金氏抚摸着大门："房先生，跟大家说句话嘛！"

烂操把脸贴在墙壁上："在吗？亲？"

我单膝跪地凝视地板："摩西摩西？"

可惜不管我们呼唤得多么卖力，也不见任何东西现形。倒是有些人从 415 门口经过，见到一群男人跟墙壁、地板和家具缠绵悱恻的样子，纷纷落荒而逃。

"吵死了，来了啦。"

我们惊讶转头，竟看到——八达！等等，怎会是八达？可他一脸不耐烦地说："这什么表情？我就是 415 啊！现在附在这家伙身上。"

我们觉得奇妙极了，住了快两年的房子真的跟我们进行了沟通！酷炫新体验 get！

"那么，我们的作战计划是？"虽然有很多东西想问，但大公无私的我还是以拯救苍生为先。

"我已经想好了。"415 说，"你们先把身上的钱都给我，越多越好，快。"

我们莫名其妙，但都照办了。415 接过钱，锁进八达的抽屉里。

"接着把吃的都给我，越多越好，快。"415 说。

"为什么救人需要这些东西啊！"金氏大叫。

"混蛋，想他们死吗！照做就对了！"415 骂道，"你们每人还得写张'我欠八达一千块'的借据给我……"

我们一拥而上，将八达暴击一顿。这种时候趁火打劫！还真是有特别的致富技巧啊！

"所以这房子其实没有灵魂吧？"排长心急火燎地问。

"我也觉得。看它跟豆腐渣工程似的。"金氏嫌弃。

"说得对，就算有灵魂也绝不可能是美少女。"烂操恍然大悟。

听着我们的话，锅炉工露出若有所思的表情："说起来，嬷嬷他们那楼也够旧的，也许我们可以……"

07 开门！查水表！

镜头转回 415 分舱。嬷嬷他们仍蜷在客厅一角，灰姑娘无精打采地看着他们，那样子像极了银行抢匪在监管人质。

"好姐姐，你就放了我们吧。"嬷嬷哀求。

"你以为我不想啊？但我没法违抗那家伙的命令。"灰姑娘没好气地说。

"不然把女孩子们先放了？我们给你当人质。"大卫提议。

灰姑娘翻翻白眼，懒得多说了。

"算了，既来之则安之，听天由命吧。"老蜗边打游戏边说。

"……你没资格说这种话！"众人咆哮。老蜗闲着也是闲着的人生态度让人超不爽的！

突然，整间房陷入了一片黑暗。大家不约而同地"啊"了一声。房东快步向客厅走来，借着窗外透进的光，质问灰姑娘："怎么回事？！"

"那个……停水停电本就是我们旧房子的老毛病……"灰姑娘解释着。

"不要做多余的比喻！快发电！"

"臣妾做不到啊……那是电力局的工作……我顶多只能尽量维持电压稳定……"

房东瞪着她："你不是在跟我搞鬼吧？我说过，你不许背叛我，必须老老实实执行我的命令！"

"我不敢……我没有……"灰姑娘急忙说，"我判断是跳闸了，但电闸在楼下，我遥控不到，得有人去看。"

房东想了想，指着小苹果说："就你吧，你去把电闸推上去。电箱安在这座楼左侧，上面有房号，很容易就能打开。记住别耍花样，他们都在我手上……"

"我替她……"大卫赶紧站起来英雄救美，却发现黑暗中房东指的其实是武则天，于是匆匆坐下，看着小苹果几人坚定地说："我照顾你们！"

武则天一脚踩在大卫的脚面上，嬷嬷忙说："我替你去。"

"不用了。"武则天不耐烦地一挥手，走向大门。

让她万万没想到的是，门刚一打开，她就看到了——烂操和排长！"哇哇哇哇——"他俩一个举着扫帚，一个举着搓衣板，怪叫着杀进了屋！

是的，这就是锅炉工的战略！旧楼房的水电箱许多都安在室外，只要愿意，就可以从外部切断电源。破门而入容易打草惊蛇，但只要有人开门出去查看情况，

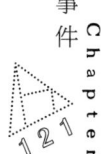

我们便可以伺机突入，杀他们一个措手不及。决定了，就把这次行动命名为"开门查水表大作战"吧！

但是烂操和排长还未能出奇制胜，厨房忽然飞来许多亮晶晶的暗器，菜刀、锅铲、饭勺、叉子什么的闪电袭来，将他们牢牢地钉在了墙上！

虽然是为虎作伥，但灰姑娘还真不含糊。

可惜烂操和排长本来就只是作为炮灰存在的，他们分散注意力的同时，锅炉工带着我和金氏闯入，锅炉工指着拐角处的一堵墙说："那就是主承重墙！砸！"

我们举起手中的哑铃、锤子和椅子，玩命似的砸起那堵墙来。承重墙是类似主心骨的存在，如果破坏得够彻底，整个房子能直接塌掉。果然，回防不及的灰姑娘整个人摔倒在地，痛苦如姨妈第三天！

"伞（闪）！"一灿抓起眼镜娘和小苹果就朝门口跑，大卫、嬷嬷和老蜗也跟跟跄跄地跟上。

"靠，当老子死的吗？"房东一度被我们的里应外合弄得不知所措，反应过来后坚定地挡住了"逃犯"们的去路。

英俊的一灿率先上前，朝着他的脸就是一拳！"啪"，房东左手将一灿的拳头接个正着，右手握拳狠狠地捣向一灿腰间，一灿及时抬高膝盖化解，却一个不稳摔倒在地。房东不由分说补上一大脚。嬷嬷和大卫赶来解围，分别被房东抓住，左一抡右一抡，砸向致力拆房的我、锅炉工和金氏。

我们乱七八糟倒成一团。大获全胜的房东哈哈大笑，将门"砰"地关上。此刻的光源又只剩下窗外的路灯了，惊心动魄的黑暗中，只听老蜗绝望地大叫："我摔倒了！你们赢了没啊？过来扶我一下啊！"

我们的心情："@#￥%&*……"

"把他们都给我抓好了！再出岔子，我要你好看。"房东对喘着气的灰姑娘说。

灰姑娘缓慢地点着头，我立刻感到身上传来束缚感，就像一条看不见的绳子将我死死捆住，总觉得下一秒就会有人对我挥起皮鞭……

如果对手只有流氓房东一人，不管他多能打也不是我们一群人的对手，但加入灰姑娘这个超自然的存在就太棘手了。

黑暗与人口密度，让这座房子显得更挤了，房东打量着眼前同呼吸共命运的九男三女，冷笑："还是搬来救兵了啊。跟我说说，消息是怎么走漏的？"

"里费发粘篇席，偶开桌电发（你废话连篇时，我开着电话）。"一灿二话没说，认领了眼镜娘的罪名，知道真相的人顿时都敬佩地看着他。

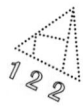

"挺聪明啊。"房东点着头，"那进攻的计划又是谁想出来的？这个可更需要智商。"

"明人不做暗事。我就是那个总策划！"烂操抢白，然后冲女孩子们挺了挺他的鸡胸，换来一大堆照亮黑暗的白眼。

"这样哦。"房东蹲下来看着烂操，"那麻烦你帮我想一想，该怎么抓住那个负责拉电闸的家伙呢？"

烂操霎时面如死灰。是的，我们的作战想要成功，拉电闸的时机与突袭的时机必须配合得十分默契，我们安排了八达做这件事。主要是他之前被我们揍得太狠，因此获得了不必上战场的伤员福利。现在我们已经被一网打尽，只能指望靠不住的八达了啊！

"想不到办法吗？我倒是有主意了。"房东把拳头捏得咔吧作响，"你打他的电话，我让他好好听听你们的哭声，也许他出于心软，就会主动上门自首了呢。"

不作不死的烂操发出哀号，但是晚了，房东引以为傲的杀鸡儆猴拳已然轰至面门，誓要将烂操的三角脸打成菱形！

08 你是猴子请来的救兵吗？！

"啪"。

室内忽然大放光明，所有人的眼睛一时都睁不开，随后是一声惊天动地的"咚"，大门忽然像美国队长的强迫症之盾般旋转着告别门框，呼啸飞削过房东与烂操之间，逼得他们必须像牛郎织女般分开。我们一起瞠目结舌地看着门口，只见那个维持着射门POSE的人影赫然就是——八达！

"干掉他！"惊魂未定的房东怒吼道。

无法不从的灰姑娘打开双臂，整间房立刻震得所有人东倒西歪。可八达一踏地面，震动立止，灰姑娘忙又使出推拿大法，但八达出手更快，隔空便将灰姑娘轰然击倒，后者眼冒金星，昏眩在地。

……这么可怕的对手居然就被秒杀了啊！以众人质疑震惊的目光为红毯，八达风骚走位，行至我们面前。排长用老年痴呆的口气问："你……你是谁啊？！"

"一开始就告诉你们了啊。"说这话的八达，身体里跑出一个人来，漫不经心地抓住房东："我的人，你也敢动？"随手就把他丢进了厕所。

厕所传出马桶爆裂的巨响，听在耳里，宛如天籁。

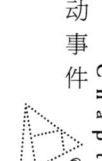

眼前的男人是个不折不扣的抠脚大汉。中等身材，稀疏的胡渣，穿一条大短裤，趿着拖鞋，如果还能摇一把蒲扇，绝对能无缝融入那些夏天傍晚吃完饭，到处溜达的大叔群体。

"……你就是415？！"恍然大悟的我们异口同声，包括八达。

"嘛，已经不年轻了，谁让我不是新房子呢。"415把手从背心下面伸进去，挠着胸毛说……这个低俗的行为跟新旧没有一毛钱关系好吗！"可我要是个酷炫狂踅屎炸天的高富帅，你们肯定会觉得画风不对吧。就要现在这样，才配叫十个臭男人的宿舍啊！"

……虽然这番话有理有据令人信服，但我们都觉得自己被冒犯了！

"这么说，你一开始就附在八达身上了。"锅炉工说，"当时为什么要演出那样一段啊？"

"嗨哟，这话说的，不神经病还能算是415吗？"

"我们刚才很危险啊，你不会早点来救我们吧！"

"嗨哟，这话说的，千钧一发才是男人的浪漫啊！"

……我们集体产生回宿舍后往墙上泼粪的念头。

这时，灰姑娘悠悠醒转。她看看我们，看看415，看看昏迷的房东，忽然号啕大哭起来。

"别哭了，我们都知道你是被逼的。"415扶起她，"乖，回头把钱还了，把这死肥佬交给警察，这事就算过去了。"

"可……可是……"

"别担心，就算死肥佬把你供出来了，也没人会信的。相反，我们这儿可是有十三个人可以证明你要对祖国的花朵不利呢。"

灰姑娘仍在抽抽搭搭："可是……钱还回去了……我就又不可能被买走了……"

"Baby，你这种心态是完全错误的哟。真爱迟迟不来固然遗憾，但为了弥补这种遗憾而做出让人遗憾的事，岂不是更遗憾？"415说着绕口令，一只手不动声色地搂上灰姑娘，"人老珠黄算什么？淡定才是真绝色。一定会有懂得欣赏你的人出现的。所以请擦干眼泪，嗯？哭泣与你这样的美女并不相称呢。"

……怎么安慰着安慰着变成调情了！一座房在泡另一座房啊！如果他们在一起了会生出一座狗屋那样的小房子吗！脑洞根本停不下来！而灰姑娘面对如此安慰，还真的不哭了，她羞赧地看着415说："你……你好成熟啊，你还好厉害。刚

才面对你，人家完全没有招架之力……"

……人家！居然自称人家了！冷静一点啊，这位阿姨！请注意泡你的人现在只穿大裤衩啊！比空知英秋好不到哪里去啊！

415抓了抓屁股，解说道："我们房灵的外形呢，是由房子的年龄和装修质量决定的。精装修、新房子，就会有高富帅、白富美的外形，真让人生气呢。好在我们的内涵是由房客决定的。你看教堂、庙宇之类的房子，自古就有辟邪作用，那是因为人们很容易对那种地方产生信仰，对同样聚集在那里的人产生情感，这些都会成为房灵的力量。"

他又说："对出租屋、地下室、旅馆、宿舍之类流动住房而言，房客等于过客，总有一天要曲终人散。可他们对彼此的依恋，对同住一个屋檐下这件事的感恩，会成为我们最珍贵的力量之源。我接待过很多房客，但是感觉自己最强大的时期，始终是这两年。"他看了看我们十个人，"强大到即使有些人搬走了，也完全无损我的力量，因为每个人的心都还住在415……"

搬出去的嬷嬷四人和剩下的我们六人，情不自禁地交换目光。

是的，就是这样——我们永远都是"415"。

多少人曾在你生命中来了又还 09

又一次的奇妙事件落幕了。欢乐的时光总是过得特别快，又到了说再见的时候，但别急，还有一支插曲未完。

那天晚上，我们离开415分舵回学校，路上我接到了梅子的电话，她说："我给奶奶打了电话，跟她说已经拍了照片，顺便聊了天，无意中提到'小花'，你猜奶奶说了什么？"

"什么？"我问。

"她说，她真的有个外号叫小花！但从小到大只有一个人那么叫她。那人叫大菊，是个小男孩。小时候家里管得严，奶奶常常被关在深宅大院里，没人陪她玩，除了大菊。他们是在一个秋天认识的，那时院里的菊花开得灿烂，就被他们拿来当成对彼此的昵称……"

……

"奶奶说，大菊是突然出现在她生活里的，他像是捉迷藏一样在家里神出鬼没，她没有告诉其他人。后来奶奶的爸爸生意失败，刚盖没多久的新房子被卖掉

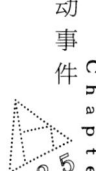

了，他们一家人也搬走了……奶奶之后常常想起大菊，说都来不及跟他好好告别。奶奶也说不清大菊到底是什么样的存在，只记得他常常贴在她的心口，羡慕地说：'真好，人类的心会跳……'"

……

三天后，梅子的奶奶来到福州，我们陪着她故地重游。当时，拆迁的脚步已经更近了。老街甚至被围了起来不让进，如果不是看在老人家的面子上，我们也未必能进去看最后一眼。

嗯，最后一眼了。

梅子的奶奶在接近老屋的时候，脚步竟似返老还童般矫健，仿佛逆行在岁月的长廊上。当她在斑驳的门前停下，大门竟自动开了。我们曾遇到的那个色色的欧吉桑颤巍巍地走出来。

我正在想是不是该回避这老头，只见欧吉桑那浑浊的眼睛亮了，他哆嗦着嘴问："是……是小花吗……"

奶奶微笑着，哽咽道："是我。"她张开了怀抱，"你听……"

欧吉桑慢慢走近奶奶，慢慢弯下腰，小心翼翼地像是聆听世间最美的旋律，将耳朵靠近奶奶的心口……

还没有贴近，他就笑了："听到了……比过去都大声呢……真好，人类的心会跳……"

一段距离外，我和梅子并肩看着他们。斜阳为整条暗哑的老街镀金，时光的废墟中，站着老去的男孩与女孩。

梅子的侧脸有泪水滑落……我不是没想过，在那一刻握紧她的手。

室友的眼镜有着非主流（不，现在已越发主流了……）的取向，与他聊天有风险，一天他问我看过《笑傲江湖》的小说没。我说没。

"可惜了。金庸作品的精华只有看小说才能领会。比如反派狄修威胁令狐冲与田伯光的这段……"眼镜展示给我看，"'……我要将你二人剥得赤条条地绑在一起，点了哑穴拿到江湖上示众……'"

……这是什么精华喂！

吃了我的瓜，忘了那个他

我说："她不是我女朋友，别想太多。"

我的爹妈露出失望表情，妹妹说："早知道了。"

"欸，你怎么知道？"双亲问。

"仔细看你们儿子，像有人要吗？"妹妹说。

双亲真就仔细看我，然后老妈伏在老爹肩头啜泣，而老爹边拍她的背边坚强地望着天花板，仿佛这样眼泪就不会落下。此情此景让我确信自己是买盒饭送的。

这是大二入夏后一个足以载入史册的周末。在我二十年的人生中，第一次带妹子回了家。依稀记得小学六年级生日，爹妈说搞个聚会吧。而那时我十分娇羞，只敢请男的。这也让我多年后回忆起那个聚会，总有一种它是在男厕召开的错觉。更不幸的是从那之后，没有任何同龄女孩来过我家，偶尔到访的也全是雄性。我单纯的爹妈开头还欣慰地觉得真好，这孩子完全不早恋。而当社会开始步入烧死

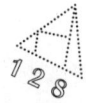

异性恋的时代，他们才惊恐地脑补，也许我早的是另一种形式的恋……

直到我带回了春菜。当时我双亲的表情啊，也是醉了，仿佛那不是春菜而是春风。这很糟，毕竟我和春菜只是闺密。为免二老冷不丁冒出一句"婚礼要办几桌呀"引发喷饭狂潮，我不得不给他们打预防针。

嘱咐完毕，我端着一盘哈密瓜回房间投喂，进门就见春菜在看我的电脑，屏幕上是密密麻麻的文字，我哇哇大叫地跑过去把页面关了。

"干吗啦，是你让我随便玩的。"春菜贼贼地笑着，"这小说是你写的？难道是耽美小肉文……"

"再说杀你灭口！"我用一片瓜堵住了她的嘴。

"嗯，好甜喔。"春菜一边笑一边嚼。

"是吧，跟了我，包你吃香喝辣。"

"那不如去西北，那里昼夜温差大，水果特别甜。"

"咋就肥不死你？！"

这个白天，春菜飞来横祸，被人抢劫了，不但损失了财物还受了伤，偏偏男朋友小猫这两天回银川，顿时她连个可以依靠的肩膀都没有。山中无老虎猴子称大王，于是"猴子"就想办法开导春菜，带她回家。一来可以好好招待，二来换个环境宽宽心……我做对了，但一个哈密瓜又把她的心带去了西北。胡思乱想中，我鬼使神差地看了一眼电脑，桌面上躺着春菜刚才打开的文档。

"爱妹"让人受尽委屈

隔天星期六，一个不睡到十二点都不好意思跟人打招呼的日子里，我六点半就醒了，因为我上初中的妹妹今天还是有课的，当她起床看到在沙发上甜睡的我，做的第一件事就是把我连被子带人拽到地上。

"干什么呢？"起床时间仅次于鸡的老妈问。

"我不能睡懒觉，超不爽的。"妹妹说。

"那现在有没有好一点？"

"好多了。"

老妈欣慰地说："那就好，来吃早餐吧。"

……你们俩给我等一下，难道没人打算就我这个状态说点啥吗！睡意全无的我默默抱着被子爬起。可是不知为什么，我的心头又微微荡起难言的喜悦，一种

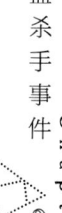

能够为妹妹派上些用场真是太好了的喜悦……

"噗。"突然响起春菜的笑声，转头就见她穿着睡衣站在卫生间门口。

"你怎么也这么早起？"我说。昨晚我们一起看片到很晚，然后她在我的房间里睡。

"想到是在做客，还是不好意思赖床。"春菜吐吐舌头，"不过，还好起得早，见识了传说中的妹控呢。"

"小春，来吃早饭吧。"老妈邀请道。

"谢谢阿姨！"春菜礼貌地应着，坐到了妹妹身边。

我飞快地漱洗完毕，跟她们坐在一起，慈爱地问妹妹："今天要上一天课喔？"

"是啊。"

"那可得多吃点才有力气呢。"

"你要不要这么没话找话喔……"

"怎么是没话找话呢，这是兄妹之情的体现！"

"谁跟你是兄妹，你是捡来的，不信问妈。"

我妈在一旁说："你这孩子，不是说好要把这个秘密带进棺材……"

"……且不说我是不是捡的，你们俩还真一看就是亲母女啊！"

老妈和妹妹勾肩搭背地对我比了个 V。春菜大笑。

早餐和家庭小剧场结束后，妹妹要走了。她在玄关穿鞋子时，我问："今天会带春菜到处逛逛，你晚上要不要跟我们一起吃饭？"

"不要。不当电灯泡。"

"反正到时候我给你电话，你要就过来咯。"

"不要，下午可能会拖课，没事别打我电话。"

妹妹警告过我后背起书包走了。春菜打趣道："不看不知道，你还真是一个不折不扣的妹控欤。"

"我对此特别自豪！"但那时我没想到，妹妹反对我给她打电话，主要是因为昨天她的手机被老师没收了。

世间的每一次相遇都是久别重逢

俺妹骑车去上学，这技能是她上中学前我教的。选定空地，妹妹笨拙地蹬着车，而我如影随形搀扶奔跑，俨然人形辅助轮，在她摔下时又会马上变身人形肉垫。

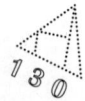

含辛茹苦的指导令妹妹迅速成才。我开心地问："以后哥哥老得哪儿也去不了，你载不载他呀？"

妹妹说："我一车撞死他。"

……总之俺妹骑车去上学。经过一个路段时，她看到了一个古怪的人。

一头长发，一身古装，整个人像青蛙似的趴在地上。特殊的登场技巧让妹妹不禁想起神经病、演员、COSPLAY爱好者等名词，看看周围没其他人，善良的孩子迟疑地停下车。走近了，更能感受到当事人那忘记吃药的气质。妹妹捡了根树枝捅捅他："你没事吧？"

"唔……"病人有反应了，他缓缓爬起，灰头土脸地打量着周围："这是……什么地方？"

"马路。"妹妹说，"你干吗躺在这里？"

"我干吗躺在这里……不记得了……对了，我是谁啊？"病人一脸茫然。

妹妹囧了：这不正是江湖十大老梗之一的失忆？放眼世界只有绝症能与之匹敌。但是为什么会一早捡到一个失忆患者？还穿古装，这不是新品种的碰瓷吧……

"我也不知道你是谁，不然你去警察局问问吧。"妹妹说着就要走。

"别走别走！我好像想起一些什么了！"病人急忙扶着脑袋摇摇晃晃地站了起来，双眼盯着警惕的妹妹，"那个，我们是认识的吧？"

"不认识。"

"可总觉得你越看越面熟欸。"

妹妹在确信遇到变态的一刻，变态一伸手抓住了她！

"你是我的小呀小苹果……不对，你是我唯一的线索。"病人可怜巴巴地说，"相逢即是有缘，你怎么忍心抛下我一走了之？"

"……所以我一个初中女生这时该怎么做？"

"你就把我当流浪狗，先捡回家再说。"

"滚啦！"妹妹想挣脱，但病人的手劲意外的很大，紧抓着妹妹的手像手铐似的，"我手要断了！"

"啊，我不是故意的。"病人忙松手，妹妹一下失去平衡，踉踉跄跄退到了路中间。

一辆摩托车突然驶来，眼见就要撞上，驾驶员竟松开车把，捧脸哀号，而妹妹瞬间石化……

一阵风在耳边呼啸，回过神时，妹妹已被病人公主抱在怀中，金鸡独立在一根路灯柱顶，那辆摩托车直接翻沟里了。

"大恩不言谢。"病人轻盈落地，温柔地放下妹妹。

妹妹认真地吃惊了：这货打扮得古色古香也就算了，竟还拥有大侠的身手？！

"你不是普通的变态啊？"

"是的，我是个超级变态。"病人回答后立刻自我吐槽，"不对啦！你就这么跟救命恩人说话喔！"

"你穿越来的？你生活的地方跟这儿不一样吧？"

"虽然我不记得那是什么地方，但必须不一样！"

"朝代名记得吗？还有你的门派？"

"就说都不记得啦。"病人说，"所以我真心好惨啊。我不是想缠着你，但你就是让我感觉莫名亲切嘛，也许跟着你一阵子，我能恢复记忆也说不定！"

俺妹是相当讨厌厚颜无耻加油嘴滑舌之人的，但一来病人救了她，二来他的来历显然不简单，任何一个正常的年轻人都不可能没兴趣。

"好嘛好嘛。"病人牵着妹妹的手摇晃着。

妹妹甩开手："要跟着我，首先不许动手动脚！"

病人用只差长出尾巴来摇的贱样雀跃道："收到！"

"……为什么古代人会这么说话？"妹妹黑线，"还有，你这一身太碍眼了，最好换一下。"

"好主意，我也觉得很热。"病人说着，眼睛落在不远处一个戴着耳机摇头晃脑的男生身上。只见他一踏地面，离弦箭般冲向对方，身在半空已经迫不及待宽衣解带，整个人无比奔放地罩向那个男生。令人惊讶的是，他仅仅是掠过，似乎什么也没做，二人的衣服就在瞬间对调了。变装后的病人乍看与现代人没有任何区别，除了那一头长发。不过这个时代留什么发型的人没有？我们学校就有个杀马特把当中的头发给剃掉而只留两边，正面看他的脑袋仿佛一条高速公路。

至于被偷梁换柱的那个男生因为过分沉溺于音乐的世界，竟完全没发现自己已是宽袖长裙的非主流造型，哼着 RAP 渐行渐远，路人纷纷断定这货忘记吃药了，感觉自己萌萌哒。

"我穿这样帅不？"病人冲妹妹摆 POSE。

"你到底是什么人啊……"没有小伙伴在旁的妹妹惊呆了。

大胆无畏，同时逗比无比 0 4

因为被病人耽误了，接着的一路妹妹快马加鞭地狂飙，而病人用比跑还快的步伐紧跟，一个是骑行种，一个是奇行种。

进校门，停好车，爬楼梯，妹妹目指教室。病人在一边叨叨："就说让我带你了，保准 Biu 一下就到，干吗那么客气……"

"还不都是你害的！"妹妹没好气，"我要去上课了，你别跟来。"

"说好的关爱失忆男青年呢！"

"等我放学再说，总之你先随便去哪里逛吧！"

病人似乎听懂了，没有再不依不饶。妹妹到了班上，少不了被老师批评两句，等回到座位，又是苦哈哈学生的传统节奏了。

虽然俺妹十分出色，但到底也只是学渣以上，学霸未满。半节课后她开始分神，让病人单独行动真的好吗？捅出什么娄子感觉就是她监护不力的错啊。

一节课结束了。妹妹走出教室，四周查看，没有病人的影子。也是，怎能指望一个陌生人似忠犬八公般杵在原地等，而后摇着尾巴扑上来？

"想什么呢？"一个女同学拍了一下妹妹的肩。

"没啊。"妹妹说。

"不可能，我来猜猜——在想男孩子吧？"

"去你的。"妹妹笑骂。

"我再猜猜那个男孩子的样貌，"女同学抚摸着脸，"是不是长——这——样？"说着便撕破脸了！妹妹刚要叫，只见脸皮下露出了病人的五官，他兴奋地问，"开不开心？意不意外？"

……易容术！这货露出真面目的同时，声音也变回了原来的样子，妹妹气得要打他，他笑嘻嘻地跑开了。妹妹追上去，在拐角处跟人撞了个满怀。

"老师对不起。"妹妹忙道歉的正是她的班主任——长得酷似《银魂》的作者空知英秋……的自画像。

"真不小心！"空知不满地走开。

"啊，老师……"妹妹叫住他，"我的手机……"

"想拿回去，就找你家长来。"空知硬邦邦地说。

妹妹懊恼地目送他，病人又神不知鬼不觉地出现了："玩脱了欸，你没事吧？"

"有事！"妹妹埋怨地看了一眼病人，说，"这下他对我的印象更差了，手机

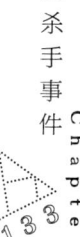

怪盗杀手事件 Chapter7

133

更别想拿回来了……"

"手机？"

"学校不许学生带手机，那天我用手机时刚好被他看到，抓了个典型，超倒霉……"妹妹沮丧道。

"哦，那是小事嘛！我帮你偷回来！"

"偷？！"妹妹打量病人，恍然大悟：这货能易容，能变声，能神出鬼没，能瞬间换掉别人的衣服，这不就是传说中的怪盗吗？！顿时九月、八宝斋、鲁邦三世、快银、格鲁、基德、娜美、一只耳、楚留香等古今中外著名盗贼纷纷浮上脑海，"难道你是在偷东西时被人抓住，打到失忆的？"

"还是想不起来耶。"病人的表情很是无所谓，"总之交给我了，满意请给好评哟亲！"说罢如烟遁走。

之后的时间妹妹忐忑而充满期待。怪盗什么的虽然很浪漫，但她生性不是叛逆之人，要把老师没收的东西非法取回，总觉得略有不妥。况且病人如此逗比，玩嗨了将空知的贞操也一并偷走可如何是好。

空知很快来找妹妹了，他气急败坏地把一张字条拍在她的桌上，"你开什么玩笑？"

教室里立刻响起一阵"想不到她浓眉大眼竟给老师写情书"的三八之声，妹妹和空知同时尴尬地叫："不对啦！"

大家一起看那字条，只见上面写着：

闻君有学生手机，妙手没收，极尽山寨，不胜心向往之。午休之前，当踏日来取。君素雅达，必不致令我徒劳往返也。

众人一片沉默，不但因为这留言充满了既视感，更因为这字实在太丑了。

"这你写的吧？以为这样就能把手机拿回去就大错特错了！我啥场面没见过，跟我玩这种梗……"

空知说着，拿起字条就要碎尸万段，忽然脸色凝固了。大家一看，字条上不知何时发生了变化：老师伴机失美，怪盗碉堡留香。

同学们都兴奋了！这可是艰苦的校园生活中一阵难得的清风啊。而空知怒道："赌上神圣的教育工作者之名，我倒要看看那家伙有什么办法将手机偷走！"

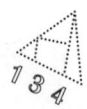

怪盗大法好好好

　　午休前的最后两节课是考试，妹妹班从未在考试时如此兴奋，好比空知从未在监考时如此紧张。空知紧攥着手机，仿佛那是教鞭。在见识过病人的下马威后，他不再将这当成一场恶作剧了，最起码如果他守擂失败，是会颜面扫地的。只可恨当他防备着神一样的对手时，学生却集体扮演着猪一样的队友。

　　许多同学做两题就看一眼空知，对他的兴趣超越了试卷，当然也有人趁火打劫偷瞄别人的答案。空知的"收视率"屡创新高。妹妹也不能免俗，身在曹营心在汉的后果是多处留白。

　　"啪"，忽然轻轻一响，一小截铅笔芯落在了妹妹卷面上，恰好打中一个选择题答案，妹妹惊讶环视，教室里没有任何异状，空知还瞪了她一眼。

　　"啪"，不久又是一声，又一个答案中标了。妹妹明白了：这是病人在帮她考试！原来他已经潜进来了？这人真是打得一手好助攻啊！

　　距离午休开始、考试结束只差十分钟了。陆续有人交卷，空知单手整理着试卷，另一只手的汗几乎把手机弄进水了。

　　"老师放松点，别那么宝贝嘛。"有男生拍空知。

　　"别碰我！"空知猛地将手机捂入怀中。

　　如果那个男生是病人扮的，刚才搞不好就得手了。空知的警惕性博得了大家的赞许，掌声经久不息。这一来，更让人好奇病人能怎么办了。

　　妹妹也交了卷站一旁围观。空知看了看表对她说："还有三分钟，你们输了！"

　　"拉风的怪盗都是最后一秒下手的！"有人不服。

　　终于只剩最后十秒了。

　　"十、九、八、七、六……"同学们齐声倒数，所有人的紧张值都达到了顶峰。

　　下课铃响起了，什么都没发生。

　　响彻教室的失望声中，空知整个人瘫软在椅子上，极度较真的节奏让人怀疑他应该是处女座。

　　"我知道了。"一个男生轻声说，"那小偷做了手脚，让下课铃提前响起，其实还没到时间呢。他这是为了引得老师松懈，胜负就在他放开手机的瞬间……"

　　"可是时间没错啊。"有人指着自己的手表说。

　　空知又等了几分钟，突然想起什么，把手机交给妹妹："你检查看看这是不是你的手机？还是说根本早就已经被调包了，我一直在对一个假货严防死守……"

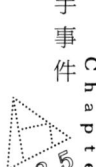

对哦，这样也行的！可惜妹妹检查过后又失望了，这如假包换是她的手机。

"老师你赢了。"

"赢了？"空知竟难以置信。同学们大骂坑爹。

"是啊，赢了。"妹妹无精打采地强调。

空知露出了笑容："才怪！"说着他的身子腾起一阵烟雾，众人眼前一花，站在面前的，赫然已是病人！

"想不到吧！从带字条来兴师问罪起，就一直是我在扮演你的老师！从一个普通人手里偷东西简直零难度好吗！为了增强可看性，果然还是只有一人分饰两角了呢！你们有被感动到吗？！"

莘莘学子微笑地举起各自的书包，用尽全身力气砸在病人脸上。

一波不是很大的中二正在来袭 06

接下来该换舞台了，让我们将视线暂离我那为什么不可能那么可爱的妹妹。回到我的大学，确切说是我的大学附近，那曾闹过吸血鬼的光明湖公园。

一颗皮球滚到了脚边，大反派弯腰捡起。

一个萝莉跑来，边伸手讨球边奶声奶气地说："谢谢大哥哥，"却在看清了大哥哥的脸后整个傻掉。

"把球还你，怎么谢我呀？"大反派和蔼地逗她。

萝莉用马上要被抓去卖器官的惊恐嗓门大哭起来，大反派慌忙安慰她："别哭别哭！我开玩笑的！"

"哇哇哇哇哇！"因为大反派手忙脚乱的架势太像要把人活活掐死，萝莉哭到失禁。说时迟那时快，一个女人以百米跑的速度冲来，正要指责大反派凭什么吓哭爱女，打了个照面后差点转身就跑，仅剩的理智让她总算还记得带走女儿，公园内其他不明觉厉的老弱妇孺也纷纷作鸟兽散。

捧着萝莉的球，两行清泪从大反派脸上淌下。

大反派是我们的同学，住110宿舍。那里盘踞着岩班长，那个即使看爱情动作片也散发着凛然正气，仿佛分析伊拉克战局的奇男子。在他的领导下，110的子民个个以自习室为家，以考证书为乐。

大反派也算好学生，但他长得太凶了，那一脸冷漠的横肉，那两道锋利的浓眉，那淫荡而狠毒的笑容，都让人确信他该上法制新闻。大反派也由此得名。每次见他，

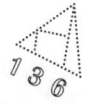

我们都会亲切地询问最近杀了多少人。而这货脾气很好，总是露出憨厚而羞涩的微笑，然后我们就会进一步脑补他这笑里藏刀的是要把我们卖去泰国……

大反派最近成为 415 的一员了。因为他跟 110 一个身材矮小、绰号小盆友的同学闹矛盾，愤而出走。而 415 刚流失了四个人才，槽点一时不足，眼下有人携带满脸槽点前来投诚，焉有拒绝之理。这事就发生在我带春菜回家那天。想想大反派现在也是我们的人了，再像以前那样吐槽他似乎有点不厚道——必须吐得比以前激烈百倍呢！嘻嘻嘻！

好了，话题拉回来。恐怖分子大反派在践踏了公园的和平后，伴着"寒叶飘逸洒满我的脸"的苦情 BGM 缓缓离去，这时岩班长出现了。二人的长相完全是两个极端，一碰面就蔓延开正邪不两立的气场。

"嘿。"大反派有点悻悻的。

岩班长直奔主题："你还真搬了！别闹了，回来吧。"

"走了就没打算回去。"大反派意外的强硬。

"没想到你是如此绝情的人。你说走就走是痛快了，有没有替我想过，有没有替小盆友想过？"

经常演讲的岩班长口才了得，不善言辞的大反派涨红了脸。

"你难道忘了我们在一起时多快乐？那些时光是假的吗？我还记得你说过，希望大家能永远在一起。"岩班长痛心疾首，"我们是一家人，床头吵床尾和多正常啊，你这样其实很不负责任，小盆友还是个小鬼，你不能因为拿他没办法就选择放弃……"

"……现在才说都晚啦，我都跟 415 说好了！你不要烦我，大家还是好朋友！"

看着大反派转身就跑，岩班长气得一跺脚。

"哎哟！"他惊觉自己踩到了什么，低头只见一只手从树丛里伸出来，他忙绕到树后。地上趴着个女人，扎着马尾，一身暗紫色的紧身衣有点像忍者，两条长腿显得十分干练。

"姑娘，你没事吧？"此女子的打扮让认真的岩班长觉得应该这么称呼。

女子一撑地面，利落地空翻站起，自信的姿态仿佛拥有了全世界，恰如未来某篇高考作文的题目。她四处看看，纳闷道："这是何处？我怎会在此……"又果断摇摇头，"算了，先办正事。我会替你手刃仇人。"

"啊？！"岩班长莫名其妙。

"虽然方才头昏脑涨，但我听见了你二人的对话。"女子说，"那厮简直禽兽

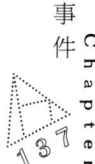

不如，非但不要你，连家中的小盆友也不管不顾。你好言相劝，他却一意孤行，这样的爱情骗子已经丧失了活在世上的资格。"

"……等等，你难道没发现我和他都是男的？"岩班长哭笑不得。

"呵，龙阳之好有何奇怪？但始乱终弃，绝不可姑息！"女子咬牙切齿，"兄台你相貌堂堂，一望便知是铮铮铁汉。交给我吧，定会替你讨回公道。"

说罢，女子足尖轻点，凌空飞起，剩下几乎被女子的中二气质熏晕的岩班长呆愣在原地。

古风的配方，中二的味道 07

不知哪里冒出来的中二女，在断章取义地决定了岩班长和大反派的奸情时，也听见"415"这一关键数字。当然她可能不太明白那代表什么，但光明湖公园紧挨着我们的学校，因此当她抬脚踏入校园时，自有满眼的学生可以咨询。

第一个映入她眼帘的，是全人类喜闻乐见的烂操。烂操一看到中二女就满脸堆笑地凑上来了。

"我知道这叫 COSPLAY。"烂操轻拂秀发，"让我猜猜你扮的是谁？定是天下第一美人——女儿国国王吧？"

"415 在哪里？"中二女冷冷地问。

"要我告诉你我的外号吗？"烂操微笑，"失礼，大家都叫我——欲帝哥哥。"

中二女飞起一脚把烂操踢进一个垃圾桶，围观群众在震惊之余忍不住本能地点赞。

"獐头鼠目，死不足惜！"中二女冷然道，然后转问一个路人："415 怎么去？"

路人立刻指出我们宿舍的方向，中二女点点头，身轻如燕地飞向那里。

遗憾的是，相对大反派的脚程而言，中二女的速度实在太快了。当她闯入415 时，大反派都还没回来，宿舍内只有金氏与排长，他们像过去那样扭打成一团，中二女正巧撞见金氏把排长压在身下的画面。

"……这莫不是个同性相吸的国度。"中二女的嘴角抽搐了一下，"说，背信弃义的那厮何在？"

"谁啊？"排长狼狈地推开金氏问。

"就是……"中二女忽然发现她其实只听过大反派的声音，"就是那个，嗓音尖细的人渣。"

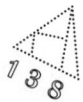

"嗓音尖细？难道是大反派……"好在那是个略明显的特征，金氏竟一下get了谜底。

"你知道？他在哪儿？"

"不知道。"金氏摊手。

"他抛夫弃子投奔这里，足见你们狼狈为奸。敢包庇，杀无赦！"中二女凶道。

"什么鬼啊！出去出去！"可惜说起臭脾气，排长绝对是她的前辈。

中二女脸色一变，忽然一脚蹬在宿舍中间的桌子上，桌子立刻如吐舌头一样喷出两个抽屉，撞得金氏与排长双双倒地。中二女又朝天一掀，桌子剩下的部分撞到天花板，四分五裂，向来把公家财物当私人的八达如果看到这一幕，绝对当场哭瞎。

"说不说？"中二女瞪视二人，然后，她的注意力被一样东西吸引了。

飞出去的两个抽屉分属我和锅炉工，此刻里面的东西七零八落，我的几张照片也掉了出来。让中二女侧目的，是一张春菜与我勾肩搭背的合影。

肃杀的气氛沉寂下来，中二女望眼欲穿地看着照片："此女何在？"

"春菜？段段带她回家了……"金氏专业卖队友。

"带我去找她！"

"你想干吗……"

中二女咬牙切齿，一字一句地说："将她碎——尸——万——段！"

好朋友的男朋友的前女友 08

"看那公厕，小时候我们会趁别人大号，把纸飞机点着火丢进去，听取哇声一片……"

"小时候我们常在江边玩沙。挖个坑，里面放一坨狗屎，然后盖上报纸骗人来踩……"

"老家有院子，小时候，我和表哥堂妹经常一人端一马桶整整齐齐地在院里嗯嗯……"

结合着家乡的一草一木，我滔滔不绝地向春菜介绍我童趣十足的成长史，春菜听得心向往之，忍不住点评道："你能说点跟米田共无关的吗？！"

"怪你脸色跟大便似的，影响了我。"

"这都能赖我！"

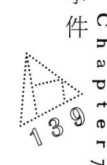

我们走在闽江边，沐浴着习习江风胡说八道。带春菜回家真是做对了，她已经走出了被抢劫的阴影，而我也初次品尝到跟一个女孩分享过往的滋味。

……等等我在干吗？把自己的满足感建立在人家男朋友不在的基础上，各种蠢好吗！

也许是为了抵消那种不快的感觉，我鬼使神差地说了句："小猫什么时候带你去他老家？大西北风情很棒的。"

春菜的笑容果然塌了下来，她嘟哝道："干吗破坏气氛。"她顿了顿，"小猫这趟回银川是去看他女朋友。"

"欸？！"

"错了，前女友。不过在她心中，跟小猫从没分过。"春菜叹气，"记得我跟小猫之前为她吵过架吧？"

我点头，当然记得，那时我们遇到了一个操控缘分的精灵。我问："但小猫不是说，只是前任单方面在纠缠吗？"

"小猫很心软，也是因为他们曾非常要好吧。总之那个女生也有挺多让他放不下的地方。这次她好像要做什么手术，小猫就千里迢迢回去看她了。"

"那女孩知道小猫跟你什么关系的。"

"是，她其实还跑到我的QQ空间留过一些恶毒的话，说我是小三什么的，后来全删了。她应该蛮恨我的，可惜小猫不那么想，还劝我对她宽容些。"春菜苦笑，"对了，听说她也喜欢写东西，跟你算同行。"

我不知怎么评价这三角恋一样的关系了。渐沉的暮色里，二人无言地看着天光被江水慢慢吸进去。春菜轻声说："阿福，我们以后还是不聊这个了。我还是喜欢每次跟你聊天都很放松的感觉。"

"嗯嗯，不聊不聊。"我忙改变风格，"那我继续回顾童年啦。我以前夏天时，很喜欢用西瓜皮抓金龟子，直到有次，一只金龟子在我手背上拉了屎……"

"结果你的话题还是只有米田共嘛！喂！"

虽有些不自然，我们还是把断掉的欢乐气氛重新接了回去。我告诉自己，不要去想她是谁的女朋友。

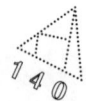

来自小说的你

我带春菜去一家海鲜做得很好的无名店吃晚餐，之后又瞎逛了一会儿才回家。进门就发现又来客了。

老爹老妈在房间看电视，妹妹在书房做作业，卫生间里却传出水声。

"我有同学来。"妹妹对我说。

"男的女的？"这是做哥哥的最正常反应。

"废话，当然是女的。"

"是你的好姬友吗？"

"滚！今晚我和春菜姐姐睡，我同学睡你的房间。"

我不懂了："你同学为何不跟你睡？大肥妞？"

"这个……"

春菜搂住妹妹对我说："又没关系，我还想跟妹妹好好聊聊呢。"妹妹感激地看了她一眼。

我耸耸肩，回房间拿手机，早上出门前充电，都忘了带走。路过卫生间时刚好赶上玻璃门打开，一个坦荡的男生闯入了我的视野。

……我的嘴张得足以把人吞进去，但他飞快地伸手一戳我的眼睛，我发出惨叫。妹妹和春菜赶紧跑来，爹妈闻声也忙开门一查究竟："怎么啦，怎么啦？"

我说不出话，因为恢复视力后，我面前分明是一个穿着睡衣、满脸通红的女孩。

"你鬼叫什么？"老妈训我。

"我刚看到个男的……"我狐疑地打量那女孩。

"白痴！你妹敢带男生回来，必须先踏过我的尸体！"老爹战力全开。

"就、就是。你肯定是整天想着男人才会看错。"妹妹无情地向亲哥泼来脏水。大家一起"嗯嗯"地点着头。

……这种家庭！我要出走！

爹妈回房间去了。无辜被当作变态的我忍不住盯着那女同学看，却见她在盯着春菜。

"你干吗？"妹妹推了她一下。

女同学脱口问春菜："你叫什么名字？"

春菜一愣："叫我春菜好了。"

"春菜，春菜……"女同学重复了两遍，整个人凑近到跟春菜鼻尖碰鼻尖，"不

对……你是丝瓜吧？"

这名字让春菜脸一歪，我则心头一紧。

"你发什么神经？"妹妹对病人说——是的，你们当然看出那女同学是病人COS的啦。

"丝瓜……丝瓜……"病人额冒青筋，迷茫与清晰在眼底厮杀，"对，你是丝瓜！"说着惊喜地转向妹妹，"而你是我妹！"

"什么跟什么啊！"妹妹和春菜一起大叫。

我出其不意地抓住病人的脸，用力一扯，那张毫无PS痕迹的女孩脸立刻变成了男的，正是我在浴室门口撞见的那人！

"哥，你知道他是谁？"我的行为让妹妹吃惊。

"……知道。"我说，"他是我写出来的！"

我第一本长篇作品叫《最后的年少》，但是大三时写的。那之前我还写过大量没指望赚稿费的练笔之作，诗歌、散文、杂文、恐怖小说、纯文学……其中有不伦不类的玄幻，对，就是放桌面差点被春菜看到的那篇。背景是银魂式的古今混搭的世界，里面的角色穿着古风，言行却时髦得很，我最喜欢的角色是个盗贼，他的性格完全以我为蓝本，超好写。

那就是病人。逗比欢脱、偷技高明得不科学的病人！我笔下的人物跑到现实来了！

至于为什么病人失忆，也很简单。最近的剧情里，我大笔一挥让他从山上掉下去了，这是我所能想到的处理一个不需要的角色最简单粗暴的办法。而他之所以会对妹妹和春菜有印象，恐怕是因为他在故事里的妹妹与密友，分别是以她俩为原型的吧……不单性格，还有外貌。那时的我初出茅庐，写东西特喜欢在现实找代入，哪怕描写一根狼牙棒都会参考烂操，这就叫创作源自生活。

病人的密友就是"丝瓜"——说是密友，根本是暗恋对象……当我察觉自己赋予了她太多春菜的特征时，已经回不去了。这种设定如果被春菜知道，我只有一辈子躲进深山……

"真的假的！你是我哥写出来的！"妹妹的惊呼将我从遐想中拖出来，赶在病人说出对我不利的证词前，我大声打着哈哈："这个这个，真奇妙哈，明明写得很烂的……这也许暗示着我将来真的能当作家？"

"那中国的出版业也算完了。"妹妹说。

"即使早该出的书因为这样那样的原因而延迟了，也请各位读者理解和不要放弃我啊——"悲从中来的我哀号道。

病人望定我："你是我那个世界的造物主？"

"算是吧……"还真问上了！

"你为什么要让丝瓜死？！她哪里得罪你了？！"

"……吵死了，那是剧情需要……"

"你让她活过来！你知道我多痛苦吗？！"病人揪住我。

"……反了反了！你懂个什么！放开我！"我大叫。

"有话好说，放开他吧。"春菜帮劝道。

病人用哀伤而怀念的目光看了春菜一眼，把我摔在地上。小说里这货天不怕地不怕，唯独拿丝瓜没办法。但是作者居然被角色如此对待，这叫什么事啊……

病人在沙发上闷闷地坐下，我和春菜坐另一边。冷场半晌，妹妹打了个哈欠："我写作业去了，你们慢慢聊……"

春菜似笑非笑地对我说："我是不是该祝贺你？"

"有什么好祝贺的？"我说。

"你把角色写活了，很了不起啊。"

"也许能做到这种事的作者多得像米呢，只是你就碰见我这一例。"

春菜拍拍我的腿："自信点嘛。话说回来，你为什么把那个丝瓜写死了？"

"因为我更喜欢黄瓜。"

"喂！"

"好吧，其实是我那阵子很喜欢写悲剧。"

"喔……写作的事我不太懂，但看他那样，感觉挺可怜的。"春菜悄悄指指病人。

我无言以对，我何尝不那么觉得呢？

"所以你要不要考虑一下把那丝瓜……"

春菜的话没说完，就被妹妹房间传出的动静打断了。静若脱臼的病人一下动若脱缰，秒速破门而入。我和春菜忙也跟上。

妹妹房间的窗台外，防盗网已被破坏，一个奇装异服的女子手拿长鞭，虎视眈眈地瞪着我们，看见春菜，杀意闪现。

而我一直没顾上看的手机里，此刻躺着N个未接来电和未读短信，金氏被挟持后，老排曾努力拉响警报，可惜我来不及听到。顺便，引狼入室的金氏当时就在楼下，如果我知道了绝对会丢花盆下去。

 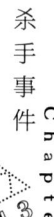

10 一笔勾销

"死吧！"

中二女以怪叫拉开战幕，但见她一弹指，一排银针如子弹射向春菜。病人身影急动，单手虚空一抓将所有银针照单全收，被夹在指缝间的那些亮刺触目惊心。病人挥手又将银针尽数奉还，中二女脸色一变，旋舞长鞭挡了个彻底，鞭子一伸一扯，更将无人防守的妹妹缠成了粽子。这一切电光石火、一气呵成，我们凡人只剩傻眼的份。

中二女一抽长鞭，妹妹被吊到了窗外，局势戛然而止，我们都不敢轻举妄动了。中二女看着被病人严防死守的春菜道："滚出来，否则这小姑娘就没命。"

"你跟我们有什么仇啊？！"我破口大骂。

"包庇奸情与小三同罪。识相的就别护着那只狐狸精！"中二女说。

"……你是不是认错人了？你把她放了再说吧！"春菜恳求。

"你的脸化成灰我都认得！废话少说！"

病人愤怒而无奈地转身看向我们，春菜喃喃道："这么着，先用我换妹妹，你们再想办法救我……"

"不行！"病人拒绝。

"为什么不行！"我的声音颤抖，"万一我妹有个三长两短……"

病人给了我一拳："你害死丝瓜一次还不够？！"

"你敢打我！"我火了。

"都住手啊！"春菜试图阻止我们内讧，脚下一绊，三个人一块摔倒在妹妹床边的地板上，场面狼狈。

"蛇鼠一窝！"中二女挺享受这样的情景。

忽然，春菜撇下我们奔向中二女，大声叫着："我来了，放开她！"

中二女毫不含糊地一掀鞭子，妹妹飞回房间，摔在床上，那鞭子又如蛇一般游上春菜的脖子，令她与妹妹处境互调，中二女的右手双指更并拢成剑，疾戳春菜咽喉——却被反手抓牢。

"你妹啊，这么狠！"春菜咬牙切齿，整张脸直接裂掉。是的，那不是春菜，而是病人！刚刚他背对中二女，一边对我们使眼色，一边变成我的声音唱起双簧，至于给我一拳然后跟我扭打、绊倒春菜借机变装什么的，全都是病人的自导自演！中二女不虞有诈，与病人双双跌出窗外，二人大展轻功，缠斗着向楼顶天台而去。

我跟春菜急忙查看妹妹，她受到了严重惊吓，好在没受伤，我们松了口气，春菜说："你家怪盗好厉害！"

"把他写得各种开挂真是太好了！"我竟有点自豪。

楼顶传来了倒地声，伴随着病人的惨叫。我一惊："不好，他败了！"

妹妹和春菜同声问："不是说他各种开挂吗？！"

"那是指障眼法方面，实际打起来他很弱啊！"

"为什么要设计成很弱啊？！"

"为了增加戏剧冲突……"

妹妹和春菜一人给了我一拳。内讧啊！又内讧了！这样下去病人铁挂无疑，接着就又要轮到我们了！

……等等，中二女为什么非杀春菜不可？

如果没有病人这个前科，我应该也会顺着穿越这条线去研究中二女，现在我却忍不住想：会不会她也是个小说人物？并且被设定为受过情伤，因此杀小三绝不手软，而春菜恰好是某个小三角色的原型？

在病人不断传来的惨叫下，我的思路越发清晰，同时我爹妈的房间传出"又不是春天，怎么还有野猫在叫"搞不清状况的发言，他们真幸福啊。

将各种思绪在脑中过了一遍后，我对春菜说："给小猫打电话！"

"哈？"春菜一愣，却还是飞快照办，电话接通后我一把抢过："是我！"

"……学长？"小猫可想而知十分吃惊。

"你在你前任那边不？"

"……到底怎么回事，这是春菜的电话吧……"

"如果你在，就叫她把她写的小说删掉！"

"你乱七八糟说些什么啊？"

"删掉！那个杀小三的古风小说，无论如何也要删掉！你想春菜死吗？！"

我跟小猫绝对不算朋友，但至少有个不拿春菜开玩笑的共识，电话那头静默数秒，传来小猫和一个女生的交谈，迅速发展为争吵，还真在一起……随便吧。

野猫……不，病人的叫声变成呻吟了，我抓起一把扫帚上去拖延时间。打开天台的门就撞见中二女用皮鞭勒紧病人，后者口吐白沫，画风惨绝人寰！

"用力啊！"我叫完才发现叫错了。可恨，我是有多喜欢落井下石。我又将扫帚如标枪掷出，准确击中了病人。

就在我坚信病人做鬼也不会放过我时，转机终于出现了：中二女忽然跌坐在

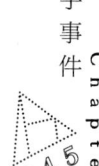

地，举着双手惨叫，她的手正在消失！全身都在消失！中二女崩溃了，灰飞烟灭间，夜空下响彻了我爹妈绝不会再误解的嘶吼："小三必须死——"

终于打倒 Boss 了。我慢慢走到病人面前，他正剧烈咳嗽，见到我轻声问："你干了什么……"

"我蒙对了谁那么恨春菜，并想办法删了作者的原稿。果然文在人在，文毁人没啊。"我说。

"我也快没了。"病人抽搐了一下，"那货射出的针有毒……"

我心里一咯噔，病人果然也正在变得透明，我做不了什么，只能安慰他："别担心，你应该只是回到我的小说里去了，毕竟原稿都还在……"

"如果我回去了，你能把她还给我吗？"

红着眼说完这句仿佛用尽所有力气的话，病人消失了。地上空空如也，一滴血、一根头发、一丝体温也没有留下。

11 得不到的永远在骚动

小猫在两天后返校。那之前，他跟我有一次通话，问我春菜的威胁解除没，我简单解释了前因后果。

"……她承认是写过一个女魔头狩猎负心汉和狐狸精的愚蠢故事。"听我说完后，小猫也谈起前女友，"她一直不接受我们分手，坚称是春菜勾引我，我的空间放的春菜照片，似乎有被她拿来当写作参考……"

"感受到了。如果不是她对你还有感情，她笔下的女魔头估计连你都不会放过。"

"我们的关系三言两语说不清，但她不是那么坏的……总之这事请学长不要管了。"

"如果不是春菜有危险，我也没想管。"

我打算放下电话了，小猫冷不丁问道："你说那些人为什么会从书里跑出来？"

"每件怪事都要有合理解释的话，这故事早就被腰斩了。"我用胡话敷衍。

"我的前女友记恨春菜，她把这种心情投射在了角色上，导致女魔头活了过来，代替她执行制裁……"小猫说，"那么，学长投注了心血的那个怪盗，又是想代替你做什么呢？"

我没有回答，默默挂了电话，然后打开电脑，双击桌面上的文档。

这是一个注定不能出版的故事，因为极不成熟，但我仍对它有感情。而感情最真实的地方，是病人与丝瓜的关系。在春菜开始跟小猫交往后，我安排了丝瓜死去，让病人失去记忆。我只是觉得若给他们一个大团圆的结局，太像是一场可笑的YY。

　　病人为什么来到现实，我比谁都清楚。

　　而现在，我缓缓移动鼠标，开始写下新的文字，让丝瓜以某种形式复活……这很容易，我是他们的上帝。我告诉自己，这么做没有别的意思，只是报答病人的救命之恩。

　　我想我开始懂得，让现实的归现实，故事的归故事。一些人的遗憾，应该演变成另一些人的幸福。

Tales of the Unusual Youth

每个月总有那么几天得熬夜赶稿，室友之一的画家则要熬夜作画，次日碰面，黑眼圈相映生辉，彼此苦笑。画家说："有时真想换一种活法。"

"我能理解。你想怎么活？"我问。

"不再画无聊的风景，可以画人体素描。"

"……这哪里算是换了个活法？至少转行吧！"

画家想了想，羞涩地说："我身材还行，当人体素描的模特也不错。"

……这根本是生生世世不离开美术圈的节奏！

先生，你听说过安利吗

"锅炉工，我晚上大概十点回来。烧好水等着我。"准备出门泡妞的烂操吩咐奴仆道，"那么多女的要应付，肯定会消耗我许多水分呢。"

"是呢，说屁话喷的口水、被拆穿时流的冷汗以及被拒绝时流的眼泪，加起来的确是非常大量的水分呢。"我说。

"段段少说两句吧！烂操的脸已经快丢光了，你多少给他留点吧！"排长站出来主持正义。

而锅炉工说："没空，今晚要去家教。"

415里安静了一下，锅炉工反应过来，自嘲地说："我忘了……已经不用去了。"

锅炉工之前受雇于单亲妈妈姚姐，给小萝莉朵朵当家教兼保姆，几个月下来跟这对母女建立了深厚的感情，与姚姐更产生了若有似无的暧昧。不久前的一个

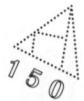

晚上，姚姐支开朵朵，拉锅炉工出去约会，更发动"我衣服拉链卡住了你帮我拉一下"的犯规攻势，潜台词是啥真是路人皆知。然而对方是锅炉工，他震惊害怕茫然紧张犹豫了半天，临阵脱逃。

锅炉工花了好几天来调整心情，等他鼓起勇气重新面对姚姐时，那扇仿佛永远为他敞开的大门却森然紧闭，姚姐和朵朵从此消失。当然有心要找还是有可能找到的，可那么积极不是锅炉工的 Style，吃了几次闭门羹，短信电话了几次没回，他也就陷入了 Bad Ending 的绝望。想象着姚姐是做好了怎样的觉悟而引诱自己，锅炉工忽然感到愧对她，更加不敢再打扰她们的生活。

于是那段时间的打工，仿佛是他的一场脑补。

"好了，锅，都过去了。"烂操温柔地安慰锅炉工，"不如跟我一起去泡妞吧？我让你先选哦。"

锅炉工有些羡慕地看了心态无敌的烂操一眼，拿起英语书："我去自习了。"

"那，烧水的事……"烂操已是懒癌晚期。

"早回来会烧啦。等不及就喝尿吧。"

我们同情地目送锅炉工，知道自习只是借口，他是想换个地方静静。我们熟悉锅炉工，虽然他也有活泼好玩的一面，但那只限于在 415 内展示，出了宿舍就又是一个安安静静的土男子，一个没有故事的男同学。锅炉工是那么朴实无华，未来等待他的将是平凡地相个亲，平凡地结个婚，平凡地生个小孩。不出意外，姚姐就是他的情路巅峰了。恋爱经验为零的处男突然遭遇单亲妈妈的献身，他当时其实只是被吓到了。

锅炉工选了一间人较少的自习室，坐到最后一排。他根本没心思温习。英语书上的李雷和韩梅梅看在他眼中，都是姚姐的音容笑貌。虽然大学英语书里是不会有李雷和韩梅梅的。

锅炉工专注地纠结了几个小时，听见有人敲了敲门，抬头只见门口站着一个提手提箱、西装革履的年轻人，他的头顶竖着一撮呆毛。

"同学，方便打扰一下吗？"呆毛边说边走进来。

锅炉工看看时间，居然已经过去了几个小时，教室里只剩他了。呆毛热切地问："你对现在的人生满意吗？有没有兴趣换一个全新的人生呢？"

"啥意思？"锅炉工暂时从姚姐的阴影中走了出来。

"人生啊！就比当归大那么一点……噗噗噗开玩笑啦。"呆毛说，"是这样，每个人的一生都是注定的，满不满意，开始了就只能走到底，而本公司的服务宗

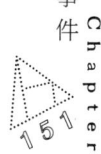

旨是打破这样的垄断，帮助活腻的你、我、他。"

锅炉工突然明白了，这是在传教吧！一般对人生不满只有两种解决办法，一是让安利指引你赚大钱，二是让真神指引你修来世。不管哪个都是不归路啊！

"我先走了，孩子在家等我烧水……"锅炉工说。

呆毛一把拖住锅炉工："别这样嘛，虽然听起来很不科学，但整个操作其实安全又卫生，我们还提供保险和发票呢！"

……这年头的推销竟如此正规！锅炉工还是要走。

"不然这样好不好，你试试我们的二十四小时体验装，我送你一个六日套餐。"呆毛可怜巴巴地说，"拜托了，试试嘛。再推销不出去，我会被炒的！"

"为什么挑中我？学校里的人那么多。"锅炉工纳闷。

"嘛，人是多，像你这样每个毛孔都散发出平凡气息的就不多了啊。"

这句无法反驳的话打动了锅炉工，呆毛察言观色，立刻打开手提箱。锅炉工朝那箱子看了一眼，只觉疲倦感排山倒海袭来，之后他就什么都不知道了。

空无一人的教室里，呆毛合上箱子，一本正经地说："第七天之前，你的存在就先由我司妥善保管，祝体验愉快，亲爱的客人！"

当晚锅炉工没有回到415，打电话也找不到他。我们想喝开水却没有人烧，个个口干舌燥，心急如焚。烂操更因为脱水而昏死在了床上。

惨状元锅乞儿

锅炉工在清新的鸟鸣声中恢复了意识，第一感觉是有点冷，忍不住把被子盖得更严实了些。当摸到被子是一叠报纸时，他一个激灵爬了起来。

锅炉工惊呆了：他不是躺在415的床上，而是躺在公园的长椅上！太阳当空照，花儿对他笑，小鸟说，早早早，你为什么盖上都市报。

锅炉工发现他穿着一身风格难以言喻的破衣烂裤，已经脏得看不出原来的颜色，伸出手，十根手指黑得像挖过煤，他又去摸自己的头和脸，竟是油腻纠结的长发和一大把浓密的胡子。

……锅炉工现在是一名24K纯乞丐。公园是他家，美化靠大家。

"……这是梦。"锅炉工思考后得出结论，"再睡一会儿好了。"

这时一个老清洁工走过来，拿扫帚敲着椅背说："老鼠，几点了还睡，不吃早餐了？"

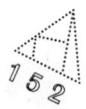

"……早餐？"锅炉工突然发现他的肚子空得能塞进一个金氏。

清洁工一指公园外："睡糊涂了？快点去吧，待会都被抢完了。"

民以食为天，锅炉工立刻按指示奔去，跑了两步觉得脚硌得慌，低头一看自己穿的竟是女士高跟鞋，左右还不同款，虽然有啥穿啥向来是乞丐的浪漫，他还是感到一阵羞耻，忙把鞋蹬了，但跑了两步又倒回来忍辱负重地穿上了，光脚更难受。

公园外摆着几个大垃圾桶，一个倒了，几只流浪猫狗正在翻箱倒柜，恶臭扑鼻，锅炉工的灵魂"哇"的一声就吐了，但是肉体竟然产生了一阵食欲，嘴角甚至有口水流了出来……

"我不是乞丐啊！"锅炉工快崩溃了。

好在这里是光明湖公园，附近就是咱们学校，锅炉工决定回415再说。

短短一段路，锅炉工受尽白眼，只能全程低头，反正没有皇冠可掉。

"嗨嗨！这里不是你进的地方！"校门口，保安拦住了他。换了锅炉工是保安也不会让乞丐进的。

"但我是这里的学生啊。"

"虽然这的确是一所渣学校，但混成你这样也是醉了。"保安点评。

"我说真的啊，让我进去，我舍友能证明。"

"不行。你不如去学生街要饭吧，比我们食堂的好吃。亲测有效。"

锅炉工沮丧极了，而身体这时发出了"你太累了，也该歇歇了"的讯号，他便自暴自弃地在一根电线杆下坐了下来，风采越发接近一个专业的乞丐。

锅炉工坐了一会儿，居然又睡着了，迷迷糊糊听见有硬币掉在面前的声音，知道是好心人的施舍，悲伤得不想去捡。几分钟后，他突然想到可以用这钱打电话啊！喜出望外地睁开眼来。

然后他看到八达站在他面前，正弯下腰偷偷摸摸地捡地上的硬币……锅炉工大叫一声，一把抓住他。

"那钱是我掉的！是我掉的！"人格没落到占乞丐便宜的八达大声分辩。

"给你好了！八达，我是锅炉工啊！"

八达一愣，眼前这个脏得无法判断性别的乞丐越看越恶心。不过，一个人以不同的形象出现，对415来说并不值得惊讶，他可能是租了个马甲，也可能是买卖了几点颜值，还可能是穿进了童话世界……所以八达并不坚持锅炉工与乞丐有着世上最远的距离，他想了想说："我问你个问题，答得上来你就是真正的锅炉工。"

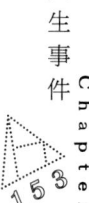

"行，你问。"

"锅炉工的银行账号和密码是多少？"

"……谁会告诉你啊！问别的！"

"好吧。今天是周一，锅炉工一般会请我吃什么？"

"鬼才要请你！吃屎去吧！铁公鸡！"

"你根本不是锅炉工！"八达转身就走。

锅炉工一把拉住他，忍辱负重地说："你要吃什么我都请你。别玩我了！"

八达满意地说："好，你要我帮你做什么？"

锅炉工语塞，突然发现八达帮不上他任何忙，既不能帮他恢复原状，也不能帮他进入学校。不止八达，415谁都帮不上。锅炉工想啊想，说："对了，昨晚我跟一个推销员模样的人接触过，然后就变这样了，你们帮我把他找出来吧。"

"行，我先把段段他们都叫来，你跟我们具体说说。"八达总算还有点良心。

"你有没有钱？先借我点，我好饿，这乞丐大概很久没吃东西了。"锅炉工要求，见八达立刻露出囊中羞涩的表情，忙补充，"加倍还你，行了吧！"

八达把整个钱包往锅炉工的手里一塞，乐颠颠地跑了。真是做成了一笔大生意呢！

锅炉工迫不及待要去附近的快餐店饱餐一顿，一转身看到一个比他更高的乞丐，瞪着自己说："谁让你到这儿来的？！"

"什么？"锅炉工莫名其妙。

"懂不懂规矩啊！这是老子的地盘！你他妈不是混公园的吗？"那乞丐一把抢过八达的钱包，"还敢抢我生意！妈的，一给给整个钱包，真是土豪！"

"这不是我讨的，是朋友借我的！"锅炉工想抢回来，那乞丐干脆直接把他按在地上揍，锅炉工胡乱挣扎。

"喂！你们俩干什么？"有城管跑过来了，打人的乞丐拔腿就跑，锅炉工摇摇晃晃地爬起来，眼冒金星。

"这里不许要饭，快走！"城管对锅炉工喝道。

"我……我在等人……"

"说了不许要饭没听见啊？再不走……"城管还没举起棍子，锅炉工连滚带爬地跑远了。

锅炉工本想等城管走了再回去，想着必须见我们一面，但他突然瞥见刚才那乞丐带着几个同样衣衫褴褛的家伙折回来，锅炉工吓坏了，只好跑得更远。好死不死，这个时候他的肚子开始疼了，对脏乱差的乞丐来说，生病本就是家常便饭啊！锅炉工觉得他快疯了……

而另一边，我们接到八达报讯后，连忙赶去校门口围观，结果扑了个空。八达说："刚刚明明还在的啊。"

"真的假的，锅炉工变成了乞丐，你不是耍我们吧？"缺乏耐心的排长说。

"怎么可能耍你们！我整个钱包都给了那个乞丐啊！"八达信誓旦旦。

我们于是确定被耍了，当街殴打八达。

有位佳人，在锅一方 03

星期二上午。

三号铺依然是"锅"去"床"空，从星期天晚上空到现在。

"就说他变乞丐了啦！偏不信我！"八达肿着核桃眼说。交出整个钱包的他万念俱灰，茶饭不思以泪洗面，让人不禁发出同情的笑声。

"闭嘴，你说你值不值得信赖？"排长骂完叹气，"刚搬了四个，又少了锅炉工，415怎么变这样了……"

"现在有我在啊。"新成员大反派腼腆地举手。

"就凭你？！"排长老花眼一瞪。

"你跟嬷嬷他们根本没得比，你不过是个替代品。"我冷笑。

"如果不是看你还有几分姿色，早把你送警局去了。"金氏说。

大反派那宛如鬼神的脸因为悲伤显得更恐怖了，我们看着稍微舒爽了些，开始讨论怎么找锅炉工。

这时有人走进415，是个少女，米色草帽压得很低，一副蛤蟆镜遮掉半张脸，虽然身材婀娜，但一时看不出长什么样。

烂操瞬移似的出现在少女面前，轻声说："我在。"

"你又知道她找谁了！"我说。

烂操深情地抚着刘海："老，公。"

少女抡圆了手中的LV砸在烂操脸上，摘下墨镜骂道："烂操，人类之中你也算是……"

看清少女的面貌后，本来要倒地的烂操竟然反手一撑地面，一个酷炫筋斗翻回她的面前："小葵！"

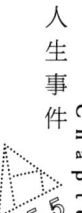

"小声点!"少女摘下帽子塞进烂操的嘴里,整个人的分辨率顿时更高了。

我们都看呆了,这名叫小葵的少女,正是当前最红的青春偶像秋小葵,拍戏又唱歌,红透半边天。众所周知,《青妙》是一部真实性堪比新闻联播的纪实文学,所以这个偶像是存在的,但为了她的隐私,还是只能使用化名,就是这么有原则。

迄今有过各种怪咖拜访415,偶像却是头一回,我们都很激动,烂操更像一头发情的公猩猩,呜叽呜叽地上蹿下蹿。

"还没明白?是我啦!"小葵跺脚,"我是锅炉工!"

仿佛为了增强说服力,小葵突然拿起电热壶打水去了,数秒后归来,放下壶、插电、摁开关,动作利落一气呵成,快得几乎出现了残影。415的空气凝固了,我们一起死盯着那电热壶。很快它有了反应,呻吟、颤抖、冒烟,而小葵始终气定神闲地站在距它最近的位置,神情专注如达摩面壁。好可怕的集中力!若非专注烧水三十年,这么年轻的女孩怎能……最关键的时刻终于到了,但闻水沸越发急促,气氛已是一触即发,小葵双目有神,嘴角更勾起享受而自信的笑容。难……难道……我们预感到了什么,只听"啪"的一声,水烧好了!小葵天衣无缝地轻持壶臂,将滚水如瀑如诗般注入一个空杯之中,但见水花晶莹,却分毫也不溅于杯外,蒸汽萦绕水柱之上,如梦似幻。

"龙抬头!"排长惊呼,我们纷纷如梦初醒。各自的水杯已然斟满,水面如镜。我们敬重地端起,轻轻一嗅那氤氲之香。

"锅炉工!"是的,无需任何怀疑。

"你去哪里了?我的钱包……"八达迫切追问。

"说来话长。那乞丐简直衰神附体,被同行和城管打,被病魔和疯狗追,饿得要死没钱买吃的,身上痒只能在喷泉里洗澡,盖着报纸睡觉被人丢了烟头……"锅炉工进行着中心思想为"谁敢比我惨"的前情提要,"……然后今早我醒来,就变这样了!住在五星级酒店!有个自称经纪人的女人叫我起床,说今天要拍什么广告,我找了个机会打车跑了。"

"昨天是万人嫌的乞丐,今天是万人迷的女神,真是反差萌啊。"我感叹。

"我后来仔细回忆了一下,那个跟我推销人生的家伙是说过什么二十四小时体验,什么六日套餐的,难道这就是我变来变去的原因?"锅炉工喃喃。

"听起来你接着还会体验四种不一样的人生呢。"大反派不像我们见多识广,语气很羡慕。

"总之你们务必帮我找到那个推销员,他的特征是……"锅炉工说。

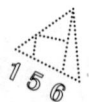

"找他干吗？不管变成什么，撑死也就一天。"排长不以为然。

"就是，阿锅你的生活多无聊啊，有这种机会应该心怀感激地收下。"我举双手赞成。

锅炉工还是有些犹豫，不等他想通，烂操一把拉过他，兴奋地说："来来来，拍照拍照！回头给嬷嬷他们看，羡慕死丫的！"

"我可以靠卖她的照片变富翁！"八达恍然大悟。

415立刻变成粉丝俱乐部，我们争相跟锅炉工合影，物要尽其用！必须说，虽然知道偶像的皮囊下是属于锅炉工的大眼镜和大牙龈，但是近在咫尺感受少男杀手的美貌与香气，还是忍不住心猿意马呢！烂操表现得尤其沉醉，一个劲儿地怂恿锅炉工："穿这么多有什么意思，你就脱光嘛！"

我们共襄盛举之际，阿童木忽然推门进来了，他在看到锅炉工的刹那整个石化，五官扩张，智商掉线，半晌惊天动地地叫了声："秋小葵！"

完蛋了！大学唯独不缺饥渴的男性，阿童木的叫声犹如一支穿云箭，引得千军万马来相见，415外一下围满了人，大家看清锅炉工的样子后，脑残力登时引爆，无数人想迈过415的门槛！

"你们干什么？别进来！别进来！"眼见自家好白菜即将被几百头猪拱，烂操恨不能把阿童木先奸后杀。

"就是！都出去！不买票也想进？"八达高举钱箱冲在了最前头……快来个人扁他。

人潮越发汹涌，我们力不从心。有人要跟锅炉工握手，有人要跟锅炉工抱抱，有人要锅炉工帮他生猴子……我们终于明白巨星的保镖有多不好当，强如金氏也被推倒在地，饱受践踏，大快人心！

眼见宿舍到了最危险的时候，大反派被迫发出最后的吼声："滚出！滚出！滚出！"众人乍看他暴走的脸，吓得纷纷一萎，大反派趁机抓住锅炉工的手突出重围，美女与野兽就在那一刻上演了"私奔"戏码！本就靠近门口的我们趁机一起出去，并将门重重关上，排长气急败坏地嚷着："浇油！点火！"

大卫提醒："烂操还在里面啊！"

"一起烧了！"

然而415外的人越来越多，大反派带着锅炉工横冲直撞，把鞋都跑掉了。凑热闹和看热闹的源源不断，校外甚至开始传来警笛声……

"我就说不需要多余的人生啦！"锅炉工哀号。

 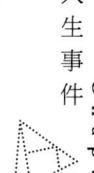

少年玩心吗？爱我你怕了吗？ 04

星期三淫雨霏霏，容嬷嬷与武则天漫步菜市场。

自从搬出去住，这些人不时会自己下厨，改善伙食，小日子过得和和美美。其中女王和女仆最是出双入对、妇唱夫随，每每让嬷嬷觉得给个金秀贤都不换。

迎面走来一个大婶，满手的东西一不小心掉了下来，在地上滚啊滚。捡肥皂经验丰富的嬷嬷忙蹲下去帮捡，武则天在一边帮他撑着伞。

"谢谢……"大婶道谢，看清嬷嬷的脸后脱口而出："是你哦，嬷嬷。"

嬷嬷一愣，知名度高到路人皆知真是困扰，但大婶迅速别过头："我认错人了……"

"等等！"嬷嬷突然问，"你该不会是锅炉工？"

尽管两地分居，嬷嬷四人还是做到了常回家看看（好吧，老蜗除外）。昨天偶像事件闹得又大，他们当然知道了锅炉工的遭遇，既然他一天一个身份，为何不能是眼前的这个大婶呢？

"你你你你认错人了，我不知道你在说啥。"大婶慌张地低下头。

"那你怎么会叫我嬷嬷？"嬷嬷步步紧逼。

"莫愁还珠无知己，天下谁人不识君？"

"对了，段段他们说找到那推销员了。"

"真的？"大婶惊喜，再一看嬷嬷的表情，明白自己被骗了。

"锅炉工你……今天长这样哦。"嬷嬷忍着笑说。

一小时后，415全员在一间公寓里齐聚一堂，那是锅炉工今天的家，不大，却意外的小清新。锅炉工穿着围裙，垂头丧气地从厨房出来："汤已经炖上了，你们中午在这里吃饭好了。"

"好咧，妈妈。"老蜗阴阳怪气地说，引发大爆笑。

"婶子真是徐娘半老，风韵犹存呢。"大卫说，我们笑得疯狂拍桌。

"上啊烂操，今天锅炉工又是女的！"排长捅捅烂操。

"我不承认这种生物是女的。"烂操心碎地摇头。

锅炉工又羞又怒："所以我才不想联系你们！就知道你们没一句好话！"

"昨天后来怎么样？"昨天锅炉工引发骚动后，经纪人闻风赶来接走了他，后面的事我们就不知道了。

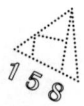

"被骂到死啊……还耽误了很多工作，拍照采访录节目什么的，忙到半夜都没做完……还好过了十二点我就不再是小葵了。"锅炉工后怕地回忆着，"然后今早醒来又换人了，有个男的……大概是这位大婶的老公吧……告诉我他晚上想吃什么后就去上班了……"

我点点头："这样哦。姐夫帅吗？"

一群人笑得死去活来，锅炉工拿菜刀砍了我们的心都有。

八达已经开始参观屋子了，他看着一面很文艺的照片墙，指着其中一张照片问："锅炉工，这是你老公？"

我们争先恐后凑过去，看到一个戴墨镜、脸长得像卷福的男人跟大婶深情相拥，锅炉工涨红了脸大叫："不是！还有，你们去死！"

"那是这个咯？"嬷嬷八卦地指着另一个健美汉子的独照。

"不知道！不要问我！"锅炉工觉得这种问题多答一个都是羞耻Play。

这时门开了，一个毛茸茸的熊一样的男人走了进来，一屋子男生让他吃了一惊，冲锅炉工一扬眉道："伊娃，这些是你朋友？"

"对……对啊……"锅炉工尴尬地点点头。原来你叫伊娃啊！

熊男打量着我们："好年轻，刚发现真正的自己吧？"

这问题怪怪的，但我们纷纷点头。不倾国，不倾城，不给锅妈妈添一点麻烦。

熊男温和地笑了，满脸络腮胡都在抖动："要加油啊！有啥不懂可以好好问问伊娃，我也会帮你们介绍像我这样优秀的男性朋友！"

等等，这什么对白？！我们疑惑地看着锅炉工，他不敢跟我们对视。一灿忽然注意到了什么，压低声音跟我们说："锅驴系八系有……佛结（锅炉是不是有……喉结）？"

我的第一个想法是男的有喉结多正常啊……随即意识到现在锅炉工可是个大婶！有喉结的大婶？！这一惊非同小可，再细看锅炉工浓妆艳抹的脸，本来只道是女的都会打扮，现在看来好像是……为了……掩饰……胡渣什么的……

"你们看，伊娃以前长这样，那时她的名字还叫奎阿兵咧！"爽朗的熊男从墙上撕下一张照片，正是嬷嬷好奇过的那张，"差很多吧？这就是努力的结果。当然我也有一点功劳，比如多年来坚持每天帮她上妆。"

"求别说……"锅炉工快哭了。

"还害臊咧！你明明这么美。哦你这么美，你这么美，你这么美、美……"

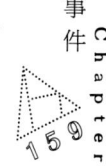

熊男坏笑着在锅炉工臀上一捏，引吭高歌。

我们已经笑不出来了，本来只觉得锅炉工变成家庭主妇槽点略多，现在这展开……而锅炉工显然知道自己不能说的秘密，每个毛孔都散发出"地缝在哪里啊？地缝在哪里"的气息。

"好了。"熊男话锋一转，"天下同好是一家，现在轮到你们重生了。"

我们大惊失色，这么说来刚才的确是被问过"刚发现真正的自己吧"……而锅炉工跳起来大叫："不错，让我们一起前往新世界吧！"

"别看我这样，我其实是著名造型师哦，秋小葵用了都说好。"熊男笑眯眯地说，"大美就在身边，何须前往泰国！"

这俩一唱一和又都很强壮，感觉这一趟是躲不过了，我们闪电般交换目光，不约而同地把大反派踢了出去。大反派一脸惊愕地回头，听见我们诚恳地说：

"啊，我们主要是陪他来的啦。"

善恶终有报，天道好轮回

星期三与星期四的交界，对锅炉工来说凶险万状。当时的情况是熊男意欲跟伊娃排练一出小品，还神秘地拿出两件朴素的袄子说主题是小寡妇智斗村主任，锅炉工的品位不允许他做这种事，熊男反而兴致大增，觉得对方的演技完全符合小寡妇宁死不从的情怀，眼看锅炉工就要堕入土味的旋涡……

十二点到了。像是灰姑娘的魔法忽然失效，锅炉工瞬间来到一辆车内，三个穿黑西装的男人，一个开车，两个左右夹着锅炉工而坐。锅炉工发现自己的造型跟他们差不多。

"我们这是去哪儿？"锅炉工镇定地问。

"酷哥这么问，我竟无言以对。"黑西装之一说。

"别反抗老大，我们还是好朋友。"黑西装之二说。

"老大？"锅炉工猛然醒悟他们的气质完全就是电影里混帮派的，看这架势听这口气，他好像还有点麻烦啊！

"那个……能不能好好谈谈？"锅炉工小心地问。

"我们只是按老大的吩咐办事，请酷哥跟他谈吧。"

车子飞快驶过一片五光十色的街区，在一座闹中取静的高档会所前停下，锅炉工被客气地请下车，又有新的黑西装迎上来说："酷哥请，老大在里面。"

锅炉工已经确定这是鸿门宴了，他几乎是颤抖着跟着一名黑西装走进会所，走过一段拐弯抹角的路后，来到一间蒸汽氤氲的浴室，那一刻锅炉工居然有点期待自己是被请来搓澡的。

池子里泡着一个男人，威武雄壮如套马的汉子，浑身刺青。黑西装退下后，浴室里便只剩下了他们俩，锅炉工听见一个似笑非笑的声音说："怎么不下来？"

"这……这位先生……"锅炉工已吓傻。

"呵，当初陪我看月亮时叫我老大，现在新人换旧人了，叫我先生。"

"不是……老大，其实我一点都没变，看到这么一大池热水还是会觉得烧起来肯定超过瘾，哈哈。"锅炉工一本正经地胡说八道，拖延时间。

"还说没变？！你根本已经忘了我们的从前！"老大忽然一拳砸在池里，水花四溅，"为什么要背叛我？！"

锅炉工没想到贵圈如此乱，欲哭无泪地说："我只是觉得真正的爱情必须是走心的……"

老大凶神恶煞地瞪着锅炉工："阿备，当初我们约好一块打江山，就是在这样的池子里，彼此赤诚交心，许诺生死与共。那些荣华富贵，你有我有全都有哇。为什么你还要去投靠麦蛇伦？！"

锅炉工猛然醒悟这不是三角恋而是帮派之争，顿时羞涩万分，恨不能红着脸躲避，心中暗骂都是415把他带坏了。而老大看他那表情，以为是当头棒喝起了作用，改为温和劝导："你把吞掉的那批货吐出来，我保证不打死你。什么货你懂的。"

"电热壶？"锅炉工从个人兴趣的角度猜测。

老大越发觉得锅炉工不合作，当下沉下脸来："你打定主意要跟我决裂？"

"你……你等我一天，明天我们再聊……"锅炉工不敢多说了，转身想溜。

"想跑？抓住他！"老大怒吼。

黑衣人仿佛从地里钻出来似的出现在锅炉工面前，二话不说朝他围来。锅炉工本能地挥拳出脚，迅速放倒了两个，并从其中一个怀里摸出了枪。场面变成了持枪对峙，锅炉工暗暗叫苦，变成什么人就会有他的本事，昨天他像大婶一样炖汤时就已经亲测有效。毫无疑问刚才那几下是这个酷哥的反射神经在起作用啊，真是彻底害苦他了。

"酷哥放下枪，弟兄们都不想闹得太难看！"一名黑衣人痛心疾首，"当初酷

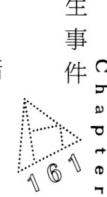

哥落入敌手，为了组织宁死不屈，几乎被虐到基因突变，我们都特别敬重您！"

"……那到底是什么折磨方式啊，喂！换别的东西敬重吧！"锅炉工大叫。

"觉悟吧！阿备！"老大的声音凶狠地响起。

锅炉工忽然朝天花板开了一枪，"砰砰"声中，灯碎了，走廊顿时全黑，锅炉工趁机飞奔，边跑边持续爆灯，瞅准一扇窗撞了出去。

"哗啦"，锅炉工在地上打着滚，虽然脸和手都受伤了，但总算逃出来了，临近的一辆车上有司机，锅炉工上车，无奈地拿枪指着他："快开！"

"酷哥别冲动啊！当初您为了组织起早贪黑，几乎忙到怀孕，我们都爱您！"

……所以说这个酷哥到底是负责什么的！

"快开车啦！"

怕死的司机只得从命，车子开离会所前，锅炉工还伺机爆掉了两辆车的车胎，枪法真心不弱，尽管危在旦夕，锅炉工还是有些兴奋。

跑车一路狂奔，追兵陆续跟来，司机哭喊："酷哥投降啦！当初您为组织筹集资金……"

"闭嘴！去警局！"锅炉工吼道。

司机惊呆了："……别开玩笑了，您不是该去投奔麦蛇伦？自首是能保命，但您和老大的黑历史那么多，警察一查大家都完了！"

"嗯嗯，那太好了。"锅炉工已经大彻大悟。没错，与其亡命天涯，自首还有可能为民除害。酷哥不见得是好鸟嘛。

"别这样……老大垮了我们还混什么？我努力点带您逃还不行吗？"司机真快哭了，"还有，老大知道您的暗恋对象，一定会报复在她身上的，您就算不为自己想……"

"你说的我根本听不懂。不过既然会连累很多人，那更是早自首早好！快！"

车子在司机的啜泣中呼啸前进，锅炉工看着倒映在黑色玻璃上的脸庞，忽然觉得好像在哪里看过。

我就在此刻忽然遇见你

第五天。

睡到自然醒的锅炉工，第一感觉是很不舒服，他发现自己手脚被绑着眼睛被蒙着，嘴里甚至塞着东西！只少一根滚烫的皮鞭，他就会开始怀念昨天的亡命生

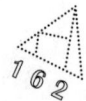

涯了。

"醒了吗？朵朵？"

锅炉工全身一震，几乎以为自己在做梦，这是……姚姐的声音？！

"朵朵别怕，妈妈在，很快会有人来救我们的。"的确是姚姐，她的声音疲倦而沙哑。

很显然，姚姐和朵朵现在正被囚禁。锅炉工幻想过无数次她们过得好不好，没想到……是什么样的机缘，让他们在这种情况下重逢？

开门声响起，锅炉工听见一个人骂道："这女的居然把布吐出来了！"

"求求你们放了我们，钱你们随便拿走……"姚姐颤声哀求。

"自作多情，你以为我们是为了钱绑的你们？"一个粗声音说。

"要怪就怪你不该勾引那个姓兵的吧。"另一个细声音说。

"兵先生？我跟他不熟，他只是来我打工的店里吃过几次饭……"姚姐急忙辩解。

"闭嘴，把她的嘴堵上！"锅炉工听见那两人对姚姐动粗的声音，血往头上涌，疯狂挣扎起来想要保护她。

"朵朵，想尿尿是吗？"姚姐误会了，"两位大哥，我们不会乱叫的，请让我带我女儿去上厕所。"

"穷讲究，拉在裤子上吧。"粗声音说。

"等等，还不知道要守着她们多久呢，万一还得帮忙收拾那可麻烦了啊。"细声音说。

粗声音大概觉得有道理，锅炉工感到身体轻松了，有人解除了他手脚的束缚，他忙把嘴里塞的、脸上蒙的也摘下来，视线终于恢复清晰，他看到了姚姐，同样被松绑的姚姐一把抱住了他。锅炉工一呆，也不顾一切地抱住她。

姗姗来迟的勇气，在那一刻暂停了时间。

"朵朵乖，妈妈带你去尿尿。"姚姐轻轻对锅炉工说，然后抱着她去了卫生间。

这是一间全然陌生的屋子，锅炉工飞快观察了一下四周：大门距离她们的囚室最远，屋内没有适合妇孺的作战工具，窗帘紧闭完全不知道外面的情况……一切都对她们很不利。

进了卫生间，锅炉工做的第一件事是指着靠近天花板的一扇窗对姚姐说："姚……妈妈，把我托上去。"

"你出不去的。"姚姐惊讶地看着女儿。

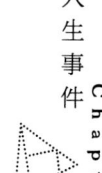

"妈妈，快！"

姚姐慌乱中照办了，锅炉工的确无法通过那窄窗，但是顺利看到了外面。原来这屋子位于荒郊野外，最近的屋子也在几十米外，锅炉工费力地移动视线，惊喜地眺望到了一条公路，甚至看到了路牌！

"快一点，别磨蹭！"门板传来不耐烦的敲打声。

姚姐不得不抱着锅炉工走出了卫生间，那俩家伙又麻利地用胶带把她们绑了起来，锅炉工忙卖萌说："大哥哥，不要绑人家好咩？"

"呵呵，绑起来的滋味十分酸爽哦。"不是萝莉控的大哥哥拒绝了。不过，可能是看她们刚才表现还不错，这次没有蒙眼塞嘴。

囚室的门再度关上后，锅炉工的脑子飞速转动，虽然知道了位置，却不能搬救兵也是白搭。智取吧，动都动不了……当然，如果能拖过十二点，他就自然会换一个地方了。问题是他不能保证"下家"的情况，万一对方在外地，又或是自身难保，那该如何施救？

"哥，我们要看她们多久？"细声音在屋外问。

"不知道，听说那个姓兵的跟老大正式闹翻了，现在逃亡中，老大让我们抓这对母女，据说那家伙喜欢她们。"

锅炉工大吃一惊：这剧情怎么如此熟悉，那不就是他昨天的演出吗？原来"酷哥"、"阿备"跟"姓兵的"是同一人？这么说他的全名是……兵酷备！感觉在哪里听过……

锅炉工猛然又想起，他之前一直觉得在哪里见过兵酷备，现在知道了：昵称伊娃的大婶跟他合过影啊！那面照片墙上贴的！搞不好他们有过故事……

手脚不能动，脑子似乎更好使了，锅炉工随即又想起熊男提过伊娃的名字：奎阿兵。因为太屄所以被他记住了。然后熊男说曾服务过秋小葵，这么说，伊娃跟秋小葵也可能接触过？

锅炉工激动起来，他本以为每天变成谁完全是随机的，现在看来存在一定的规律！首先，转移者和被转移者之间应该存在某种联系，而不是完全的陌生人；其次，他们的名字头尾发音必须相衔，仿佛接龙游戏！

第一天的乞丐叫什么，锅炉工不知道，但料想名字的最后一个字大概是qiu发音；第二天锅炉变成了秋小葵，乞丐与偶像的联系大概也是"知道有这么个人"；第三天的伊娃原名叫奎阿兵，他跟秋小葵大概因为熊男的关系接触过；第四天，奎阿兵转移到了兵酷备的身上，他们曾是好朋友；而第五天，兵酷备

变成了朵朵，一来他们互相认识，二来，虽然大家一直管朵朵叫朵朵，但她其实姓贝！

换句话说，明天，锅炉工将从朵朵身上转移到一个名字以 duo 打头的人身上，并且那人还是朵朵曾经接触过的。如果锅炉工能够利用好这个设定，也就意味着他能选择最后一日的人生！

怎么做？怎么做？

"朵朵，不要怕。"姚姐见女儿一脸心塞，连忙安抚，"我们都会没事的，很快你又能跟旺旺一起玩了。"

"旺旺？"锅炉工不解。

"我们不在家，旺旺一着急，就会去报警的。"

姚姐说着哄小孩的话，锅炉工慢慢听懂了：旺旺是一条狗，大概是姚姐买给朵朵排解寂寞的。锅炉工突然眼睛一亮："姚……不，妈妈……"

"怎么了？"姚姐轻声问。

锅炉工心头一颤，忽然冲动地问："你想陈老师吗？"

"陈老师"是朵朵对锅炉工的尊称，姚姐当然一听就懂，她露出一个苦笑，说："朵朵想他了？妈妈以后带你去见他，好吗？"

"你……讨厌他了吗？"

姚姐轻轻摇摇头。

07 天才眼镜狗

极其难熬的一天快要过去了。

锅炉工寻思着，当他是兵酷备时，他选择了自首，并把向司机打听来的兵酷备的几个住处贡献给了警方去挖线索，想来成果不俗。愤怒的老大可能是出于威胁目的而抓了姚姐和朵朵，虽然听姚姐的口气，是兵酷备在单恋她，姚姐根本是躺枪，但你怎么能指望黑帮讲逻辑。现在兵酷备大概是已经横扫饥饿做回自己了，如果之前泄的底足够严重，他能做的只有跟警方继续合作，当老大意识到这一点，也就没什么必要留着姚姐和朵朵了……她们可说是危在旦夕！

锅炉工看着墙上的钟，就快十二点了，他紧张地期待着自己的安排奏效。却先等来了开门声，那个粗声音的家伙进来了，透过门缝，锅炉工看到细声音倒在

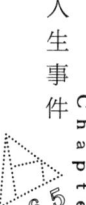

沙发上，周围有不少空酒瓶，粗声音大着舌头说："长夜漫漫无心睡眠，就让你我苟且一番。"

"你不要过来！"姚姐尖叫。但粗声音淫笑着上来了，锅炉工见他脚步虚浮，不顾一切地滚了上去，粗声音狼狈地被绊倒在地，晕。锅炉工忙背过身去摸他腰间的钥匙，摸出一把小刀，吃力地把束缚双手的胶带割断了，然后是脚上的，接着是姚姐的……

女儿能干至此，姚姐激动地把她抱在怀里。

"快……快走。"锅炉工红着脸说。

然而事情并没有那么顺利，姚姐刚打开门，粗声音就摇摇晃晃来到客厅，一杯酒把细声音泼醒："这两人要逃了！"

"啥？"细声音猛然弹起。

姚姐抱着锅炉工，冲入夜色中，她全然不辨方向，只是拼命地逃，但毕竟被绑了太久，又累又饿，她的脚步完全是软的，凭着斗志跑了两步就摔倒在了草地上。

锅炉工挣扎着爬起来，想要保护姚姐，他已经看见粗细声音眼中的狰狞……

头脑"嗡"的一下，锅炉工眼前的一切变了，他伸出手，看到自己长了一对狗爪子。

十二点到了！第六日的人生启动，他转移到了狗的身上！这并不是偶然的，这条狗，就是朵朵和姚姐养的"旺旺"！只是锅炉工想通了人生转移的秘密后，就向姚姐要求把旺旺改名成"朵拉"——狗的名字本来就是主人决定的嘛。重点是这样一来就完全符合"二者有某种关系"及"名字可以形成接龙"的规则！果然，朵朵狭隘的交际面中没有第二个以 duo 打头的人，锅炉工如愿以偿地跑到了"朵拉"的身上，此刻，他位于一条陌生的大街。

按照原计划，锅炉工是要以狗的身份去报案的，写字还是什么都好，他可以把关押姚姐和朵朵的所在地通知警方或 415。然而现在他又恨不得自己没有离开了，至少可以第一时间掌握姚姐和朵朵的情况。

正心急如焚的锅炉工鼻子一痒，脑海出现了姚姐和朵朵的样子，他不是用眼睛看到的，而是用鼻子闻到的。锅炉工是第一次做狗，他知道狗的嗅觉是人类的 N 倍，这难道代表朵拉找到她们了？

锅炉工本能地拔腿循着气味而去，一跑之下更是吃惊，因为朵拉的速度快得

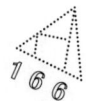

像一阵风，他呼啸着穿过了整条街，甚至接连超越了数辆汽车！所以这条狗到底是？！

过了大约半小时，锅炉工离开了城镇，来到了郊外，鼻中的气味越发浓烈，离姚姐和朵朵越来越近了！

终于，锅炉工看到了之前他还是朵朵时瞄到的路牌，就算没有路牌，他也已经闻出了她们的位置，混杂着些许的血腥味，让他狂性大发。

锅炉工来到那栋屋子门口，想也没想，尖牙一啃，整扇门立刻开了个洞，钻进去便看到姚姐和朵朵倒在地上，灵敏的耳朵听见她们平稳的心跳，才稍微放松下来。

"狗？！"粗声音诧异。

"有朝一日剑在手，杀尽天下负心狗！"细声音猛然想起一句名言。

这是《青妙》诞生以来锅炉工最威猛的时刻，他如猛虎般将粗声音扑倒在地，咬住他的衣服用力一甩，就把他整个砸到了墙壁上。

"靠！"细声音操起扫帚挥向"负心狗"，锅炉工轻易躲过，冲着他的耳朵怒吼："汪汪汪汪！"无形的声浪将细声音震得朝后飞起，口吐白沫昏厥。

锅炉工毫无难度地秒掉了两名杂兵，回首昨天的阶下囚生涯，恍如隔世。而他的叫声也把姚姐母女惊醒了，锅炉工忙跑去为她们松绑。

"旺旺？"朵朵睁大眼睛，又惊又喜，姚姐看看四周，将锅炉工与朵朵一起拥进怀里。

都结束了。锅炉工想，姚姐的怀抱很温暖，他几乎不想离开。但姚姐很快又松开了他，一双眼睛深深地凝视着他。

"你是……"

锅炉工想，她认出我了吗？

姚姐与朵朵的身影渐渐变得模糊。

08 多美好的人生

锅炉工回到了那间自习室，他机械地伸出手，摸到了他的方框眼镜，感受到了他硕大的牙龈。

他变回来了，这是他自己的人生。怎么会这么快？第六日明明才过去一个小时啊！

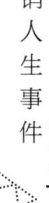

"因为二十四小时是针对人类计算的时间，谁知道你会跑到汪星人身上啦。"

锅炉工回头，看到了脑袋上有一撮呆毛的推销员，他的手边是一个打开了的空箱子，锅炉工问："你说什么？"

"就是说你最后选择的那段人生，或者说狗生，是属于外星生命的。你也发现那条狗特别能打了吧？现在潜伏在地球上的汪星人还蛮多的，他们的时间概念跟我们不一样。一个小时等于地球人的一天。"

锅炉工明白为何这第六日如此短暂了，推销员笑眯眯地说："乞丐的颓废人生，偶像的光辉人生，人妖的另类人生，黑道的惊险人生，萝莉的纯白人生，还有你自己选的彩蛋——超狗的英雄人生，每种都不一样，但总有一款适合你。对这次的体验还满意吧？"

锅炉工不得不承认，刚开始几天他是不爽的，如今则是庆幸，毕竟因为这样，他才有机会再见到姚姐和朵朵。想到她们，又让他怅然若失起来。推销员误会了，高兴地问："怎样怎样，是不是觉得意犹未尽？本公司的产品用过的人都说好！不过客人，你真厉害，你是第一个看破操作窍门并加以利用的。"

锅炉工苦笑了一下，推销员继续说："不过你大概不知道，除了'是认识的人'和'名字能接龙'外，这趟你所体验的六种人生还有一个共通点，主人对现状感到某种程度的厌倦。我们安排你体验他们的人生，同时也是希望借由让他们失去一天，进行反思。"

锅炉工一愣，不是不能理解身为乞丐、人妖和黑道分子的压力，甚至巨星和外星人光鲜之后的疲惫也可以想象，但……朵朵小小年纪竟然也会有生活很没意思的念头？虽然她没有爸爸，也没什么朋友……

"她会好起来的。"推销员似乎看出锅炉工的心思，安慰道，"母女都平安，回头报了警，新账老账一起算，那些坏人肯定没机会骚扰她了。再说了她们有一个外星保镖啊，虽然它不会像你做得那么明目张胆，但该出手时肯定还是会出手……"

锅炉工好受了些。

"你已经感受过了本公司的服务，有没有兴趣正式来一发？我们这里还有多款豪华人生套餐，只要愿意，你可以完全舍弃现在的人生另起炉灶……"

"被我舍弃掉的人生，你们会怎么处理？"

"卖给别人啊，总会有其他人很感兴趣的。"

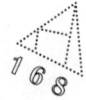

锅炉工点点头，这答案跟他想的一样："对不起，我还是不需要。"

大失所望的推销员兀自滔滔不绝说着什么，锅炉工已经快步离开了自习室，眼前不禁又浮现出了姚姐和朵朵的脸，她们在对他笑着。

不要轻易放弃人生，你总会有渴望再见的人。

Tales of the Unusual Youth

4 1 5

室友眼镜是个萌萌的 gay，一天他打着打着字就笑了，我问笑啥。

"我跟人聊西游记，打九九八十一难，结果打成九九八十一男啦！"

……所以这是愉（ ♂ ）快（ ♂ ）的笑容吗！不想知道这种笑点啊！

碰上一匹野马，可天台上面没有草原

本次事件刚开始，金氏正在搞基餐厅……不，高级餐厅大快朵颐。桌上摆满了牛排意面、鹅肝、焗蜗牛、鱼子酱等美食，毕竟他是 415 头号土豪。这种奢华的享受要让八达看到了，肯定会等价换算成泡面的数量然后痛心疾首，尤其那些食物的共同点是容器大、分量小。这对每次去吃兰州拉面都叮嘱老板多加牛肉、多加面、多加香菜、多加汤，连辣椒粉都为了占便宜而竭尽所能，多加到整个碗摇摇欲坠的八达来说简直是一种欺诈。

金氏吃饱喝足，边拿指甲剔牙边叫买单。服务生很快赶来，一脸职业笑容："客人，您的胃口真好。"

"只恨跟我约好的那些人都没来。"金氏叹息。

"所以您为了不浪费,把他们的份全吃了是吗？真了不起！"服务生违心地说。

"呵呵，我是想那么做，但始终太勉强了，根本吃不完呢。"金氏继续摇头叹息。

服务生瞥了一眼桌上唯一剩下的半杯水，默默咽下吐槽的冲动，忽然说："客人，那位难道是您的朋友？"

金氏转头，只见餐厅外一个人正惊喜地敲打着落地窗（音响师请注意，此处

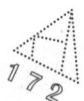

BGM 应为：是谁，在敲打我窗……）。所有客人的目光都被吸引过去，只因为那是一个在现代城市里不容易看到的——和尚。

嗯，而且还是个穿红黄袈裟的和尚，头上戴一项醒目僧帽，是中国人就能一眼认出他是谁。

金氏当场就喷了。那是唐僧啊！

不过唐僧出现在现代并不奇怪，有时还会出现孙悟空、猪八戒呢，我们就曾在学生街看到悟空和八戒在卖名为"唐僧肉"的烤串，当时心里就风起云涌地喊着："你们俩孽畜到底是反了啊！"

COS 唐僧的逗比隔着玻璃对金氏喊了一会儿话，发现效果不佳，就绕到正门来了，立刻被服务生拦住。

"阿弥陀佛，大师请去别家化缘。"服务生赶人。

"谁化缘啦？我来找我徒弟。"逗比对金氏猛挥手，"八戒！八戒！是为师哦！"

餐厅哄堂大笑，很多人都把食物喷墙上去了。被羞辱的金氏满脸通红，匆匆付了钱就走。唐僧在门口张开怀抱迎接："哦，八戒！看到你真开心！"

"闭嘴，谁是八戒！"金氏狠瞪他。

"就是你啊。哦，也许你喜欢我陪你看月亮时叫你的名字——小甜甜？"

"……对面有药店，你快去'化'点药吃。"金氏说着想走，被逗比一把拽住，委屈地说："八戒你好冷淡，你过去不是这样的……"

金氏想揍人了，这时他忽然发现眼前这人是个帅哥啊，撇开一身奇装异服和光头不提，颜值竟能和一灿媲美。"还好是个蛇精病。"金氏想。这个世界的确是不能再增加正常的美男子了。

"对了八戒，这是哪儿？各种陌生，为师很怕呀。"唐僧拉着金氏的衣角说。

因为唐僧的造型太吸睛了，往来路人很难不行注目礼，看完他就会顺便看看金氏，然后笑出法令纹。金氏的怒气值越来越满。

"我再说最后一遍，我们一毛钱关系都没有！"

逗比不服气地叉着腰质问："是吗！那你怎么解释你长得这么像猪这件事？"

金氏一拳把逗比打趴了，这个子挺高的家伙，意外的弱不禁风。从这个角度来说，是有点像唐僧。

胡吃海喝带来的好心情被破坏了，金氏郁闷地返回学校，走着走着，听见身后不时传来行人的窃笑，一回头看到逗比急急忙忙躲到一根电线杆后。敢情是在尾行哪！金氏翻个白眼，拔腿就跑，逗比连忙跟上，为了奔跑方便，还一左一右

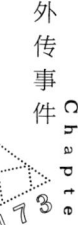

地撩起了袈裟的下摆。

金氏跑进一条僻静的巷子，发现这是一条死路后无奈折返，正赶上逗比跟了进来。二人打个照面，逗比一敲脑门吐舌道："又见面了，诶嘿。"

"……卖你妹萌啊！跟着我干什么！"金氏暴走。

"这个……也许施主真不是八戒，但能这么像也是缘分。行走江湖最重要就是一个缘字，贫僧举目无亲，如果不抓牢这份缘……"

金氏捏住唐僧的俊脸，以毁容等级的力道往两边扯，嘴里威胁着："你要再敢说我像那谁……"

一只鞋突然掉在他们身边。二人一愣，同时抬头。

这条巷子是几座旧大楼的夹缝，只见右手边一座的楼顶，正有一个逆光的人影在天台边缘摇晃。这……这是要跳楼的节奏啊！

"罪过啊！"逗比一下挣脱了金氏，拔腿就跑上楼。金氏愣了一下，也跟着往上跑。

两人的体力半斤八两，六层楼的高度爬得汗流浃背，好在推开通往天台的门时，那人还没跳下去，他仍旧站在悬崖边，跳着多年后才流行起来的骑马舞。

"阿弥陀佛，施主请三思，切莫一失足成千古恨啊。"逗比语重心长地说。

那人缓缓回身，只见他长着一张憔悴的马脸，可奇异的是，那张脸此刻又焕发着一种异样的神采，只见他昂首发出一声马嘶，自豪地说："我是骏马！我要驰骋！"

"八戒，这位施主不太正常呢。"逗比对金氏说。

"你再叫八戒，我就把你推下去。"金氏掐着逗比的嘴说，"那家伙如果不是跟你一样脑残，就是吃药了！"

"什么是吃药？"

"就是身为人类最不该做的事之一，你看他那么瘦又那么嗨，绝对是吃药没跑了！"金氏口吻十分严肃，各位读者要好好记住他的话。

"哎，他要跳了！"逗比发现了马面的企图，不顾一切地冲上去抱住了他，两人一块儿摔倒在地。马面疯狂地挣扎起来："放开我！放开我！"

"八戒快帮忙哇！"逗比若不是秃子，此刻已是披头散发了。

"呃啊……"金氏不知从何下手。

"哎呀呀呀！"马面狠狠咬了逗比一口，逼得他不得不松手，马面抓紧时间，如脱缰野马冲向天台外……

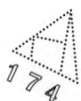

地上传来一声沉重的闷响，金氏双腿一软，吓趴了，半晌才颤抖着爬向前，探头去看楼下的惨况……

说好的血浆片拍摄现场，只有马面一个人低调而清爽地趴在地上，虽然没有肝脑涂地，但估计已经挂了。

……等等，好像不是那么回事，他……动了？

金氏的眼珠子差点飞出来，马面真动了！他双手撑地缓缓爬起，甚至抓了抓屁股，然后像什么也没发生似的走了。六层楼的高度啊！没死也没受伤！

金氏缩回脑袋，惊恐万分地看向逗比，只见他正嘟着嘴吹着他那鲜藕般的手臂，马面刚才那一口害他破了皮。金氏问："你到底是……"

逗比连忙收起手臂，理了理衣帽正襟危坐，装模作样咳嗽了一声："贫僧法号玄奘，来自东土大唐，要去往西天拜佛求经。"

在漫展上邂逅妖怪难道有错吗？

漫展现场，沸反盈天，像或不像的COSER走来走去，有人举起相机便立刻摆起POSE。这边厢，某大触正在签绘，手捧同人志的读者边排队边激烈地掐着CP；那边厢，某偶像团体载歌载舞，各为其主的粉丝卖力吆喝着自家女神的大名。

光饼一脸的"这些都是什么鬼"，身边是一个兴奋得根本停不下来的猫耳娘。

"咿呀呀看到没！那是怪盗基德，我男神！求跪舔！"

"嗷嗷美队×吧唧的鬼畜本不能更赞！剁手收！"

"没扮女仆真心粟米马赛，下次要更死吧拉稀！"

一句句火星文冲刷着光饼的耳朵，杀意在胸中风起云涌。

还记得光饼吧？这富二代处处与415过不去，后来被嬷嬷的SM手机虐到裸奔，含恨退学，再后来企图靠一台能改变记忆的iPad逆袭，不幸败在一灿的美色之下。从那之后他就从我们生活里消失了，但显然羞耻的经历并未让他停止在泡妞领域的探索，只是没想到新勾的妹子宅入膏肓，陪她来参加漫展，痛苦大过问斩。

"玩够啦？我们找间宾馆休息？"光饼强颜欢笑。

"马上到我大本命出场了喵！"猫耳娘充耳不闻。

光饼咬牙切齿地看着舞台，一个人正背对观众装神弄鬼，服装发型逼格甚高，他优雅地举起一把刀："散落吧，千本……"

"滋滋滋滋……"舞台中央突然亮起一团光芒，迅速放大成一团球状闪电，

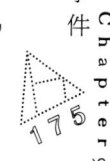

爆闪过后，出现了两个年轻男子。一身盔甲，长发飘飘，高的主色调为金，矮的则是银。他们头上都长着角。

"啧啧，这种猴戏还有特效。"光饼说。周围人已经开始议论这两个乱入的是什么角色了。

"毫无疑问，金色麋鹿角的是洛基，漫威人物，雷神托尔相爱相杀的弟弟。"一位以美漫为主食的死宅推推眼镜科普道。

"那个银色的是托尔咯？"有人问。

"不像，托尔没长角的。"死宅思索着，"冰河？大剑？不，也许是白夜叉。那头白发略有感觉，戴上角大概是为了强调夜叉的效果。"

众人觉得有道理，纷纷对洛基和白夜叉报以掌声。

"哥哥，我们到了哪儿？"银时茫然地问。

"鬼知道，这群人不像天兵天将。"洛基说。

"那我可以吼他们吗？"

"吼吧。"

银时一挺胸，大叫："你们这群白痴安静点！"

"啪啪啪"，现场的几个音响和灯泡立刻被震爆了，人们纷纷捂住耳朵，光饼吃惊不小。

"就是这样！银时！让幕府听听我们攘夷志士充满骨气的呐喊吧！"一个人捏着拳头大叫，"至于我是谁？不是假发，是——"

洛基和银时一人一脚，踩着丫的脸下了台。群宅慌忙让成一个包围圈，这是天下第一武道会的节奏啊！

一个两手抓着刀，嘴里还叼着一把刀的家伙率先出场，他含混不清地叫着"海贼猎人卓洛参上！鬼气……"然后嘴里的刀就掉出来砸在了脚上，满地打滚。洛基飞起一脚，让他一直滚到了门口。

群雄大怒，誓诛二魔。叫着"代表月亮消灭你们哦"的粗腿美战、嚷着"能力越大责任越大"的肚腩小蜘蛛、挥着高达模型宣称"连我爸比都没打过我"的矬子……纷纷上场，然后一个接一个被秒。

兵荒马乱中，光饼牵住猫耳娘的手叫道："快，我带你去宾馆躲一躲！"

然后他发现自己抓错人了，那个戴头盔的家伙一把甩开他："放开我！查尔斯等着我去救！"然后他义无反顾地奔向一个坐轮椅的COSER……

猫耳娘淹没在了人潮中，光饼遍寻不见，有一瞬还跟洛基与银时对上了眼。

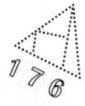

他浑身一抖，跑出了会场。

来到一座公园，喧嚣已经离得很远，光饼慢下脚步，气喘吁吁地骂道："什么跟什么！浪费老子时间！"

然后，只听"嗖"的一声，他被高大的人影笼罩住了，居然就是洛基和银时！光饼一屁股坐在了地上。

"你……你们想怎样？敢惹我，信不信老子 neng 死你们？"光饼色厉内荏地警告。

银时凑近光饼，鼻子耸动："哥哥，他只是个凡人。"

洛基说："嗯，他发出的不是妖气，是人类内心腐坏的味道。"

"这里的妖怪很难找呢，将就着收了他吧。"

"唔，毕竟我们给太上老君打工了那么久，农奴翻身就是该压迫别人了呢。"

光饼恍然大悟："你们是金角大王和银角大王？"

两人得意地摸摸自己的角："看不出你有点见识。"

"你们是来抓唐僧的？"

"是的，你懂得真多啊。你知道他在哪里？"

"不知道。"

"那你把他找出来，他绝对也在这里。"金角下令。

"再给咱找个洞府。"银角兴致勃勃地说。

光饼骑虎难下，可对方是妖怪，他不敢不从。

"愣着干吗？哦，抓唐僧不太容易，我懂。"金角说着一翻手，掌心赫然出现了著名法宝——紫金红葫芦！

"任何人敢碍事，你就把他们装进去！"

415 道场佛学交流会

415 内只有我、排长与烂操。虽然翅膀长硬远走高飞的嬷嬷他们不时会回来，但宿舍让人感觉空旷的时候还是多了起来。新加盟的大反派虽然也有一定的可玩性，但毕竟调教尚浅，还有些羞答答的放不开。而且他来自正义联盟 110 宿舍，至今保持着每天自习的好习惯，甚至常拉锅炉工同去，严重破坏了本门风气。

"好无聊。老排，不如你学狗叫？"我提议。

排长摩拳擦掌地走过来："最近光顾着教训那头猪，忽视了你呢，现在就让我

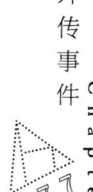

西游外传事件 Chapter 9

177

来好好疼爱你。"

"安静！别打扰我学习！"正看动作片的烂操不满。

"排，别气。我说些侮辱金氏的话赔罪。"我说。

"算你天良未泯，说吧，不够狠我可不会买账哟。"排长大人有大量。

"金氏胖得像……"我没说完就被啥砸倒了，金氏边进门边骂："你们这群作死的，少看一眼都不行！"

然后有人迈着小碎步跑进来，一边温柔地扶起我一边说："罪过罪过，八戒，你这是犯了嗔戒。"

我一看，眼前是头花样美驴，金氏拿来砸我的是他的僧帽。但即使不戴帽，也能一眼看出他在扮唐僧。

"猪仔，你自己从精神病院逃了也就算了，怎么还拐了一个？"排长责备金氏。

"你们懂个屁！他真的就是唐僧！"金氏说。

"你当我们傻呀？他明明是男的。"烂操冷笑。

"……啊不然咧？！"我们齐声道。

"日本的西游记里，唐僧就是女的，我看完后再不能接受其他性别的唐僧。"烂操正气凛然。

"阿弥陀佛，男女又如何？色相只是过眼云烟。"唐僧对烂操微笑，"这位狼牙棒施主十分有慧根呢。"

烂操凝视唐僧中性的脸，心跳加速地问金氏："你带这种风格的人回来干吗？掰弯了我，拿你开刀！"

"就说他是真正的唐僧了！"金氏开始讲述马面因为咬了唐僧一口而大难不死的事，"……这明显是唐僧肉的功效吧？不都说吃了唐僧肉可以不老不死？"

"太不科学了，你还不如告诉我世界上有幽灵、吸血鬼、圣诞老人、死神、妖精……"排长说着说着声音小了下去。

"你真的是唐僧？三藏法师？玄奘？江流儿？御弟哥哥？"我惊奇地问。

唐僧鞠躬："八戒已说了一些你们这里的事，没想到贫僧的故事在此人尽皆知，真是受宠若惊呢。"

"你叫他什么？"排长失笑。

"哎哟顺嘴了，金施主明明不是八戒。"唐僧惶恐。

"不不，他的确就是啊。"烂操说。

"天蓬元帅在此恭候取经人，已经太久。"我说。

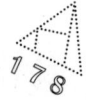

"成鸟总要离巢，肥猪总要出栏。"排长伤感地把金氏的手交给唐僧，"就请师父念在他一身是宝……"

金氏跟排长扭打时，唐僧边擦汗边跟我们说："其实这位瘦施主很像我大徒儿，他们都是尖嘴猴腮……"

"不过你为什么会出现在这里？"我问。

"贫僧来到贵宝地时头撞了，记不清了。"唐僧给我们看光头上的一个包，"佛祖保佑，幸好我还记得我是谁，以及我的徒弟，我的使命！"

"历史上是有玄奘取经，但西游记应该是虚构的啊……"我嘀咕。不久前我曾遭遇角色从书里跑出来的事件，难道这次也是？说好的每期一个新哏呢？

"别尽想些有的没的了，机会难得，问些关键的！"烂操推开我，凑到唐僧面前，"圣僧，弟子愚钝，想请教一些佛经知识。"

"善哉善哉，施主请讲。"唐僧也认真起来。

"你遇到的女妖精中，谁的胸最大？"

……这是哪国的佛经知识啊！唐僧头上"嘭"地冒起一朵蘑菇云，看把他羞的！

"上天有好色之德，圣僧你就招了吧！"烂操求知的眼神又是那么殷切，唐僧眼看就要从了！

然而，光饼来了。

我叫你一声，你敢答应吗？ 04

所有人的视线都聚焦在光饼身上，皮笑肉不笑的他，拿着一个矿泉水瓶走进415。

"裸奔狂与狗不得入内！"金氏怪叫了一声，我们爆笑。唐僧虽然不知这是什么哏，也跟着傻乐起来。

光饼的黑历史被重提，整张脸气得变形了，他突然拧开手中的水瓶盖子，大叫："金猪！"

"你叫谁！"金氏应完，身形急缩，飞进了瓶子……在瓶口卡住了，光饼拍了下才"扑"地滑进去。

痛失朋友的排长大惊失色："你干了什么？"

"你们都遇到唐僧了，这一幕很难理解吗？"光饼晃着瓶子，透过透明的瓶身，我们看见了小巧玲珑的金氏，那是他这辈子最苗条的时刻。

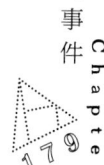

"你是金角大王还是银角大王？"唐僧惊叫，"大家小心！一旦回应他的呼唤，就会立刻被吸进法宝里！"

不必他说，我们也熟悉这个设定。至于为什么红葫芦会是矿泉水瓶造型，大概是光饼为了低调而让金角变的吧。我们赶忙闭上嘴，这样一来就不用怕他了。

但光饼再次举起瓶子："415的各位大帅哥——"

"哎！"我们异口同声，然后"嗖嗖嗖"全进去了！这家伙竟使出了如此高明的一招！真是防不胜防啊！

我们与金氏团聚了。刚才还能像优乐美奶茶般捧在手心的他又是大腹便便了。他骂道："你们白痴啊？"

"闭嘴！""死胖子！都是你不好！""再叫扁你！"我们齐声痛骂，金氏默默缩了，片刻指着头顶大叫。

我们一起抬头，倒吸凉气，只见天花板上有一只巨大的眼睛！毫无疑问，那是光饼凑在瓶口朝里看："哈哈哈哈！你们也有今天！"

"王八蛋，快放了我们！""裸奔狂魔！""活该被静静甩掉！"金氏、排长、烂操齐声痛骂。我想叫他们看清形势都插不上嘴，干脆也跟着骂。

"有种！等死吧你们！"光饼咬牙切齿地拧紧瓶盖。

我们开始感到全身传来类似针扎的疼痛。对了！传说中被吸进葫芦和净瓶的人分分钟会化成血水！

"帅哥——"金氏撕心裂肺地惨叫，"放我们出去吧！你让我做什么都行啊！"

我们鄙夷地看着没骨气的金氏，然后纷纷叫道："光饼SAMA！您大人有大量饶了小的吧！""千错万错都是容嬷嬷和一灿的错，我是爱您的啊！""放我出去帮您咬他们啊！"

必须说明，以上都是权宜之计，我们边叫边在内心彩排复原后把光饼先奸后杀的场景，可解气了。

光饼凝视着在瓶中跳脚的我们，一本满足地笑了。旁边的唐僧举手说："这位施主，想必你也知道，任何人一旦进了那瓶子，都会比贫僧更早抵达西天……"

"那又怎样？"光饼哼了一声。

"上天有好色之德……不对不对，好生之德……施主这么年轻，不能妄造杀孽啊！"唐僧说着，试图拿走瓶子，光饼不耐烦地踹了他一脚，娇弱的唐僧后脑勺撞到铁架床，晕了。

"本少爷不跟那两个妖怪举报你，你就要偷笑了。"光饼从唐僧身上收回视线，

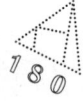

用看蚂蚁的眼光看着瓶里的我们，"至于你们，咱们的账得慢慢算了。还有力气骂就骂吧。"

"我们没在骂你啊！哥！干爹！老公！"身上的灼烧感越发强烈，瓶子里仿佛充满了噬人的气体，我们鬼哭狼嚎，光饼却充耳不闻地离开了415。

人逢喜事精神爽，光饼三步两步出了校门，来到了学生街。迎面来了一位故人，他停下脚步。

一灿和光饼的前女友——静静。

"唷。好久不见。"光饼嬉皮笑脸地看着身边跟着一个男生的静静，"又交到新男朋友啦？动作真快。"

静静厌恶地看了他一眼："关你什么事？"

"一夜夫妻百日恩，别那么冷淡嘛。"光饼说着搭住那个长得像包子的男生，"你们好到什么分上啦？"

"滚！无聊！"静静拿包砸光饼，光饼扭秧歌逗她。

我灵机一动，大叫："我们撞！"

四人齐心协力撞向瓶壁，吊儿郎当地挥着瓶子的光饼一个没抓牢，瓶子掉了，"跑！"我又指挥，四个人一起玩命地跑起来，带动整个瓶子朝前滚去。

光饼发出一声怒吼，也不管静静，拔腿跑来追我们。

疼痛感越来越强烈，我们真的是用生命在逃跑，瓶子骨碌骨碌滚个不停，不留神还被路人踢到了，这下可好，我们飞了起来！"哇啊啊啊啊！"节奏全乱了，大伙乱七八糟抱成一团，这还不算，前面是下坡台阶！塑料瓶在台阶上不断地翻滚、碰撞、弹跳，不断发出空洞的声响，我们只觉得天旋地转，坠机不过如此！

光饼在后面阴魂不散地追，来到台阶的底端，他愣了：满地都是瓶子！原来是一个收破烂的老头摔了，一麻袋空瓶滚得到处都是，他正紧张地拾着。光饼忙逐一检查起那些瓶子，老头警告："这些都是我的！"

"谁要跟你抢啊！"光饼骂道，忽然看到符合尺寸的一个正朝马路中间滚去，他忙去追，一辆集装箱车快速驶过，把那瓶子碾成了饼干状。

"……"光饼的嘴巴张得老大，手脚不禁颤抖起来，那个被碾扁的瓶子很快又被第二辆、第三辆车轧过，尘土飞扬，一派毁尸灭迹的迹象。

光饼在路边看了很久，魂不守舍地走了。

路边草丛里，一个瓶子滚了出来。是的！我们怎么可能就那样领便当呢？不过也快了，身体感觉已经化了大半，再没力气跑了！我们像昆虫一样从瓶底爬到

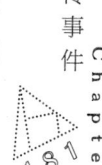

瓶口，想从内旋开严丝合缝的瓶盖，却力不从心。

啊，我可从没想过会死在一个矿泉水瓶里啊！

这时，一只手把我们捡了起来，我们有气无力地睁开眼，精神一振！

八达！捡起瓶子的是八达啊啊啊！

我们虚弱地敲打瓶壁，希望他能注意到。可他拿起瓶子就走。八达，你看我们一眼啊！一眼就行！

祈祷似乎发生了作用，八达停下了脚步，他停在一棵树后，开始拧瓶盖了！

八达！八达恩公！回头我们一定请你吃饭啊啊啊！

……慢着，他怎么还不把我们倒出来？欸，我好像看到他在拉拉链？他把瓶口凑近了裆部？！

我们知道八达要干吗了，史无前例的求生欲让我们发疯般摇起了瓶子，直到它从八达手中落下，我们狼狈不堪地爬出了瓶子，瞬间恢复了原状，疼痛全消！

而八达面对突然出现的舍友，本打算做的事一点儿没耽误，"哗哗哗哗"……吓尿了……

世界这么脏，装纯给谁看？

镜头切回415。我们敬爱的唐长老从昏迷中醒转了，睁眼就看到一张狰狞的嘴脸，画面太美，吓得他怪叫："大王饶命啊！"

一秒变大王的大反派深受打击，默默走到一边去画圈圈了。同他一起从自习室把家还的锅炉工问："你是哪位？其他人呢？"

"二位是八戒啊不对，是金施主他们的朋友？"

接着，唐僧花一分钟做了个加速版前情提要，锅炉工和大反派大眼瞪小眼，听说我和烂操、金氏及排长被装进瓶子了，他们赶紧追出门去，唐僧也忙跟上。

走出学校，天大地大，三人一点线索也没有。光饼一旦不裸奔，就少了很多辨识度，从哪里找起才好？大反派与锅炉工分头向路人打听之际，反而有人循着唐僧这一让人过目难忘的线索找来了。

东张西望干着急的唐僧见到有一辆车朝他开来，车停住，下来两个人，其一赫然就是之前跳楼的马面，另一个则有着硕大的脑袋，不如就称之为牛头好了。

"找到了找到了，就是他！"马面激动地对牛头说。

牛头看来是马面的好朋友，他眯着眼睛打量唐僧："长得不错，但咬一口就死

不掉什么的，你确定不是幻觉？"

"不可能！"马面一把抓住唐僧，"这么着，我们把他带回去再说。"

"施主自重，男男授受不亲啊。"唐僧拒绝被约。

身材高壮的牛头却配合着扭住了唐僧的胳膊，将他往车里塞，锅炉工和大反派察觉了，立马跑过来。

牛头看了大反派的尊容一眼，浑身一颤，客气地问："这位大哥哪条道上的？"

"豹哥你们都不认识？ 415十三太保之首，当年两把西瓜刀从学生街一直砍到光明湖公园！"机智的锅炉工洞悉了局势，当场脑洞大开，他瞎掰的事迹牛头马面必须没听过，可一看大反派满脸的横肉与一身的肌肉，又觉得有理有据令人信服，顿时不敢轻举妄动。

"本地竟有这号人物，真是失礼了，改天一起喝两杯。"牛头谨慎地说，还是想带唐僧走。

"慢着！豹哥的人你也敢带走？"锅炉工自从不久前体验过一次黑道人生后，就get了一些神奇的经验值，此刻信口雌黄，竟毫无PS痕迹，"要给豹哥生猴子的人何其多，但他最喜欢的就是这个。让他走！"

牛头忽然醒悟："敢情穿成这样是主题Play啊！"

"是的！牛魔王与唐三藏的火山绝恋啊！哇哈哈哈！"大反派自暴自弃地加入补充设定。

"出、出家人不打诳语，事到如今贫僧也只好承认了。"唐僧怀着空不异色，色不异空的觉悟参与行骗。

牛头看来稍微稳重些，他犹豫了，马面忽然发飙道："什么废话那么多！老子管你是谁，这人是非带走不可！"说着操起一块砖砸在大反派的脸上。大家都还记得马面的瘾君子背景吧，这种人脑子不清醒特别容易反社会，再次提醒各位读者引以为戒啊！

穷凶极恶的大反派一声不吭倒下了，此情此景，不得不说大快人心。但慈悲为怀的唐僧立刻惊叫地去扶他，咬破指尖在他唇上一抹，破相的大反派立刻回光返照，杀人不眨眼的气色又回到了他的脸上！

"看到没？这家伙果然不简单吧！"马面大叫。眼见为实，牛头也不禁惊喜交加。

会被一块砖头放倒的纸老虎已经不足为惧了，牛头马面肆无忌惮地将唐僧塞进车里，绝尘而去，留下无计可施的锅炉工与大反派。这件事告诉我们，没有真

才实学的人在社会上注定会吃亏。

不久，他们遇到了刚从瓶里逃生的我、金氏、排长和烂操，以及鼻青脸肿的八达。

已加入肯德基恶棍套餐

华灯初上。漫步街头的光饼从自动贩卖机里买了罐啤酒，一饮而尽。有路人朝他看了一眼，立刻换来破口大骂："你瞅啥瞅？信不信老子削你？"

那人给吓到了，结结巴巴道："没啥……那个……你身上怎么有根绳子？"

光饼一愣，低头看到腰上的确缠着根绳子，之前似乎一直是透明的，此刻泛着金光，渐渐清晰。他想扯下来，绳子却跟蛇一样游移起来，瞬间把他捆成最经典的龟甲缚，甚至有一段绳结塞住了他的嘴。然后，仿佛有人在彼端用力一拽绳子，光饼的双脚离地了！病毒上不去了！聪明的智商又占领高地了……好吧，他只是整个人腾空而起。

"呜噜噜噜……"嘴巴被堵的光饼发出母猪般的惨叫，已被吓得屁滚尿流。

就这么在夜空中飞了一会儿，光饼看到了一座酒店，绳子带着他撞破玻璃窗进入了其中一个房间，重重摔在地板上，抬头就见到了穿着浴袍，跷着二郎腿坐在沙发上看电视的金角银角，他们面前的茶几上杯盘狼藉，束缚光饼的绳子另一头果然就攥在金角手中。这里是之前光饼被迫给俩妖怪安排的落脚处。

金角一抽绳子给他松了绑，当时的光饼仿佛一个风中凌乱的陀螺，又仿佛日漫中被调戏的和服少女。

"你回来啦，先吃饭还是先洗澡？还是先、吃、我？"银角天真烂漫地说着从电视上学来的台词，真想知道他看了什么片。

"一直不见你人，所以召唤一下。"金角一脸奸笑，"这趟情况特殊，我们只带了两样宝贝，不敢放任你拿走红葫芦，所以绑上幌金绳以防万一，别介意哦。"

"怎么会呢……"光饼强颜欢笑。

"那么，找到唐僧没？"金角喝着可乐问。

"找到了……不……没有……"光饼结结巴巴。

"到底找到没？"金角皱眉，"对了，红葫芦呢？"

"葫芦……葫芦被人抢走了……"光饼彻底慌了。

"什么？！"银角一拍桌子站起来，双角突然伸长，将光饼钉在了墙上，"小子，你敢耍我们？！"

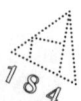

"不是不是，是……是他太狡猾！"光饼语无伦次。

"唐僧的徒弟们根本不在这里，葫芦能被谁抢走？"金角沉声道。

光饼欲哭无泪地交代了他其实只想利用他们向 415 复仇，过程非常顺利，但看到仇人变肉泥感觉又很复杂的心路历程。

"白痴！真正的红葫芦怎么可能那么容易被破坏！你弄错了！"金角听完说。

"而且大仇得报反而很纠结？你可以更没出息一点。"银角嘲笑。

光饼听说我们没被压死，心情一阵轻松，继而想到我们还是有可能化成血水了，顿时又忐忑起来。所以说这人始终只是一个不良少年，坏归坏，还不至于丧心病狂。整人跟杀人始终不是一个级别啊。

"说起来，弟弟，你有没有闻到一阵很清新的味道啊？"金角忽然说。

"真的耶哥哥，相比之下这个屄货的味道就像大便啊。"银角眼睛一亮。

金角拉起光饼，光饼摆手："二位经理！小弟才疏学浅跟不上贵公司的发展步伐，请允许我辞职……"

"你要分开就分开？小心我吃了你！"银角吼道。

二妖牵狗一样带着光饼飞出酒店，在城市上空腾云驾雾，很快来到了他们非常欣赏的腐败气息发源地。

那是一间简陋得让人觉得家徒四壁这个词就是在那里诞生的屋子。唐僧被五花大绑在一张椅子上，牛头马面正兴奋地数着钱。

下午他们绑了唐僧后，一人咬了他一口，然后去一家经常输钱的地下赌坊，以"拿了我的给我送回来，吃了我的给我吐出来"的气势大杀四方，不管人家下手多狠，他们都能迅速恢复，可谓五大受损一个对策。于是，仕经历过 番未成年人只能在家长的陪同与指导下观看的厮杀后，牛头马面终于抱得美钞归。

"真不少！可以好好爽一爽了！"马面大喜。

"蠢材，有钱当然该玩点大的啊！"牛头笑骂。

"不如去抢银行吧？反正枪也打不死我们！"马面是个有上进心的害虫。

"有道理！只要有这位圣僧在，我们就是无敌的！"牛头捏着唐僧细皮嫩肉的脸说。

"阿弥陀佛，放下屠刀，立地成佛……"唐僧苦哈哈地劝诫，换来一顿爆笑。

"你说，每次咬破他一点皮，舔舔他的血，已经这么厉害，如果吃他一块肉……"马面突发奇想。

话音未落，一阵风刮入房内，赫然便是金角三人。

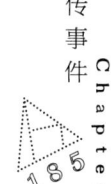

"乖乖，得来全不费工夫，想着招聘两个更给力的手下捉拿唐僧，结果你们比我想的还能干，已经抓到了！"金角欣喜若狂。

"而且身为人类，居然拥有吃唐僧肉这种梦想，前途不可限量啊！"银角激赏，同时鄙视地看了光饼一眼，表情完全是亲妈听说别人家的小孩又考了一百。

"……你们是什么东西？"牛头马面警惕。

"你们的主人。放心，你们这么能干，我们一定会好好疼爱。"人事部长金角宣布面试结果。

"秃驴是我们的，谁抢我跟谁拼命！"马面怒道。

"就是这样，你们滚吧。"牛头不像马面那么有亡命徒气质，但也奋起附和。

被呛声的金角银角都露出好笑的表情，"人类就是容易得意忘形呢，算了我不计较，你先去把唐僧洗洗吧，然后烧一锅水。"金角说。

"水里不要放香菜哦！"银角提醒。

马面直接把桌掀了："再不快滚，老子不客气了！"

金角不爽了，抬手给了马面一个耳光，打得他旋转着飞了出去，银角大声叫好，也学着给了牛头一个耳光，两个愚蠢的人类就这样嵌入墙壁，成为两幅前卫的人体艺术。

再怎么狠如妖怪，跟真正的妖怪一比还是战五渣。

"你，"金角命令光饼，"去把唐僧洗洗。"

"据说唐僧肉有油炸、刺身和烫火锅三种吃法，终于可以感受一下了呢。"银角很开心。

然后，二妖盘腿打坐，表情神圣。

"……呃，你们在干吗？"光饼好奇地问。

"食用前要虔诚祷告，这是吃唐僧肉的常识。"金角闭着眼睛说。

"感谢主赐予我们正要领受的食物……"银角已经开始念念有词。

众所周知，广大妖魔对吃唐僧肉这件事总是表现出极度的强迫症与拖延症，从没有哪怕一个妖怪一抓到唐僧就趁热啃两口，而总是讲究卫生、气氛与排场，给了孙悟空他们充分的救援时间。所以眼见金角银角花样百出，好像也可以理解。

光饼默默地拉着唐僧进了浴室，关上门。唐僧对他说："你的手在抖。你其实不想干坏事的，对不对？"

"闭嘴！"光饼哆嗦着说。

"苦海无边，回头是岸啊。"唐僧诚恳地说。

"闭嘴……"

07 二师兄！妖怪被师父抓走啦！

唐僧失踪后，以正气著称的 415 没闲着，集体来到了当初马面的跳楼秀现场寻找线索。人总会选择距离住处比较近的地方跳楼，这是社会常识。不幸的是一轮打听下来，居然没人知道马面，那么长的一张脸没人有印象，不科学！结论是，上述常识就是个屁。

"那个秃驴不会已经领便当了吧？"金氏嘀咕。

"不会的，人吃人那是旧社会。"从旧社会活到现在的排长极具发言权地说。

"红葫芦既然出现了，说明金角和银角搞不好也在这个时代。"锅炉工思索。

"不知道她们的胸大不大。"烂操眉头深锁。

"……他们也必须是女妖精吗？！"我大叫。

这时八达的电话响了，他接起来，那头传出光饼的声音："……415？"

我们围到手机前破口大骂："你居然有脸打电话来！""你在哪里！滚出来我保证不打死你！""警察叔叔！就是这个裸奔男打来的性骚扰电话！"……

"闭嘴！"光饼的声音里满是压抑的愤怒，"那个秃驴现在在我手上，如果想要他平安……"

"我们没钱赎人的，你撕票吧！"八达一听这就是勒索的节奏，未免被强制参与，当场釜底抽薪。

"……我是说，想要他平安就快点来救！我没法拖住那俩妖怪太久！"

光饼果然在跟金角银角混？不，比那更意外的是他的无间道台词，原来的配方和熟悉的味道呢？

"对了，你哪来的八达电话？"心细如尘的锅炉工问。

"原来你们是好朋友！"腰细如尘的排长总结。

"滚！我不是抢过他手机吗？就那时记下来的！"光饼觉得自己被侮辱了。

"都第一季的事了，你还记到现在，肯定有问题……"烂操琢磨。

"别啰唆了！要救人立刻来杨桥路 ××××……"

我们仍在犹豫该不该信他的，这时传来了唐僧的声音："对这个说话他们就会听到哦？好神奇呀！喂喂各位，是贫僧啊。这位施主说的都是真的。"

"你确定没忘记吃药？"我们还是不放心。

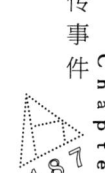

"他本质并非大奸大恶之徒，请你们看在贫僧面子上化干戈为玉帛，正所谓冤家宜解不宜结……"

话痨的唐僧还没说完，门被一脚踢开，金角杀气腾腾地问："你在跟谁说话？"

唐僧吓得差点没把手机吞掉毁灭证据："就……就跟这位施主啊……洗澡很无聊的……"

"你们聊些啥？！"

"你皮肤这么好都用什么牌子的沐浴露之类……"光饼还没说完就被一脚踢进了马桶，我们侧耳倾听，那动静宛如天籁。突然，锅炉工眼睛一亮，打开矿泉水瓶型的葫芦对准电话那头："金角大王！"

"谁叫老子？"耳聪目明的金角问。然后，我们看到瓶子里出现了一个酷似洛基的身影，锅炉工的妙计让金角直接从电话那头被传送到这里来了！

"锅炉工太帅了！"我们大叫。

光饼好容易将头从马桶里拔出来，看到捆绑自己的幌金绳整条松垮垮地盘在了地上，忙收起来。

"走。"光饼一甩湿漉漉的秀发，对唐僧说。

他们打开卫生间的门，正赶上银角抱着一堆啤酒从厨房出来，银角问："我哥咧？"

"着！"光饼像投绳圈的牛仔般抛出幌金绳，转瞬把银角缠成了大闸蟹，银角摔倒，破口大骂："反了你！"

"哈哈哈，怎样！"光饼一脚踩在银角脸上，"你哥已经进葫芦啦！蠢妖怪！"

银角的眼睛一下瞪得比脸还大，颤抖着念出一串咒语，绳子迅速松开，光饼大惊，拉着唐僧夺路而逃。

"居然把哥哥……居然把哥哥……"妖怪圈头号兄控发出撕心裂肺的悲鸣。

光饼跟唐僧连滚带爬地来到楼下，拦住一辆的士，上车就大叫："快开车啊！"

"去哪儿啊？"司机讨厌光饼的态度。

"哪里都行，总之尽快开！"

"这话听起来有故事喔！被追杀还是跟踪捉奸？需要我跟紧哪辆车吗？"司机兴奋地喋喋不休，然后只听"哐当"一响，从天而降的银角把车引擎盖踩瘪了，光饼和唐僧忙从另一侧落跑，杀红了眼的银角则在司机"大哥你要砸就砸我吧"的哭诉中离去。

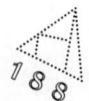

我不入地狱谁入地狱 08

一段距离外，415小分队正赶来。

"看，他们在那儿！"常年在地上捡钱因而练就一双鹰的眼睛的八达指着前方。

狂奔的唐僧和光饼身后，是悲愤交加的大魔王银角，我举起瓶子冲他大叫："银角大王！"

银角重重一擂地面，深深的裂缝朝着我们蔓延而来，我们狼狈闪躲，迟钝的唐僧绊倒了，眼冒金星。

智商捉急的银角在痛失兄长后机警了许多，不回应我们也就不会被葫芦吸进去。"呜呜……把哥哥还给我……"他哭喊着靠近我们，形势万分危急！

忽然，意想不到的救兵出现了。

"哒！妖精！"一声尖斥破空响起，银角一惊，循声看到一条阴暗的小巷里站着个扛着棍子、骨瘦如柴的影子，他将手在额前搭了个凉棚，POSE不能更经典！

"老孙今天不想开杀戒，你滚吧。"影子深沉地说。

银角呆了呆，骂道："装神弄鬼！那猴子哪有你这么瘦啊！"说着隔空一掌，扛着扫帚柄的排长被屁滚尿流地炸出来了。嗯，真相太让人失望了。

"让你把我当白痴！让你把我当白痴！"银角杀得兴起，掌风连连，饶是排长身轻如燕，也是险象环生。

我们获得了暂时的喘息，正犹豫着是跑还是怎样，唐僧突然大声说："各位！请听贫僧一言！"

我们疑惑地看着这个专注添麻烦五百年的人，只见他一抹鼻血，神情竟是大彻大悟。啊，他的容颜就像夜空中最亮的星，睫毛弯弯眼睛眨呀眨……

银角追丢了排长，回头来找目标明显的我们，却一个也找不到，"你们在哪里？滚出来！"

"吵死了！你知道几点了吗！"有个居民不知死活地丢了只鞋出来，银角接住丢了回去，打掉了那人满嘴牙。

"滚！出！来！"银角扰民的吼声越发高昂。

"咚"一个矿泉水瓶掉在了地上，银角回头，听见瓶子里传来闷闷的呼喊："弟弟……"

银角嘴巴张得老大，瓶子里持续发出虚弱的声音："弟弟……弟弟……"

"哥！"银角激动地大叫一声，然后"唰"地进了瓶子。同一时间，大反派从角落里跑出来拧紧了瓶盖。我们也从不同的藏身处冒出，聚拢到以矿泉水瓶为核心的街上。

瓶子里是完全没反应过来发生了什么事的银角，以及奄奄一息的金角与好整以暇的唐僧。

"蠢弟弟啊！我和这家伙的声音你都分不出吗……"连说话都困难的金角痛心疾首。

"只怪贫僧的演技过于逼真，真是太不好意思了。"唐僧内疚地说。

"怎么回事啊，哥？"银角的智商的确急需充值。

"他自愿进了葫芦，装成我呼唤你，你着了他的道儿啦！"金角哀叹，"置之死地而后生，算你狠。"

"阿弥陀佛，不做到这个地步，这趟考验就失去它的意义了呢。"唐僧虔诚地说。

"但这个计划有个致命的缺陷，那就是你必须跟我们关在一起。"金角冷笑，"我们大可以吃掉你，那样这个葫芦也奈何不了我们。"

"二位尽可以这么做，但贫僧已经与415的施主们说好，绝对不要开盖。"唐僧冷静地说，"吃了贫僧，只是助我解脱，而你们的痛苦却会伴随不老不死的生命永远地持续下去……谁才是最后的赢家呢？"

二妖与唐僧长久地对视，彼此的身体不断发出被腐蚀的声响……

斗战不停息，让我出发

唐僧提出进瓶子时，我们都以为他吓傻了，烂操还顺势得出了美貌与智慧果然无法并重的结论。后来即使是满足了他的冒险精神，我们也还是做好了随时搭救的准备。一旦发现金银角要对唐僧不利，就立刻设法把他倒出，然后请专业的八达往瓶里屙尿。

幸好，结果很理想。当看到唐僧手舞足蹈地示意我们开门放狗……不对，开瓶放人时，我们都松了一口气。这漫长的一夜，总算要过去了。

瓶口朝下，一拍瓶底，三个巴掌大的人就掉了出来，恢复原状。包括金角都原地满血复活了。

"这么快？"金氏看着跟他一个姓的妖怪说。

"这趟测验的目的又不是要取圣僧的性命，当然一切设定都是点到即止。"金角说。

"不过，没想到唐僧真的可以靠自己赢一次，稍微刮目相看了呢。"银角说。

我们异口同声："听不懂！谁来翻译一下？"

唐僧不好意思地说："是这样的。取经的一路上，贫僧基本都是仰仗徒弟们的帮助才过关的，除了被绑架和等人救之外基本没干什么事。"多么实在的反省，我们点头不已。

"所以到了西天，佛祖他们也觉得让这样的我成佛有点太便宜我了……于是安排了一个考验，看我能否在完全陌生的环境里，在没有徒弟支援的情况下渡过难关。我就这样来到了这里。当然，这些直到刚刚才全部想起，失忆害死人呢。"

"至于这趟任务里的坏人还是由我们哥俩扮演。没办法，也不是第一次了，就当下来散心了。"金角说，"考虑到圣僧是个超级弱鸡，我们也没太为难他，连法宝都只带了两件。说真的，没人看好他。但事实证明，取经的重任的确不是随随便便就落到他肩上的。"

唐僧羞涩地笑了："过奖。贫僧只是做了微不足道的一点点。非要说的话，这趟考验只是让贫僧更清晰地认识到了一件事——"

他仰起俏脸，满面佛光地说："冒险旅途漫漫，光靠自己是绝对不够的，始终是团结力量大呀。"

……这人真不愧是梦想导师，如此酸爽的一碗鸡汤就这么灌过来了！我们都有些脸红。

金角咳嗽了一声说："那么，我们也是时候回去了。"

"又要伺候那个糟老头了！"银角嘟起嘴。他说的应该是太上老君，不知为何丫有些娇嗔。

"唔……那么，为了纪念这来之不易的缘分，我们用西游记里最经典的一首歌来欢送你们吧！"我提议，大家纷纷赞同，"那么，1、2……"

"是谁——送你来到我身边——是那圆圆的明月——是那潺潺的山泉……"

……等等！怎么会是这首啦！我是想唱《敢问路在何方》的啊！不过虽然内心疯狂吐槽，嘴上却很诚实地跟着唱了起来是怎么回事……

就在我们"嘿""嚯""哈"的欢快歌声中，金角银角与快乐地打着拍子的唐僧渐渐模糊，消失之前，唐僧还伸长胳膊，冲着远处挥了挥手。我们转头，看到了被无视在人群之外的光饼，原来他还在喔。他冲我们比了个中指，酷炫狂霸跩地走了。

嗯，看来以后还是少不了要发生冲突的。不过，这次就先这么算了吧！

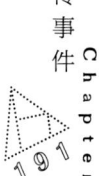

"对了，忘了问他们是哪儿来的。"我猛然想起。

"无所谓啦，就当他们是来自神话世界咯。"锅炉工说，"对他们来说，我们这里不也一样是神话世界？"

我释然了。没错，神话是现实的神话，现实是神话的神话。

与415一同经历的这些故事，何尝不是日后汹涌的现实到来前，最快乐也最难忘的神话……

大叔叹息："世态炎凉，人心不古。"

我问："又怎么了？"

"想想我帮过不少人，可他们都不懂知恩图报。"

"没有一个人想着还你人情吗？的确很不对。"

"谁稀罕人情！我需要的是情人啊！给我情人！"

我成为大叔口中的忘恩负义之徒只是时间问题。

没有存在感，就是你最大的存在感！01

虽然遍插茱萸少老蜗，但这天的415人多势众。大卫、一灿与嬷嬷这三个离家出走的孽子正在听我们讲前不久遇到的西游外传事件。那事他们没份参与，此刻听来分外惊奇。尤其一灿听说唐僧长得比他更美时，心情显然受到了影响。

"表福索（不要胡说）。"一灿抗议，"偶喇咬馊银响（我哪有受影响）。"

"还说没有，当我描述唐长老的颜值时，你分明沉默了！"我说。

"偶子似想，活散头散都咬香佛洞，奴果单死偶债就口以拿香烟探桌王鸟（我只是想，和尚头上都有香火洞，如果当时我在就可以拿香烟烫着玩了）。"

……这已经不只是受影响了吧！你是多怕自己No.1花美男的地位不保啊！

"谁让你们搬，傻眼了吧？活该只能在电视上看唐僧！"排长说，"就连听故事人都到不齐，真心寒啊。"

"没办法啦。你也知道对老蜗来说，没什么比游戏更重要。"嬷嬷笑道。

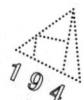

"好久没见他，长什么样我都快忘了。"锅炉工说。

"好像有……两个眼睛？"八达努力地回忆。

"眼睛下面还有鼻子？"金氏不太确定。

"嘴巴是一张还是两张来着，哎呀瞧我这记性……"排长敲着头说。

"你们太过分了。老蜗除了比别人多半个脑袋外，基本还算是人类！"我抗议。

正尽享说闲话的乐趣时，大卫的手机响了，来短信了。

"说起来大卫的存在感是越来越低了，我几乎没发现他也在。"烂操说。

"嘘，这话一会儿可别当着大卫面说，他听了多伤心呀。"我说。

大卫把我俩的脑袋撞在一起："谢谢喔！我就在你们面前！"

"你刚才听见有人说话了吗？""谁的声音？没人在呀！""好像是……大卫？""不可能！大卫已经失踪很久了……"影帝集中营415陷入混乱。

"你们这群混蛋，"大卫慢慢解开扣子，猛地露出胴体，"现在你们还有什么话说？"

"啊啊啊！是靠裸睡体现存在价值的大卫！"

玩闹一阵，嬷嬷对大卫说："看你一脸淫笑，刚才准是小苹果发的短信。"

"你们好上了？"排长问。

"还没。不过住得近了是有好处，她渐渐发现我的优点了，经常让我帮忙呢。"大卫甜蜜地说。

"帮晾衣服吗？你看着就像晾衣架。"烂操讥讽。

"烂操，吃醋太难看了吧？我们大卫肤白如雪，当然是拿来当人肉抹布。"我说。

"谁敢忽略大卫的方脸我跟他急！用脸来画正方形的浪漫你们根本不懂！"八达说。

大卫冷笑着将手机亮给我们："自己看吧。"

那短信的内容是：

可以麻烦你帮我买明天的早餐咩？回到家才发现又忘记买了∷>_<∷谢谢哦！这次不许再请客啦0(∩_∩)0¯

……嗯，这种00后软妹风跟小苹果的气质还真搭，都能脑补出她卖萌的样子。

"不过这就只是让你跑腿而已吧？"烂操不屑道。嬷嬷是武则天的人，小苹果没理由使唤他，一灿更是神圣不容侵犯，至于老蜗，这种厕所都恨不得有人代

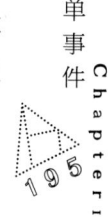

上的懒虫是直接 Pass 的。所以小苹果拜托大卫只是矮子里拔将军，不代表什么。

但大卫显然不那样想，"你就妒忌吧。小苹果可是说过，除了她欧巴，我是对她最好的男生了。"

"欧巴！她还有哥哥？"我们齐声问。

"据说是她青梅竹马的邻居，一直很照顾她。"大卫说，"总之我的地位已经一日千里，成功近在眼前！不说了，小苹果在等我！"

大卫乐颠颠地离开，留下另外两位苹果汁八达与烂操一脸郁闷。其实也不知道他们郁闷啥，八达对小苹果的喜欢只限心里，掏钱请人家喝饮料的行动都没有；而烂操喜欢和追求的女生多了去了，他也配郁闷！

"米尊增费似大卫泡得米银归（没准真会是大卫抱得美人归）。"一灿说。

"大卫自作多情，帮小苹果做事的人多了去了。"八达不同意。

"她脸皮倒厚。"异性缘只剩嬷嬷的金氏不屑。

"再厚也不会有你的猪皮厚！"烂操奋起护主。

"他在羞辱你啊金氏！扁他！上！上！"排长把报纸卷成筒，抽打着金氏的肥臀。

415 又陷入乱哄哄的闹剧气氛时，大反派默默从角落走到窗边，我问怎么了？

"你们难道不觉得，我的存在感比大卫更低吗……"大反派眼泛泪花。

"就凭你这张神憎鬼厌的丑脸，谁敢说你存在感低？"我温柔地安慰。

大反派的眼泪掉下来了。这就是友谊的力量。

土豪来敲我家门 02

所谓饱暖思淫欲……不对，总之，吃饭时间到了。

"我要去食堂，谁要我带饭不？"八达问。

八达那阵子 get 的一个蹭吃大法是主动帮所有人打饭，然后这盒舀一勺饭，那盒夹一块肉，拼凑出属于自己的那一份。当我们边吃边骂食堂偷工减料时，他骂得比谁都大声。如果不是后来偶然撞见了犯罪现场，这种硕鼠行为大概会一直持续到毕业。

"帮我带，用你的钱！"金氏恶狠狠地说，"你偷吃过我那么多东西，请十次都不够还！"

八达痛心疾首："难道你没发现，自从我帮你分担食物后，你瘦了至少一两？

多少次我已经吃撑了，想到你，咬牙又塞进去一块肉……"

金氏举起水果刀走向八达，这时宿舍一角有人说："两年不到，光是在这胖子身上他就省了476.35元，真是惊人啊……"

"哼，跟我这边的账单比，只能算小巫见大巫。"

两个陌生人从空气中现形，他们一个身穿皮草，戴着金链、金表、金戒指，嘴里金牙闪烁，整个人又土又豪，跟另一个衣着随意、气质青涩的站一起，对比强烈如浓妆与素颜，然而后者却有着学霸般让人不爽的眼神。

"你们是谁啊？刚才的话是什么意思？"金氏问。

"看就知道了啊，我是负责你们学校的财神。"土豪骄傲地挺了挺胸，"我掌握着你们每个人的资金情报，跟钱有关的问题找我就对了。"

我们面面相觑，我问："我身上有多少钱？"

"109.3元，不包括那张50元的假钞。"土豪秒答。

我大惊失色，掏出钱包一看，恨不能跑厕所哭晕。

"别伤心啦。其实每个人都要遵循金钱守恒定律。今天损失了钱，明天会通过另外的渠道得到弥补；今天飞来横财，明天可能通过别的方式失去。"土豪说，"不信你等等看，不久后你肯定会得到不在预期的50元钱，或者是价值50元的事物。可能是你中了彩票，也可能是有人请你吃饭……"

"也就是说他费尽心思从我们这里A钱，总有一天会遭报应的？"金氏指着八达，喜悦地说。

"不，其实是因为他家很穷，从小得到的就比别人少，所以上大学后才能拥有你们这群可以随意占便宜的舍友作补偿，这是天意呢。"土豪解释道。

八达如释重负时，我们集体大叫："靠！"

"至于一个人一辈子能赚多少钱，还跟他对这个世界的贡献有关，总之特别科学特别系统呢。我们财神也不过是人类命运链上负责'财运'的那一环罢了。"

"对世界的贡献？这话有点耳熟……啊，不就是那家伙吗，那个自称上帝的家伙说过！"烂操大叫。他曾在报应抽奖事件中，代替一个全身白色的家伙管理过我们学校的因果报应系统。

"喔喔，他是我们的同事，大家的工作内容不一样罢了。"土豪说，"你们应该还遇到过死神啦，牵缘分的小妖精啦什么的。我们这一大帮子共同完善了人类命运的每个细节。"

我们顿时觉得这真是浪漫。"不过你特地出现就为了科普这些？"我问。

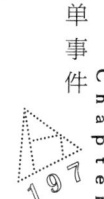

这时，那个跟土豪同时出现，却一直被我们忽视的素颜男咳嗽了一声。

"忘说正事了。这位是我学弟，也是财神。为了亲切，就叫他旺财吧。"土豪拉着他说，"其实我们那个世界也有大学的，但不是中文系、数学系、物理系，而是死神系、爱神系、瘟神系、财神系……先学技术再交费，毕业之后包分配。我们的口号是：学挖掘机哪家强？中国山东……"

"什么鬼啊！"我们集体吐槽，当神当得这么接地气，还能不能愉快地上香了？而且为什么要学挖掘机！有空先把你们的脑洞填一填！

"我来说吧。"旺财开口了，"随着近年大学生数目的不断上升，就业竞争越发激烈。身为高才生的我虽然被分配来此，但这里已经有学长了。一个三流学校要搭配两个财神也是醉了。好在我十分机智，想到了一个既能发挥特长又不会造成资源重复浪费的设定，必能提高就业率，引发凡人的颤抖。"

……这人讲的话好讨厌啊！排长立刻不爽地说："不就是去当三陪，有什么好跩。"

"老排是笨蛋，睡财神的浪漫你不懂！"我责备。

"简单说就是有暖被窝功能的会计？"烂操问。

旺财的额头暴出一条条青筋："根据我的观察，人类除了金钱账单外，还有一份账单的管理长期被忽视，这是个巨大的潜在商机。说了你们也不懂，自己看吧！"

我们每个人的手中忽然多了一份账单，类似超市收银机打印的清单，只见上面用蓝色和红色分别标出了两组数据。蓝色的写着"欠你的人情债"，红色的则是"你欠的人情债"。

"点击名字还可以看明细哨。"旺财得意道。

我看到蓝色栏有烂操的名字，后面还跟着 577 这个数字，就拿手指点了一下，忽然空气中弹出一个虚拟小窗，上面写着：

事件	次数	点数
代写情书	3	129
代购书籍	5	66
借出新衣	1	35
送伞	1	17
……		

进一步点击每一栏，还会弹出日期与具体描述，一目了然。比如第一行，是前阵子烂操在追文艺妹子，请我帮他写情书，我推不掉，连写三封，并且按照约稿要求插入了大量关于烂操人品的充满想象力的文字，可谓是我最早写过的玄幻小说。而烂操有求于人时叫我小甜甜，被那妹子拒绝后就翻脸不理人了，可谓是我最早碰到的无良主编。

"人生在世，总有需要帮助的时候，这就会欠下人情债。"引起了我们的注意，旺财十分自得，"有的人情债，请一顿饭就能还。有的可能得送大礼，或者帮人家做某件事。但现在不自觉的人太多了，利用完别人扭头就走，将当事人孤独地留在用完就弃的悲伤中。有鉴于此，我决定将我的理财技能运用在这一领域。我把人情债换算成相应点数，债主可以要求偿还！"

"什……什么样的偿还？"八达哆嗦着问，此刻的他，宛如砧板上的杨白劳。

"看你持有多少点数啦。对了，有些人情债本来可能只值1、2点，是因为太久不还才上涨的，这就是利滚利效应。"旺财有问必答。

我决定做个实验，就对烂操说："去帮我买份炒饭，加鸡腿、豆干和卤蛋。"

烂操二话没说，吭哧吭哧就跑了，他欠我的577点人情债立刻变成了572点。这么便宜！看来我可以每天叫他请我吃满汉全席……

"我记得帮这老不死的点过名，他一直没有报答我，为何没有记录在案？"金氏指着排长质问旺财。

"人情债是会互相抵消的。点名只是很小的恩惠，大概只值一片口香糖吧，他稍微帮你做点什么就足以报答了，当然不会显示。"旺财说。

"死胖子，别忘了你竞选班长和参加歌唱比赛时，我都昧着良心投票与支持。既然你如此猪肚鸡肠，这笔账我们就好好算算吧。"排长哗啦哗啦挥着账单说。

"哇，好壮观！"大反派看着锅炉工的账单惊讶道，只见他手持超过1000点的人情债，415每个人都榜上有名，因为我们都是喝着他的水长大的啊！锅炉工像是一条母亲河，用他那甘甜的乳汁……好像有哪里不对。

"大仇得报！"锅炉工摩拳擦掌，神情宛如恶魔，甚至用舌头舔着嘴唇，他忽然指着排长，"老排！你立刻去给我烧水！"

排长老老实实地照办了，无比恭顺的样子让锅炉工看在眼里，仰天长笑。这么使唤一次，老排欠他的人情债才消失2点而已，简直是到毕业前都不必再烧水的节奏啊！

然而，当老排提着满满一壶水回来时，锅炉工不禁皱起了眉头，等到他笨拙

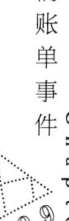

地将电热壶放下并溅出少许水时，锅炉工再也按捺不住，冲过去抢过电热壶，行云流水般倒出多余的分量，擦去壶身的潮湿，放置、关盖、插电、聆听……面不红气不喘，造诣已臻化境！

"算了，不要你们还了。"锅炉工嘟哝，"除了我，没有人能肩负起这宿舍的烧水重任，没有人！"

锅炉工话音刚落，我们账单上欠他的点数全都唰唰清零了。对啊，债主自己都放弃治疗，啊不，追讨了，那债务当然也就不存在咯。话说回来，锅炉工之所以如此干脆，也是因为从帮我们烧水中得到了无尽乐趣吧！没问他讨债就不错了！

锅炉工是每个人都欠他债，八达则是每个人的债他都欠。不过细看账面，还可以发现另一个欠债大户老蜗。是的！我们每个人都帮这货跑过腿，都忍耐过他扰人清梦的游戏！真是"护翼"恢恢疏而不漏呀。但即使如此，老蜗仍然是八达的债主。因为八达趁他卧床不起时可是占过他N多便宜……八达注定一世总受。

看着为人情债而忙得热火朝天的415，旺财得意地对土豪说："瞧吧，计划很成功，我一定会比学长更有出息呢。"

土豪转过头翻了个白眼。

讨人情债哪家强？！
03

第二天我们去上课，路上碰见了大卫，他抖着一张纸问："你们拿到这个没？"正是人情账单，开头还附上了通俗易懂的规则说明，看来旺财是认真想把这一套推广到全校了。为了就业果然够拼。

"各位同学请注意，本系统暂时只对本校用户开放，只要进入学校范围，你就同时拥有讨债的权利和还债的义务，欢迎介绍更多人加入我们的人情债豪华套餐……"广播里响起了旺财甜美如客服的声音，这人真的好拼啊！

"老蜗又没来？还想跟他讨债的。"我们问大卫。

"没有。如果知道来了就会还债还成傻蛋，他估计终生不会来了。"大卫说，"一灿今天也不来了，嬷嬷、武则天和眼镜娘已经先去教室了。"

"小苹果呢？"烂操问。

"她欧巴据说今天会到，她去接他了。"大卫说。

"哦哦，怎么样？有没有压力？"

大卫自信地笑了笑："有一点我可以肯定，他晚上睡觉时，穿得一定没我少。"

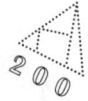

……那有什么好得意啊！你是没别的能赢吗？！

话说到了教室，里面乱如市场，同学们都在挥舞着账单进行讨债大业，如火如荼的画面实在太美。

有和平型。双方遵循欠债还钱天经地义的原则，讨和还的过程都很顺利。比如眼镜娘在一次考试中帮了阿童木，令他免于挂科，现在她提出要阿童木打五十元现金去她卡里。阿童木一边忙不迭答应一边自责，居然拖了这么久真是好抱歉。

有赖账型。借钱是孙子还钱成大爷，鉴于嘴上再怎么不要身体还是会诚实执行，这种反抗只会暴露情商。比如520宿舍的3W.com曾让舍友阿妙介绍了个汉子，把对方吓跑后却责备阿妙做媒不好而拒还人情，双方撕破脸收场，再不能愉快地玩耍。

有弃权型。觉得同学一场，讨债多见外，别人会怎么想？全村的鸡鸭鹅狗怎么想？况且有些真就不是事儿，是事儿也就烦一会儿……比如我就没要春菜还啥，而嬷嬷在把武则天的债一笔勾销后，还立刻许诺带她去吃好吃的，从而新添一笔回收无望的人情债……

就在全班沉浸在"讨债大过天"的气氛中难以自拔时（当天的课任老师贞子也在审视过账单后，给男友打电话去了，隐约听见她咆哮着"我要把那些羞过的耻一件件Play回来"之类的话，这对情侣间必有一场腥风血雨），小苹果来了。

"你不是陪你欧巴去了？"武则天问。

"欧巴不同意我旷课，让我先回来，反正他也要先去医院探病。他还是那么温柔呢。"

看到女神的刹那，苹果汁们不约而同地看了看自己的账单——他们都是小苹果的债主啊！试问几个男的对妹了好是求回报的？还不都希望有天能跟她看雪看月亮，从诗词歌赋谈到人生哲学？而小苹果享受着群众的呵护，与其说是心安理得，不如说是太不通人情世故所致。后果是她的账单厚如账簿！

"哈？我欠那么多人喔？"得悉噩耗后，小苹果心乱如麻，"怎么办？吃午饭前不知道能不能还得完。"

小苹果不知人间险恶的发言引得苹果汁一阵荡漾，而武则天剑眉一竖："还？算了吧！就你这样，小心被虐到果核都不剩！"

"可欠别人的当然得还啊。"小苹果认真地说。

"身为一个人，尤其是一个男人，如果整天对自己付出多少斤斤计较，逮着机会就要别人还这还那，听我的，绝不能跟！"把小苹果当女儿养的武则天大放厥词，"不求回报才是真爱。你爸妈算过你欠他们多少吗？我有让你还我什么吗？"

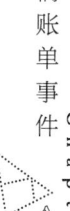

小苹果似懂非懂地点点头，而大卫抢先说："我的账单上不知为什么有你的名字，真离谱，我不承认！"

"大卫你太狡猾了，那是我想说的台词！"大反派晚了一步，只得拾人牙慧放马后炮。

"女生欠男生债？呵呵，我牙都要笑掉了！真想看看这么想的人，父母长什么样！"阿童木不甘示弱。

就这样，苹果汁们争相表忠心，场面动人如少先队宣誓。小苹果的人情账单消失了一页又一页……

"混蛋！一分耕耘一分收获哪里不对？为她付出了这么多，她不接受那没话讲，既然接受了，凭什么我们不能讨点儿回报？"

高唱反调的竟是烂操，武则天深知这家伙不好应付，沉声道："你不怕她讨厌你？"

"本来她也不可能喜欢我，还不如抓紧机会做点啥呢！"烂操对自己有着清晰的认识，个别苹果汁听在耳里觉得略有道理，后悔放弃得早了。

放罢豪言，烂操淫笑着靠近小苹果，现场的气氛十分紧张，再也没什么能阻止烂操讨债了！大家不禁屏住了呼吸……只听烂操对小苹果说："来，笑一个吧，你欠这世间的一切，只要一个笑容就能偿还呢。"

全场静默，然后操起各种东西砸过去，讲得那么酷炫狂霸跩，结果还是在调情啊！

"还好这人是个白痴。"武则天擦擦汗，对小苹果说，"没事了吧？你还欠谁的债？"

"嗯，就只剩欧巴的了！"小苹果翻翻账簿。

"那就好，他应该不会跟你计较吧。你以后不许随便欠男生的人情债了。"武则天教训。

"有时不想欠也还是会欠呢。比如欠阿天你。"

"我是男人吗？！"

黄世仁与杨白劳在一起了 04

没有一滴苹果汁想得到，女神会在今天陨落。

根本无人上的课结束后，同学们三五成群离开教室。在楼下，我们碰见了一个男人，他身材不高，其貌不扬，全身散发出低调又憨厚的气质，比我们大概年长几岁。小苹果一见他就欢快地叫："欧巴你来啦。"

"是啊。"小苹果的欧巴，就简称锅巴吧，他扬扬手中账簿，"刚走进你们学校就收到这个……"

"还真是来到这学校就会收到。"武则天不耐烦地说，"反正果果欠你多少，你都当没看到就好了。搞出这一套的家伙真是白痴。"

旺财似从土里冒出来一般，对武则天说："无礼的凡人，怎么说话的？我所做的一切，都是在帮你们这个虚伪的人间变得更好！"

"吃饱撑着。"九五至尊公然蔑视神灵。

锅巴开始翻账簿，我们凑近围观，大惊失色：小苹果欠锅巴的数目根本是Bigger than bigger 啊！他们的缘分从小学就开始了，从小锅巴就照顾小苹果，不是送她礼物，就是送她上学，不是帮她做作业，就是帮她做午餐……虽然都是小恩小惠，但正所谓积少成多、聚沙成塔、集腋成裘，只要"功夫深，铁杵磨成针""不积跬步，无以至千里。不积小流，无以成江海"……总之多年定存外加利息，竟让小苹果欠锅巴的债务点达到了惊人的五位数！

"靠，这么多债只能肉偿了吧？"烂操怪叫。

"偿你妹，人家才不会放心上。"武则天说。

"为什么不？这些本来就是她欠你的，你提出让她当你的女朋友都行喔！"旺财怂恿锅巴。这么大一笔生意怎能轻易被破坏？

"……真的？"锅巴一愣。

"当然，你可是她的大债主，而且她都欠多少年了！"旺财斩钉截铁。

"你这个神棍，乱教些什么鬼啊？"武则天气急败坏。

小苹果忽然揽住了锅巴的胳膊，将头幸福地靠在他肩上。

"欧巴，沙朗黑喔思密达！"

在场的苹果汁下巴尽碎，小苹果那一脸深情一看就是正处于热恋之中，而锅巴激动地搂住了她，他到底还是使用了那些债务点！这不禁让我想起一则经典的同人："爹爹，女儿不要跟您分开！""哎，孩子，这都是命……"杨白劳擦干喜儿的眼泪，跟黄世仁走了。

当债务多到砸锅卖铁都还不起，那当然是债主说啥就是啥，可怜小苹果欠下的那一屁股债，数目正好大到能让锅巴行使这种无良特权！

"真抱歉，我的确不是无缘无故在对你好。我一直很喜欢你。"锅巴捧着小苹

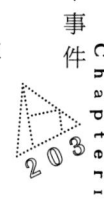

果的圆脸，诚恳地说。

"我也很喜欢欧巴哦，最喜欢了！"小苹果完全被人情债的力量迷惑，一首"我的心里只有你没有他"正在脑海单曲循环。

"果儿，只要是为了你，即使让我变成魔鬼也心甘情愿！"锅巴悲壮地说。

"你是魔鬼，人家就是女鬼！欧巴，带我装 × 带我飞！"小苹果依偎在锅巴胸膛，情比金坚。

阵阵秋风吹过，我们无言以对。

"就是这样，就是这样。"旺财满意地说，"有些人明明清楚别人欠自己，碍于面子却不敢开口；有些人明明清楚自己欠别人，对方不说他也就当作没发生。所以我说人类很虚伪，那就怪不得我拔刀相助了！"

"感谢大神发片！"锅巴真诚地说。

"你不但是财神，更是我们的爱神！"小苹果附和道。

"这都是我该做的！祝你们幸福，早生贵子！"

情投意合的三人勾肩搭背、有说有笑地走向校外，武则天在后面悲痛地呼喊："果果——回来啊——"

小苹果头也不回，那背影分明在说，只有绝症才能把她和欧巴分开。

05 苹果护卫队

"好了，那么首先……"戴着墨镜、穿着迷彩服的武则天一抽皮鞭，"报数！"

"1！""2！""3！""4！"……错落有致的吼声回荡不止，响应者都是十年醇苹果汁，大卫、八达、烂操、大反派等赫然在列。

"为什么有你？你也喜欢小苹果？"我问岩班长。

"不能任由那个旺财胡搞，我自愿为摧毁他的阴谋贡献一份力量。"岩班长正气凛然地回答，"你又为什么在这里？"

"这是我的宿舍好吗！"

是的，也不知道为什么，这个拯救小苹果战略委员会的总部被设在了415。此刻我们这些非苹果汁的原住民被迫缩在各自床上，看着塞满整个宿舍的阵容，总觉得心也塞塞的。

"我们还有许多姊妹弟兄散落民间，无法到场，你们这些蝼蚁还能待在这里，已经要偷笑了。"武则天轻蔑地说。

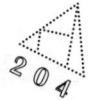

"大敌当前，就不要说这些破坏团结的话了。"贴身警卫容嬷嬷斗胆提醒领导。

"我记得老蜗也喜欢果果，战事如火如荼之际，他人呢？"烂操说。

"应该还在打游戏。"大卫做出专业的战略分析。

"妈的！玩忽职守，送军事法庭！"八达拍桌子。

"……你们要真想救小苹果，就别忙着玩 COSPLAY 啦！"非苹果汁们菜刀眼鲨鱼嘴般吐槽。

此刻，愈演愈烈的人情账单风波已经席卷了整个校园。有些人讨债上瘾，还特地打电话拉来那些不在校内的欠债人，而那些欠债人被迫付出代价后，又会去找其他欠自己的……一些脸皮薄的欠债人渐渐舍弃矜持，领悟了世界这么脏装纯给谁看，拿了我的给我送回来，吃了我的给我吐出来……在这种气氛下，每个人都不禁夹紧了尾巴，不敢轻易欠下人情，当然也就少不了一些居心叵测想卖人情的人……

"报告，一灿现在很危险。他之前色诱学生会的女干部给舞蹈协会拨款，现在那些女的来讨债了，如果那些账单的权限高到需要以身相许，一灿步小苹果后尘只是时间问题……"嬷嬷敬了个军礼说。

"闭嘴！现在没空管别人，一切以果果的安危为最优先！"武则天粗暴地一军靴踏在嬷嬷胸口，"我已经制定了一个初步战略，那就是让锅巴欠我们人情债！只要成了他的债主，那就什么都是我们说了算了！"

"司令英明！"狗腿子嬷嬷忍痛鼓掌。

"现代战争，分秒必争，晚上六点在这里集合汇报，解散！"武则天故意把皮鞭抽在嬷嬷脸上。

在场众人默契地亮出手机手表，对过时间后奔出总部，声势浩大，令人起敬。

"贩卖人情大作战"就这样打响了，简单说这个计划就是要让锅巴有求于苹果汁们，但那并不容易。

第一局，锅巴与小苹果走进一家麦当劳，发现座无虚席，所有的位子都被苹果汁承包了。

"哟呵呵这位子好棒，又舒服风景又美，听说在这里用餐的情侣一辈子都会在一起呢。"乔装后的烂操看着窗外的垃圾桶响亮地说。

"没地方坐的人真可怜呢！不坐一次这位子严格说不算活过。如果有人想求我们让座也是可以的唷！"八达就差对着锅巴耳朵说。

结果锅巴牵着小苹果直接走掉了，此事再无下文。

第二局，锅巴和小苹果走在街头，突然被一群蒙面的苹果汁推进了巷子。大反派饰演的大反派沉声道："把钱交出来，否则我非礼他！"

由于太紧张，这话是对小苹果说的。帮凶们摩拳擦掌、淫笑不止，造成见者有份的气场，锅巴危在旦夕。

按照剧本，接着该由正义的化身岩班长出场，大慈大悲救苦救难，让锅巴欠下一大人情。不幸的是警察叔叔来得更早，将一看就不是好东西的大反派与他的爪牙一网打尽……

第三局，武则天突然出现在锅巴面前，给了他一巴掌后哭喊："王八蛋，不是说好要做鼻屎的天此……不对，不是说好要做彼此的天使吗？！"继而各种撒泼，让锅巴好不尴尬，这时嬷嬷出现解围……

不幸的是，嬷嬷一看武则天声称跟别的男人有染就崩溃了，先是拉住她控诉"你说过两天来看我，一等就是一年多"，然后质问锅巴凭什么吃着碗里的，看着锅里的，明明那个碗比锅大得多……不按剧本走的浮夸演技使得整个局不攻自破，事后被武则天吊起来打。

总之一轮下来除了损兵折将暴露智商，可谓一事无成，气得武则天天威大怒。

"你们真没用，我还从他身上收到1点的债呢。"我说。

"什么？你这外人怎么做到的？"小伙伴皆惊叹。

我就告诉他们，我蹲坑时，听到了来自隔壁的求救，这么巧正是锅巴……

"看来，只要我们能确保他在未来一万次大号时都必须跟别人借纸，就能把果果救回来了。"武则天振奋地下结论。

大家纷纷激动点头，然后掩面沉默。

"必须承认，要在短期内卖出人家累积十几年的人情债，还是不现实，除非能做些有分量的事，比如他要找工作时我们帮他开个后门，或者他犯法时我们帮他压下来……"大卫说。

"呵，老子要有那种能量还会在这儿？"烂操咧嘴。

"我们没有别人有，现在没有过去有！"岩班长一拍大腿，"如果我们能弄到那家伙的人情账单……"

正说着，八达挥舞着一叠纸破门而入，嘴里嚷嚷："你们看！我闲来无事捡矿泉水瓶时捡到了什么！"

那是锅巴的账单。是的，如果他随身带着这玩意儿，就没必要向人借纸了，果然是弄丢了啊。拜他的粗心所赐，齐活了！

把你的债我的债串一串

锅巴的人情账单像军事地图般摊在了桌上，一盏吊灯将其照亮，众将士围桌分析。

果然人只要活着就逃不开人情世故啊！锅巴欠着好几笔不菲巨债。比如他小时候偷东西但店主饶过了他，他能上重点中学是托了一位邻居帮忙，他高三曾在一位亲戚家免费寄住……这些统统加起来，与他强占小苹果的那些债务点数打平不是梦！

"你们到底要做什么？"搞不清状况的金氏问。

"我们没法让那家伙欠我们人情债，但他已经欠了许多人人情债，我们要设法取得债权。"岩班长解释。

"更不懂了！"金氏的脑子里都是脂肪。

"蠢猪，就好比我欠宿舍每人10块，一共90块，但只要你们商量好了，把债权集中在八达身上，那么八达就成了我唯一的债主，我只要把那90块给他就行。"排长不耐烦。

"明白了！但这样太便宜八达了，还是把钱给我吧。"金氏伸手，被打掉。

大卫说："现在最大的问题是，这些人情债的数目都不小，人家凭什么要转让给我们？"

刚乐观了没一会儿的苹果汁们又蔫了。这就好比买了戒指、摆了蜡烛、订了鲜花，准备求婚时发现自己是单身，多么残酷的盲点。

"看来只能放大招了。"大卫开始拨电话。

大招果然是大招，并且还是作弊级的大招——大卫向他的学生求助了。有一段时期，我们曾协助一群操作人形交通工具的外星人考驾照，双方结下了深厚的师生之情，大卫跟一位马尾姑娘的关系尤其不错，是时候利用这些人脉了！

"……哦哦我记得，教练您很喜欢那个小苹果。英雄救美真是浪漫呀。"马尾听完来龙去脉一口答应帮忙，"当然没问题啦，控制人类的大脑是我们引以为傲的黑科技。把名字告诉我，等下就回复您。"

"既然可以控制大脑了，干吗不直接让锅巴放了小苹果？"烂操在一旁插嘴。

"不行，那个锅巴跟小苹果的契约已经成立，受到你们地球神明的力量保护，强行介入怕会引发星际冲突。倒是其他人，一来现在不在你们学校，二来人情债还没耗掉，可以尝试干扰一下。"马尾说。

"这种说明不是每个读者都能听懂吧。"八达说。

"你就理解成让作者更容易往下编吧，毕竟这个故事还有几千字才结束呢。"马尾说。

"……不该说的都说出来了，喂！"我大叫。

放下电话，大卫长出一口气，好了，连外星人的力量都借上了，成败在此一举！

不差那么多，只差一点点 07

自从在一起之后，锅巴与小苹果每天都像是在爱河戏水，闲来无事就对歌调情。锅巴唱："你是我的小呀小苹果，怎么爱你都不嫌多……"小苹果唱："欧巴，欧巴，我们去哪里呀，有你在就天不怕地不怕……"

"到此为止了！"

大卫率领一众，昂首阔步走进光明湖公园，今天的他散发着主角气息，强如一代女皇都暂时退居二线。

"还不死心？"锅巴皱眉，随即发现队伍里有几名熟人，"欸……你们怎么在这里？"

"来办债权转移的。"收留过锅巴一年的亲戚举手回答，"我们已经去过他们学校，获得了人情账单，现在我要把你欠我的 2015 个点全都转移给这位小哥。"

"我也是。""我也是。""我也是。"……其他债主纷纷点头，伴随着他们手按账单的表态，大卫的账单上不断蹿出数字。他真的变成锅巴的债主了！

"你……你们不能这样！"锅巴慌了，仰天大叫，"神！神你在吗？"

旺财就像真正的旺财那样随传随到，一现身就大叫："我感应到一笔数额庞大的交易正在进行，你们为什么要转让自己的债权？"

"想转就转了，这不违反规矩吧？"一位多次让锅巴搭顺风车的大妈说，"事情办完了，我得走了。"

"你们一定用了什么卑鄙的手段！等着，我会查出来的！"旺财威胁大卫。

"那之前，我要先跟他算账。"大卫说着，冲锅巴举起他那扬眉吐气的账单，"用尽这 14789 点人情债，我要你立刻放了小苹果！"

"欧巴！卡机嘛！"小苹果用哭腔高喊。

"不要啊——"锅巴抱着小苹果，痛苦如韩剧中那些听说女主快挂的欧巴。

我们等待着小苹果被解放，但半天过去，他们还抱在一起生离死别。旺财忽然大笑起来："哈哈！太可惜了！要下达拆散别人的命令，你所拥有的点数还不够，刚好还差1点！"

我们集体傻眼，然后八达叫道："不要紧，段段不是给他送过纸？刚好攒了1点！"

"快转给我！"大卫狂喜。

"没了……"我小声说，"不是说1点2点根本没用？我觉着也是，给人一张纸都要讨人情也太过分了，就想不必他还了，点数大概就是那时消失了……"

大卫腿一软，坐在了地上。

"太危险了。"旺财严肃地叮嘱锅巴，"接下来你要小心，别欠任何人人情债，万一欠了，能还赶快还。这已经不只是你和他们的战争了，更是新时代与旧思想的战争！"

"记住了！同样的招数对圣斗士是不管用的！"锅巴咬紧牙关说。

这一局，我们又输了。

悄悄问婶婶，锅巴美不美

"大卫呼叫武则天，大卫呼叫武则天。"

"不是说了行动中要以代号互称？我是女帝，你是裸男！"

"……为什么差这么多啊！总之我在跟踪目标了，一切顺利，Over！"

挂了电话，大卫从电线杆后探出头，看到小苹果与锅巴走在前方不远处。卿卿找我的模样恰似鸳鸯双栖、蝶双飞，满园春色惹人醉。

最有希望扳倒锅巴的一仗失败了，革命尚未成功，只好继续努力。目前能做的只有紧跟锅巴，看看有没有办法从他那里得到1点人情债，从而凑齐反击的点数，大卫是干这事的最佳人选，爱情的盲目和他自身的低存在感使得整个尾随过程无比顺利。

不久，大卫跟到了一家医院，目送着小苹果与锅巴进入一间病房后，他再次跟武则天汇报："女帝女帝，我是……裸男，目标进了病房，暂时看不到他们。"

"哦，果果说过，锅巴的婶婶在我们这里住院。"武则天说，"继续留意，有情况随时联系，Over。"

收线后，大卫在门口耐心地蹲守。这时，一个意想不到的人出现了——财神土豪。

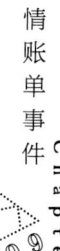

"嘿，想不到来医院交流业务都能碰见熟人。"土豪打招呼，"怎样，听说我学弟折腾得你们晚上都睡不着呢。"

"这种让人误会的说法是怎么回事！"大卫没好气，"知道就好，都是你们这群不知所谓的神把我们的生活给搞得一团糟。"

"我能理解你的痛苦。"土豪叹息，"昔日在'诸神学院'，跟我交往的一个梦神学妹就被一个身强力壮的战神学长给抢了，我约他单挑却被扒光衣服，想起那天夕阳下的裸奔，那是我逝去的青春。"

"……"实在太惨了，大卫不知从何吐槽。

"从那时起我就特讨厌学霸，所以我其实很支持你们的！"土豪鼓励大卫，"加油啊，越是自负的人心理承受力越差，锅巴是旺财政权的最大受益者，干掉他定能给他造成打击！我会在能力范围内帮你们的！"

土豪说罢对大卫眨了眨眼，一个破烂的星星飞了出去，然后他就离开了。这时锅巴和小苹果也出来了。

大卫调整了一下状态，正想继续跟踪，冷不丁听见锅巴对小苹果说了一句"我还是觉得是我害的"，不禁停下了脚步，返回那间病房。

门虚掩，大卫想要侧耳倾听，不小心把门给碰开了。这是一间独立病房，一个穿着病号服的中年女人坐在床上，大概就是锅巴的婶婶吧，二人打了个照面。

"您好，我是小苹果的同学，他们邀我一起来看您，我迟到了，但想着还是得跟您打个招呼。"大卫瞬间进入骗子模式，惟妙惟肖。爱情的力量真伟大！

"你好，谢谢，请坐吧。"婶婶和蔼地说。

"不坐了，等会儿就走。"大卫温柔地说，"您什么病？要紧吗？"

"其实也没什么，很快可以出院，但是阿贵那孩子就是敏感，一听说我不舒服就立刻赶来看我。"婶婶说。阿贵显然是锅巴的小名。

大卫想起之前偷听到的锅巴的话："他好像一直对您很内疚呢。"

"真是傻孩子啊，说了不关他的事。"婶婶叹气，"他小时候，一次在路上玩，差点被一辆车撞到，我把他推开……从那之后我的身体就一直不太好，他认定是自己的错。"

大卫的脑子高速运作起来：婶婶救了锅巴一命，毫无疑问让他欠下了很大的人情债，但锅巴的账单上没有婶婶……是了，这些年来锅巴肯定做了许多足够抵债的事。但即使如此，他内心的罪恶感仍未消失……

"阿贵是个好孩子，他从小喜欢的女孩子也终于认识到这一点了。"婶婶欣慰

地说，"请你们跟他好好相处啊。"

"如果阿贵做错事情了呢？"大卫问。

"那……请你们原谅他，帮助他。"

大卫心里有底了，他大声说："希望您能帮我个忙……"

出卖我的爱，你背了良心债

锅巴和小苹果要走了。

锅巴这趟来主要是看婶婶，他已经待了两天，这会儿是该带着战利品回老家结婚了。于是，小苹果就要回415分舱收拾行囊……可想而知，这必将引起拯救小苹果战略委员会的极大重视。

"要带走她，除非踏过大反派的尸体！"烂操尖叫。

"我们单挑吧，保证不打死你！"阿童木说。

"你知不知道没有物质的爱情只是一盘散沙？"武则天说。

"求轻虐！我和欧巴是真心相爱的！"小苹果哭喊。

"让开吧，反正你们再做什么也没法改变这结局了……"锅巴不是不心虚，却仍逞强道。

"谁说的！"说时迟那时快，土豪带着大卫从天而降，正落在小苹果与锅巴面前。

与此同时，旺财无缝对接地现身，严防死守道："事到如今还挣扎什么？学长，你可不要妨碍我完成一份漂亮的代表作啊。"

"没有妨碍你，我只是来介绍一下新同事。"土豪说着，像三八的女主持一样对大卫做出一个隆重推出的姿势，"当当当——当！就是这位！"

"同志们好，同志们辛苦了。"大卫挥手致意。

变身同志的我们都很吃惊：这是什么展开？

"神忙不过来时，将力量授予凡人请他们担任代理是常有的事。"土豪对我和烂操一扬下巴，"对哦？"

我给死神打过工，烂操帮上帝管理过因果报应系统。我俩一起点头。

"不过金钱土豪有我了，人情土豪有了你，所以他负责的是另一套活儿。"土豪拍拍大卫，大卫拿出一份账单，装模作样地咳嗽了一下对锅巴说："你欠某人20787点的债，目前她已全部转给我了，希望你尽快偿还。"

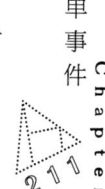

人情账单事件 Chapter 09

"谁？！什么债？"锅巴震惊。

"那个人是你的婶婶。"

锅巴脸色一沉。大卫继续说："小时候，你婶婶为救你出了车祸，从此面对她，你总是感到愧疚，哪怕她不认为你欠她什么，你也无法原谅自己。这种怎样都还不完的'债'通常被称作——"

"良心债！"我们异口同声。原来如此，大卫还真是动了脑筋啊！良心债是比人情债更高等级的一种抽象债务。因为只要愿意付出代价，人情债无论如何都是可以清偿的，但良心债只要你过不去自己心里的坎儿，债主就永远存在！

"……你太卑鄙了……居然利用我婶婶……"锅巴咬牙切齿地看着大卫。

"不，她是在听我说了你干的好事之后，自愿帮助我的。"大卫严肃地说，"你婶婶还请我原谅你，她说，会背负良心债的人，不可能没有良心。也许你是太喜欢小苹果才会一时糊涂，但是随着时间的推移，你会为自己用这样的方式得到心上人而背上新的良心债。那你就真的一辈子都还不完了！"

锅巴冷静了下来，显然，婶婶已经把他看透了。大卫也放缓了口气说："那么，我要求你用释放小苹果的方式，来偿还你欠婶婶的良心债。同时，也偿还你未来欠小苹果的良心债。"

锅巴低下了头，很久，他轻声说："好……我还。"他忽然哽咽了一下，"也好……还不完的良心债，真的很折磨人啊……"

他说出这句话后，正用眼泪致自己终将失去的欧巴的小苹果，忽然一脸如梦初醒，显然，她自由了。

"你这个笨蛋！"武则天抱住失而复得的小苹果，如同一个母亲抱住了"私奔"后又回家的女儿。

"看来是你输了。"土豪拍拍旺财的肩。

"区区一个人类放弃了自己的权利，怎能算我输了？"旺财不甘，"人情账单还是有它的市场的！"

土豪摇摇头："当你试图把人情债放在台面上计算的那一刻起，就已经输了。的确，人情债可以给一些不自觉的小人敲响警钟，但长此以往，人与人的关系也会变得更功利，更脆弱。身为学霸，你怎能容许自己的设定是存在漏洞的呢？这甚至不如人类的想法了。毕竟解放良心债的后果，可以让当事人得到救赎啊。"

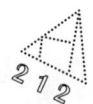

有借有还，再借不难

"人情账单"计划终因不够成熟而搁浅，校园又恢复了常态。不拘小节与锱铢必较的人依旧遵循各自的人生态度，呼吸着相同的空气。

这天下课，我们提议一灿、嬷嬷、大卫一起回 415 吃火锅。

小苹果对大卫说："我们晚上一起吃饭吧？"

"啊？"大卫受宠若惊。

"虽然我记不起来太多，但是阿天说你之前帮了我很多，我应该回报一下你。"小苹果懵懵懂懂地说，"当然，还有好多人要谢的，好忙喔。"

其他因为妒忌大卫而沸腾的苹果汁闻言大喜，弹冠相庆。

"看来学长说得也没错。即使没有我们干涉，该被偿还的人情债一样欠不了。"

神出鬼没的旺财又现身了，他手扶下巴，若有所思，依然是学霸式的自信表情，仿佛没有失败过。见我们警惕地盯着他，他笑道："告诉你们一个好消息，我又有新的计划了。仍然优先在你们学校试运行喔。这次的账单效果绝不会模棱两可，一定能对欠债人作出准确的制裁呢。"

"什么债啊？"我们问。

"风流债。"

一灿惨叫："偶表（哦，不要）——"

我问室友："你们有没有啥后悔的事情？"

"有，昨晚我不该因为他苦苦哀求就住手。"眼镜看着画家舔舔舌头。

"有，昨晚我不该睡觉却不锁门。"画家红着眼眶低着头。

"有，昨晚我不该帮忙把风。"大叔内疚地看着画家。

……你们背着我干了些什么啊啊啊！

期末考试哪家强？不是 415 我吞"翔"

贞子老师由远而近，又由近而远，正面变背影，我悄悄将手伸到考卷下面……她忽然又把头转了回来，我的手忙紧急刹车。不行，还不是时候。

这是大二下期末考第二天第二场。期末考是暑假开始的倒计时，是黎明前的黑暗、阳光前的风雨、一灿前的烂操，年复一年，死在期末考大魔王摧花辣手下的少年不计其数。高挂柯南讨彩头之类民间土方一到这种时候就特别盛行。当然，身为"破四旧"先进集体的 415 从来不屑于这种封建迷信行为，我们都选择更积极的方式，把每科都当成挂科来看待，一分一秒都考到泪水掉下来。

嘛，我们在做小动作！

此刻，我们的对手是马哲。按说这种科目从来都是小抄在手，天下我有。谁料监考者竟是考场四大名捕之一的贞子老师，蛇蝎美人的她，苛监猛于虎，且完全不顾我们在指甲油和跳蚤市场事件中出过的力，将我们与其他人等同对待，毫不含糊。

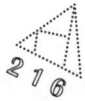

不过今时不同往日，我们毕竟经历过三轮期末考，不可能没有一点成长。比如我们知道，贞子老师神经紧绷的状态，在考试结束前最后半小时会有所松懈，战力下降至 70%，那就是决一胜负的时刻！

那一刻终于到了，以贞子老师的一个哈欠为信号，我果断掀开考卷，将压在下面的小抄内容往考卷上搬！

安全！贞子老师的捕人雷达没能及时感应！要感谢在过去一小时中铤而走险、人赃俱获的阿童木、3W.com、烂操等先驱，他们对贞子的体力消耗功不可没！

只欠东风的作弊党纷纷行动，各自为战。八达从笔管中摸出卷成条状的小抄，用时摊开，不用时只需一松手，它便自动卷回；排长将小抄贴在前面的金氏背上，让他的花格衬衫形成迷彩效果，掩人耳目；大卫坐直身躯伸长脖子，如长颈鹿一般挪用着邻桌锅炉工死记硬背的成果……

目前最危险的是嬷嬷。本来 415 相对比较学霸的是他、锅炉工与大反派。锅炉工生活乐趣少，只好化无聊为自习；大反派曾是岩班长麾下爱将，如今虽然流亡 415，也仿佛家道中落的特殊工作者，除了卖身还有卖艺功能；而嬷嬷的学习热情主要是为了配合武则天，他曾不止一次做过在考场上为爱人出力的梦，复习都以此为前提，所谓一人吃两人补。不过前阵子武则天与嬷嬷闹别扭，外加一个叫车太郎的学妹乱入，搞得嬷嬷无心向学，不得以出动小抄，却发现在手心攥了太久，字迹已模糊成了一团。

嬷嬷紧张了。只剩二十分钟，怎么办？忽然他留意到不远处的老蜗正低头摆弄手机，这人虽然堕落，作弊道具很与时俱进啊！嬷嬷忙冲老蜗打手势。

"你要？"老蜗发现了嬷嬷的意图，神情为难。这时贞子敏眉望向他们，大步走来。糟！暴露了！

千钧一发之际，一灿忽然站了起来。贞子一愣，全场目光向他集中。只见一灿随意抓住 T 恤的下摆，擦了擦额头，然后清新潇洒地甩甩刘海，汗珠晶莹四溅，结实而曲线优美的小腹看得人呼吸急促。

"咬点乐（有点热）。"一灿笑笑，坐下。

这毫无意义的"冰淇淋"让贞子和众多女同学大饱口福，也有效争取到了转移作案工具的时间。老蜗趁机丢出手机，灌篮高手大卫眼疾手快接住，传给了嬷嬷。嬷嬷松了口气，一看屏幕：是男人就下一百层。

什么人会在考场上偷玩游戏啊啊啊！嬷嬷绝望了，此时距离 GAME OVER 只剩十五分钟！

这时，救星到了！坐在嬷嬷斜对面的武则天突然转过身，把自己的考卷递给嬷嬷。

嬷嬷差点哭出来，什么叫患难见真情？这就是！

谁料剧情竟一波三折，贞子冷不丁一转头，撞见了这丑恶的交易现场！谁说廉颇老矣？"受"死的骆驼比马"攻"啊！贞子瞪视着二人，时间仿佛停止了一般。

然后，武则天特自然地把考卷拿了回去，用尽全身力气惊天动地地擤了一把鼻涕，将整张卷子揉成一团丢向垃圾桶，然后对嬷嬷说："舒服了，谢谢。"

……于是刚才那一幕，只能解读为嬷嬷借纸给武则天擦鼻涕。即使是贞子也不会翻开那个纸团寻找真相的！当然，这破釜沉舟的一招让二人逃过了作弊被抓的处分危机，却逃不过挂科的命运……

不久，考试结束的铃声响起，大家陆续上前交卷，少数人抓紧最后的几秒火速填坑。武则天拿着文具走出了考场，嬷嬷追了上去。

亲妈无误 02

我在出考场时碰上春菜，很自然地走在了一起。

"考得怎样？"春菜用近期流行语问我。

"反正挂不了。"我说，"你呢，又要得奖学金了吧？记得请客喔！"

春菜几乎每年都拿奖学金。那不只是因为成绩，还因为她是个校园活动家，在学生会做到了越来越高的位置。她淡淡一笑："行啊。"

我忽然觉得她有点不开心，没办法，我太熟悉她了，身为女强人，其实不太懂得掩饰情绪，我说："你有点不对耶，难道考砸了？"

"你看得出来哦？"

"不是每个人都能做到的。只有最关心你的好男人才有这份敏锐——也不排除你是姨妈来啦。"

"去！"春菜笑了，"姨妈没来啦！"

"没来？那真是大事件……"

春菜打了我一下："姨妈没来，来的是他妈妈……"

我又听到了那个曾以为再不会出场的人——春菜的前男友，陈世美。那个曾在伤害春菜后逃去平行世界，归案后又拿着断缘剪刀越狱来报复我们的败类。奇怪，在他又一次入狱后，妖精小屁孩明明已经把他跟我们的缘分都给剪断了，从此大

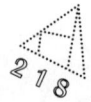

家应该只是路人，他是什么时候又回到我们记忆里的？

"那个不靠谱的妖精，下次非用榴莲塞他不可！"我骂道，"不过他妈妈找你干吗？"

"说是路过我们学校，刚好见一面。"春菜说，"她过去对我不错，不好拒绝。结果她开口就念叨我们过去有多好，还代他道歉，求我去探监。"

"什么鬼啊！"我大叫。

"很难拒绝。"春菜苦笑，"我说我已经不恨他了，但也不希望再有来往，可他妈妈说没想过我们复合，只是希望我去看看他，给他一点重新做人的力量……"春菜叹气道，"最后我答应她了，就当是去见个……普通朋友吧。啊！这事你不要告诉小猫。我会介意他的前女友，他也会介意我的前男友吧。"

……结果选我作倾吐对象，只是因为顾虑男朋友而已？

"放心，我们半年见不了一次。你什么时候去？"

"明早。正好明早不考试。"春菜说着，笑了，"哎呀，果然说出来舒服多了。阿福真是最佳垃圾桶呢。"

"没事就来多翻翻垃圾桶吧！流浪的母猫！"

春菜咯咯直笑："那我先走了，外联部有些报表要在放假前处理完，拜拜！"

我目送春菜离去，有些悲哀地发现，我已经越来越习惯这种"别多想"的关系了。

与众不同最时尚，反悔肯定棒 03

我去超市买晚餐，经过药店，顺便拐了进去。

"你好，需要什么？"药店的姑娘热情地问，为了方便称呼就叫她碧莲吧。

"有点上火，想买牛黄解毒片。"我说。

"便秘吃这个也不错哦。"碧莲拿出一瓶药。

"上火就一定是便秘吗？！不能是口腔溃疡吗？！"

"那吃这款吧，这款治疗便秘也是很有效的哦。"

"都说是溃疡了，为啥还是扯到便秘去啊！你把别人的嘴当成什么啊！"吐槽完碧莲，我默默拿过她推荐的药，最讨厌一下被人看穿了！

"嘀"，碧莲给我的药扫码时，我跑去称体重，无意朝角落的货架一瞄，看到一个小盒子上赫然写着三个字——后悔药。

"你们店还卖这个？"我举着药盒问。

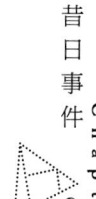

"什么……哪个熊孩子恶作剧吧？"碧莲不悦，"世界上哪里会有后悔药？真给人添麻烦。"

我看看那药盒，条形码、批准文号、制药公司……都没有。打开，里面有一片药板和一张说明书，奇怪的是药板明明未开封，十处装药的位置仅一处有药。

碧莲不以为然也好。买单后，我随手带走了"后悔药"，一路研究起说明书，只见上面写着：

1. 本品以悔意为药引，服用时需想着后悔的事。
2. 服药后即可返回悔恨的发源地，修正遗憾。
3. 在悔恨消失之前，服药者无法返回原点。

……这应该是真货吧！对于经历过几十桩奇妙事件的我来说，这世界一切皆有可能！当下我就兴奋地跑回 415 献宝去了！

"后悔药？"人渣们果然大感兴趣，围观不已，曾把无数人推入火坑的毒枭大反派感叹："传说中的后悔药原来是穿越道具。也是，只有纠正错误才能不后悔，当然只能靠穿越。"

"给我吃给我吃！上次风吹起黑珍珠学姐的裙子，我眼里进沙没看清，后悔到现在！"烂操上来抢药。

"走开，别糟蹋好东西了！"八达骂道，"给我吃，我要把丢过的钱包找回来！"

"你没资格说他！"金氏大叫，"给我吃！我想来想去，上次歌唱比赛选错歌了，否则应该可以得奖的！"

"美声猪叫和通俗猪叫没有区别，而且你们敢保证这药安全？"排长推着眼镜说。

"有道理，吃完变太监怎么办呀！"烂操惊恐。

争夺气氛降温，来历不明的药就是麻烦，不吃不知道有效，想吃又害怕有毒。找光饼之类的人才来试毒吧，万一他回到当年的裸奔现场反败为胜，如何是好？

大家正在踌躇，一直沉默的锅炉工拿起了药板，挤出唯一的那粒后悔药。

"住手！锅炉工，你不要命啦！"我们大叫。

"没事，让我试试吧。"锅炉工用斗鸡眼端详那药。

"你能有什么后悔的……"烂操说着，不禁闭嘴。

是的，我们都再清楚不过，在锅炉工平凡的人生中，什么最让他后悔，他的确是目前最有资格服用后悔药的人。于是我们都不说话了，默默地看着锅炉工吃药。

他忽然倒在地上。

04 告别的时候，一定要用力一点

锅炉工后悔的事，当然与姚姐有关。单亲妈妈姚姐与照顾她女儿朵朵的锅炉工，有一段微妙的感情。巅峰那夜，姚姐用十分成人的方式告白，却将锅炉工吓到闪退。当锅炉工斗罢心魔再出发时，这对母女却已消失。后来锅炉工在一次人生六日游中阴差阳错与她们重逢，但仍没能好好与姚姐交谈。

锅炉工必然是想返回那一夜，接受姚姐的好意吧。我们这样想，都为他高兴并感到羡慕嫉妒恨。

锅炉工睁开眼睛时，看到大卫与岩班长正衣衫不整、汗流浃背地做着肉体运动——打篮球。他和我们一起坐在观众席。

从夜晚的415来到白天的操场，锅炉工知道成功了，他问金氏："今天几号？"

"傻问题。我们金氏的尺码每天都是泰坦尼克号呀。"排长笑道。

金排二人随即展开厮杀。八达趁机拿过金氏的薯片疯狂往嘴里塞，一边说："四月十七，咋啦？"

锅炉工激动了。他曾向姚姐的邻居打听，知道她搬家的那天正是四月十七号的中午。锅炉工拔腿就跑，顺道冲场上喊："大卫！裤腰带勒紧些！小心待会被扒下来！"

四月十七日的我们面面相觑。

姚姐住过的小区门口，停着一辆面包车。一个男人帮着姚姐将几个箱子搬上车，朵朵抱着腿蹲在路边。

"朵朵，要走了。"姚姐擦着汗说。

朵朵不睬，姚姐提高嗓门："妈妈在跟你讲话哦。"

"朵朵不要走。"朵朵瘪着嘴说。

姚姐叹了口气，伸手去抱她："不是说过了吗？新的幼儿园和新家那里，会有很多小朋友陪你玩的。"

"朵朵不要朋友，朵朵要陈老师！"朵朵哭了出来。

陈老师就是锅炉工。姚姐脸色一沉："不许闹了。"

"朵朵要陈老师！朵朵要陈老师！"朵朵挥着一个锅炉工买给她的娃娃哭叫。

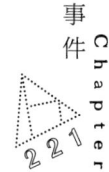

帮姚姐搬家的男人说："该走了，否则天黑前到不了新家。"

"嗯……"姚姐应着，留恋地看了小区一眼，正要上车，一辆摩托车呼啸而来。车停下，姚姐全身一震，是锅炉工！他胡乱塞给司机一张钱，跑到姚姐面前。

朵朵欢呼着扑到锅炉工怀里。"陈老师！你跟我们一起走吗？"

"朵朵乖，先上车吧。"锅炉工爱怜地摸摸她的脑袋。

"要一起走！"朵朵眼泪汪汪，一步三回头。

锅炉工擦擦被朵朵蹭得湿湿的脸，和姚姐咫尺相对，都有些不敢看对方，也不知该说什么。

沉默了几分钟后，司机不耐烦地按下喇叭。

"我们该走了。"姚姐低头，"再见，谢谢你。"

"一定要走吗……"

"嗯，房子退了，工作也辞了，朵朵的转学也托人办好了。"

"你……"想着自己是为什么来到这里，锅炉工鼓起了生平最大的勇气，"你能不能等等我？"姚姐惊讶地看着他。

"三年就好。我明年大三，会去考专升本，一定能考上，然后再读两年，多考证书，毕业后就能找到更好的工作，到那时……"慌张的表白后，锅炉工平静了下来，认真地说，"我们可以一起生活。"

姚姐笑了，眼泪流了出来："好……好啊，我等你三年……"

锅炉工如释重负地笑了，眼前的姚姐与朵朵在那一刻变得模糊……

离开这座城市的车上，姚姐抱着睡着的朵朵，看着窗外川流不息的风景，泪痕明显，嘴角始终上扬。

"那小鬼谁啊？让你又哭又笑的。"司机说。

"不是小鬼。"说这话的姚姐，幸福如一个少女，"他是一个……好男人。"

你说你说我们要不要在一起 05

"今天真是谢谢你……"

"少婆妈了。反正这科也很好补考，只希望贞子别再为难我们了。"

"不会的，她也是女人啊。你为了我牺牲到这个地步，她应该也很感动的。"

"呸！少自我感觉良好了！"

嬷嬷和武则天在一家针对学生的西餐厅吃饭。放假在即，嬷嬷不禁想争取哪

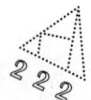

怕多一秒钟的二人独处时光。武则天没他心思细腻，但对于打牙祭一向来者不拒。

两人边用餐边闲扯，眼看吃得差不多了，嬷嬷忽然掏出一个戒指来。

"噗！"武则天直接喷在了嬷嬷脸上，"你有病啊！"

"马上要大三了……我们也认识很久了……我的心意你知道……"嬷嬷吞吞吐吐地说，甚至顾不上处理一脸狼藉，"我就想在放假前听你答应我……"

"你能耐了啊，跳过求交往直接求婚了！"武则天窘迫地大叫。

"不以结扎为目的的交配……啊不对，不以结婚为目的的交往都是耍流氓啊。我们可以先订婚，毕业就结。"嬷嬷无比真诚。

面对此等大招，一代女皇阵脚大乱，表情连连抽搐，突然夺路而逃。嬷嬷大受打击，呆坐原地。

"你还等什么，快追啊！"旁观了高能全程的服务生提醒。

"啊？哦！"嬷嬷做拔腿状。

"追之前先买单啊！"服务生又说。

可以想见嬷嬷的恍惚，毕竟这是他生命的重要时刻。真的很久了，从大一武则天帮他点名开始，嬷嬷就在喜欢她，喜欢到她让干啥就干啥，她搬出去他也搬，卖身变性浑不怕，俯首甘为抖M。虽然嬷嬷的情人节告白以失败收场，可是所有人都默认武则天只是傲娇，她分明很习惯嬷嬷的存在，她甚至亲过嬷嬷……所以究竟是在抗拒什么啊？这剧情我们都看不懂。

嬷嬷几步追上慢慢走着的武则天，她的脸色是罕见的凝重与……忧伤。嬷嬷一看就心疼了，担心地说："吓到你了吧……当我什么都没说。你别讨厌我。"

武则天低声说："我不讨厌你，我也喜欢你。"

这是武则天第一次正面承认她的心情，嬷嬷那个激动啊，恨不能去跳楼冷静一下："那那那……"

"你人很好，对我更好，我都记得，可……我不能答应你。我知道这对你不公平，但……"武则天像是下定了决心，"我老是想着另一个人。"

丢下一句"对不起"，武则天快步走远，剩下石化的嬷嬷，失明失聪失智般矗立原地。

电话响起，他机械地接起来，听到来自415的召唤："嬷嬷，有好事喔！"

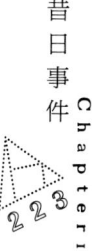

放下悔恨，立地成佛

时间是第二天上午。下午还有考试，并且是令人叫妈连天的英语。多少不肯认命的痴儿正死死抱着佛祖的大腿，说真的我特别看不起他们。这种事 415 是绝不屑做的！

我们正在干一件更有意义的事情：炼制后悔药！

拜小白鼠锅炉工亲测，后悔药被证实有效。虽然跟我们想的不一样，但他的确是变成真正的男人后，神清气爽地回来了啊！顿时我们都放弃了萌萌哒路线，争相吃药。问题是后悔药已经没了啊！

幸好说明书还在。仔细读了一遍后，我们发现后悔药是可以 DIY 的！为什么药板有那么多没拆封的空位？因为它本质是炼丹炉一样的存在。说明书曰："持有药板者，可通过解开他人心结，释放其悔意。当悔意累积到一定程度，药板内则自动形成一颗后悔药。"

可想而知我们当时多激动了，甚至当场为炼好的第一粒药该谁吃而吵起来。但那个人肯定不是八达，给这种会为一针一线后悔的人吃药简直是暴殄天物。

"不，必须是我！"八达大叫，"我这次绝对会把好钢用在刀刃上！"

"八达乖。一粒米掉就掉了，不必穿越回去捡。"

"滚啦！你们知道我有定期买彩票的习惯，上次开奖结果出来我整个哭瞎了，跟我买的号只差一个数！一百万啊！我悔得肠子都青了！"

我们的呼吸不约而同地急促起来。这……这种程度的悔恨……有纠正的价值！

"所以说，新的后悔药必须归我，只有我对这事有着切身的后悔，只有我能穿越！"八达说。

"那……那先说好，我们帮你炼药，钱要平分！"烂操已经开始脑补拿钞票抽打碧池脸的美丽画面。

"绝对的好吗！事后你们每个人都能拿到十块！"

我们把八达往死里打，但这个计划基本上是确定了。我们还通知了出走的大卫他们回归共商大计。没说的，大家一拍即合。唯一例外的大概只有嬷嬷吧，面对金钱的诱惑，他却仍一脸智障式的茫然。

无论如何，天亮之后，415 致富行动就轰轰烈烈地展开了。我们拿剪刀将药板按空白处化整为零，去掉已经服用的那一颗，还有九处可供炼药。见嬷嬷注意力不是很集中，我们就把他跟烂操分到了同一组，那就可以一个出脸，一个出脸皮。

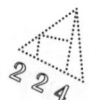

至于大反派只能当候补了，对此他有点伤心，觉得我们始终把他当外人，我们便温柔地安慰道："撒屁娇啊！再吵马上告诉警方你的行踪！"

我们要做的类似推销。校内校外，随机拦人，逮着就问你有没有啥后悔事，说出来哥给普度一下。对此，群众给予了很大的支持：

"你谁啊！干吗告诉你！"

"后悔又怎样！你养我啊？！"

"你们是不是邪教在发展下线？"

类似言论听得越多，我们越是感叹这一行果然不好混，照这进度下去，后悔药炼好，我们也跟排长一个岁数了（排长：老子本来跟你们就一个岁数！）……

"也许得换个思路。"锅炉工沉吟，"想想看，有哪些人是为了开导他人而存在的？"

"居委会大妈？"八达眼睛一亮。

"……虽然勉强也算，但我想说的是心理医生和神父。"锅炉工说。

"那完了，我们没人是心理医生或者神父啊。"金氏发出愚昧的叹息。排长安慰他："我想阿锅的意思是我们可以推出类似的设定来鼓励别人吐苦水，就像你虽不是猪，却也拥有猪的功能。"

金排廝打再现江湖之际，大卫说："关键是人选，得兼具号召力与说服力。我们当中满足这条件的……"

"啪"，一灿的打火机适时响起，我们循声望去，看到他深吸一口烟，忧郁喷出。

……虽然当仁不让是他没错，但这鸟样还真让人火大啊！

新计划就这样启动了。大学最好的一点就是自由，所以校园里可以看见卖唱的、卖画的、摆棋局的……构成一道道张扬个性的风景。我们也经常鼓励八达没事去找个干净的台阶坐着，地板上写"求五元坐车回家"什么的。所以一灿牌树洞的存在不能说突兀，当然，就功能性与观赏性而言是别出心裁的。

一张桌子，两边各一把椅子，一灿坐在桌后，双手交搭媚视众生，像个流莺版的蒲松龄。旁边立一牌子："难言之隐，一吐为快。花美男树洞，负能量终点。"

很快，第一个客人上门了。

"树洞，我有罪。"那女孩轻声说，"我已经有了男朋友，却喜欢上了别人。我该怎么办？"

"表后肥，绰滴四里蓝咬，随叫他八够咬魅逆（不要后悔，错的是你男友，谁叫他不够有魅力）？"一灿动人的微笑让一切歪理邪说都好有道理。

"我也这么觉得！那我就勇敢地追求真爱去了！"那女生猛地一把抓住一灿，"约吗？！"

……结果你喜欢的就是一灿吗？！这种一边忏悔一边当场出轨的展开是怎样！一灿看看药板，没有任何药生成。嘛，有些人嘴上说后悔其实根本没放在心上，那又何来释怀一说？

第二个客人上门了，又是女孩。

"呜呜我好后悔报这所学校，专业烂如屎，环境如屎坑，呜呜如果我当初考好些……"

"表后肥，口以戏戏把妓几单昌银呀（不要后悔，可以试试把自己当苍蝇呀）。"一灿不愧为暖男。

"不！我只想死！死前我要尽情放纵，约吗？！"

……为什么又约起来了啊！专心去死好吗，你这苍蝇！新药依旧没有动静。没办法，就是会有这种无论如何都放不下悔恨的人呢！

第三个客人是男的，坐下就破口大骂："赌博把整个学期的生活费都输光了！"

"表后肥，怒细能肘粗奶滴，里口以去卖写呀（不要后悔，路是人走出来的，你可以去卖血呀）。"一灿继续扩散正能量。

"我也就是说说，其实已经联系好地方卖肾了！喂，约吗？！"

……最不该约的也开始约了啊啊啊！还是用这种超级硬拗的方式！这类人擅长化悲痛为力量，自己选的路拿屁股都要走完。他们的悔意寿命短暂，等不到被收集就散光了啊！

就这样，一灿的摊位访问量高，成交量却约等于零，半天下来除了见证他的人气，没有一毛钱的收获。八达失望之余提议干脆顺势转型开牛郎店，好歹赚上一笔，强大的可操作性，让我们不禁陷入深思……

07 一定会有好事发生的

烂操拦住一个妹子："你好，我们在进行社会调查，能耽误你一点时间吗？"

"好吧。"妹子大方地说。

"人生在世，总有些放不下的悔恨，你同意吗？"

"同意。"

"那么，可以告诉我你的胸围吗？"

妹子用尽全力给了烂操一耳光，未来的日子，接受这根狼牙棒的采访都会在她的悔恨榜上名列前茅。

烂操与嬷嬷的包干区在校外，因此对我们推广一灿大法的事并不知情，只顾埋头拉客。烂操尤其卖力，嬷嬷则靠着灯柱发呆，因为太过专注，甚至没有及时吐槽，烂操十分生气："八婆！愣着干啥？拉客啊！"

"哦哦……"嬷嬷猛地回过神来，嚷嚷道："嫩模、少妇、学生妹……"然后他反应过来，忙捂住嘴……什么人会心不在焉成这样啊喂！你刚才叫了些什么！

"一看就知道又跟那婆娘吵架了。她到底有什么好啊？"烂操说。

嬷嬷苦笑，试图打起精神，突然发现武则天跟两个女生向这里走来，连忙拉着烂操躲到垃圾桶后。

三个女生在一家露天咖啡屋入座。烂操啧啧道："怪不得不接受你，原来她好这口啊，还左右拥抱呢！"

"小声点！"嬷嬷捂住烂操的嘴，二人悄悄绕到武则天背后的位子坐下。招呼不周的店员则为他们省下了被发现的烦恼。

"还以为你考完了才来找你的，原来还有一天呀。"穿绿衣的女孩（以下简称绿茶）说。

"没事没事。"武则天笑道。

"高考后都没见了吧？怎样，交了男朋友没？"穿白衣的女孩（以下简称白莲花）说。

"没。"武则天抓抓头，"你们肯定交啦。"

"当然啦。我说你是不是还想着他呀？"绿茶问。

笑容僵在武则天脸上，也让身后的嬷嬷娇躯一震。

"专一是好，但也该走出来咯。"白莲花悲天悯人。

"……你们坐，我去点饮料。"武则天离席。

她刚走进店里，绿茶和白莲花就吃吃地笑起来。

"哎哟笑死人了，我男朋友都换三个了，她还单着。看来追个男的三年都没得手，对她打击真不小。"

"活该啊，看她一副大姐的样子就有气。不过我听说她学校里有个男的在追她，她没接受。"

"这样下去只能出家了吧？哈哈！"

"也许变蕾丝，还会来找我们哦，嘻嘻！"

逆转昔日事件 Chapter II

227

　　"咚"一声巨响吓了绿茶和白莲花两跳，转头看到一脸愤怒的嬷嬷和被掀翻的桌子。这时武则天刚端着饮料过来，看到嬷嬷大吃一惊。

　　"来得正好，这俩人刚说你的话可精彩咯！我重复给你听听？"烂操阴阳怪气地说。

　　二人尴尬一会儿，随即坦然了。绿茶说："那又怎样？你们是不知道她以前多好笑，长那样还学人倒贴！"白莲花也附和："就是啊，被彻底拒绝了，才来后悔不该那么投入，我快吐了……"

　　不等二人放完厥词，嬷嬷抢过武则天买的饮料泼了她们一头一脸，两人愣了片刻，惊天动地地大叫："欺负女生，你是不是男的啊？！"

　　嬷嬷用更加惊天动地的声音吼回去："是！我就是追她的那个男的！"

　　两人吓傻了，烂操温柔地搂住她们："好了好了，事到如今先把衣服换了再说，我带你们去……"

　　两人转身就跑，烂操淫笑着追去，沿途被各种围观。

　　只剩嬷嬷与武则天了，武则天神色复杂地说："你什么时候开始偷听的？"

　　嬷嬷不说话，一把抱住她："我会很珍惜你的。你相信我，好吗？"

　　武则天愣了好一会儿，回抱住嬷嬷哽咽道："我看着你，就会想起以前的我……这对你不公平，可我不知道，如果我接受了你，到底是真的喜欢你，还是只是在可怜以前那个追不到喜欢的人的自己……"她终于号哭起来，"我现在也还会想起他！我好后悔！我太蠢了！没喜欢过他就好了……"

　　"没关系，不要后悔。"嬷嬷更紧地抱住她，"因为他拒绝了你，我才能遇到你啊。"

　　那一刻，嬷嬷揣在口袋里的药板，生出了一粒药。

　　生命中所有好与不好的经历，仿佛都在等我遇见你。

愿无岁月可回头

　　415的气氛向来很好，但从没像今天这么好。

　　因为我们有钱了！有钱了！钱了！了！

　　一粒闪瞎狗眼的后悔药躺在桌子中央，我们围着它，看到的却不是药，而是钱，满满一大沓钱！

　　"没说的，都是嬷嬷的功劳，果然妇女能顶半边天啊！"我说。

"谁说女子不如男！"大卫说。

"生男生女一样好，女儿也是传家宝！"锅炉工说。

我们轮番拍着嬷嬷马屁，这人可能是苦尽甘来的关系，一脸傻笑，居然没有扁我们，真是扫兴。

"事不宜迟，让我们走上人生巅峰吧！"烂操尖叫。

"等会儿……"八达连续做了几下深呼吸，"总之，不出意外，这就是我们最后的贫困时光了。"

"不会的，你还是有机会讨饭的。"我安慰八达。

"我想做点什么来纪念这个时刻！"八达一脸神圣，完全无视了我的话，是中了一千万喔？！

"好吧，舍撮走起！毕竟下次撮可就是在五星级酒店了呢。"排长拍案。

大家看着八达将后悔药锁进抽屉，然后一起离开宿舍，喜气洋洋的程度，都忘了下午还有考试。

如果不是因为在人群中多看了春菜宿舍一眼，我也会那么开心吧。我想起她今早应陈世美母亲之邀去探监的事，便对排长他们说："你们先去点菜，我马上来。"

"不急，赶得及付账就行。"八达温和地说……很好，依然抠得如此酸爽。

我去找春菜。她的学姐舍友们很快要离校了，春菜独处的时候越来越多，轻轻推开虚掩的门，我撞见她拿着一张纸，摩擦摩擦，在这光滑的脸上摩擦……

……她在哭，我一下慌了："阿春，怎么了？"

"阿福。"春菜看到我，有点不好意思地将纸放下，"没什么……我不是去见过他了？聊了些过去的事。"

"他又打同情牌了？"我轻蔑地说。

"有点那意思吧，不过……"春菜吸吸鼻子，"你知道我们怎么认识的吗？初三那年，十月最后一天的傍晚，我考砸了心情不好，一个人坐在操场旁的观众席发呆。他当时在跑步。不知从第几圈开始，我注意到了他，他跑过我这一侧时，会大胆地盯着我看几秒……跑到最后一圈，他已经累坏了，他慢慢地走到我面前来，对我说了一声'嗨'……

"我们就这样认识了，不久就开始交往。我们曾经开玩笑说，黄昏是我们的红娘。他说我在夕阳下落寞的样子让他很心动，就决定如果跑完了我还没走，他就过来认识我。而我当时想的是，如果这个人待会儿来跟我打招呼，我们之间一定会发生些什么。

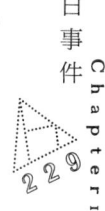

逆转昔日事件 Chapter II

229

"我很难解释那一刻的心情。有一种'注定'的感觉……场景、气氛、心情，一切都对了。如果没有那样一个黄昏，我们也许不会有交集。我告诉自己这就是命运，就是奇迹……"

我沉默，我何尝不懂？我跟春菜是同班同学，早就互相知道，可直到一起爬铁门的那夜，我们才成为好朋友。那就是一个对的时间。我不期然跟她搭话，她做了很少女孩会做的事，其后的夜路无人干扰，我们得以比肩而行、畅所欲言，话题刚好，月色也刚好……

这些也是命运，也是奇迹。

"他不该跟我说那些，那些在他背叛我的时候就被玷污了！"春菜忽然激动起来，"我越觉得回忆美好，就越恨他为什么要践踏这一切。早知道会变成这样，我不会跟他开始，他更不该现在来这一套。我即使可以原谅他，也不可能再跟他有什么交集！"

我感到很欣慰，可春菜的眼泪忽然涌了出来，像是承受不住一般，她靠近我的胸口，颤抖着说："道理我都懂，可为什么……为什么我会这么难过呢……"

我还是沉默。除了听她说话，让她靠着，我不知道还能为她做些什么。

做些什么……

初恋是你的谎言 09

我回到了415，从八达贴在床头的孙燕姿海报后摸出钥匙。

这是八达抽屉的备用钥匙，他以为藏得很好，其实我们都知道。我打开他的抽屉，拿出后悔药。

我能想象大家发现我盗取宿舍财物时的反应，一百万不是天文数字，扣税均摊后也就是一人几万……即使那样也够让人心疼了。可那一刻的我鬼迷心窍，非偷不可。

"抱歉了，你们保证不打死我就行。"我在心里对大家说。同时决心一定要再炼一粒后悔药作为补偿。

正想把药拿给春菜，我又犹豫了。万一她穿越回去了却又临阵退缩怎么办？有时理性是一回事，感性是另一回事。稳妥起见，还是我亲自动手吧！

新的问题来了：学挖掘机……不对，我要怎么回到五年前？那毕竟是春菜的悔恨发源地，不是我的。

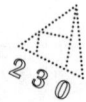

想了好一会儿，我突然有了主意，抬脚就赶回了家。

家里一个人也没有，省了我撒谎的力气，我直奔房间开始翻日记。中学时我每天写日记，巨细无遗、废话连篇，好处是只要翻开，猴年马月发生过啥一目了然。

初中我有一位叫阿土的好朋友。一次玩闹时，我没轻没重把石头丢到了他脑袋上，他气坏了，我却还嬉皮笑脸，我们打了一架，从此绝交。但没两天我就后悔了，可是碍于面子并没有去道歉，然后阿土考去别的高中，然后就没有然后了。

这些年我偶尔会想起阿土，身边有了越好的新朋友，就越是惋惜因为幼稚失去的老朋友。我可以原谅自己点燃导火索，却不能理解为什么没有和好的勇气。

我翻看日记，里面记载着一个我错过的和好机会——跟阿土闹翻的一周后的一节体育课，我和阿土被派去拿体育用品，这个需要合作的活儿很适合拿来结束冷战，但终究我绷着脸一句话也没说，他也一样。

我找到了那一天，半晌无语：十月最后一天！正和春菜告诉我的，她跟陈世美邂逅的日子不谋而合！也太巧了吧？！我简直觉得命运安排我当年跟阿土闹掰，就是为了留下这个有朝一日可以穿越的后门！

这时手机响了，是嬢嬢打来的，他们等不耐烦了吧。我没有接，吞下后悔药。

大一考四级那会儿，我们接触过穿越者，一个自称一灿后代的假冒伪劣产品。但自己穿越还是第一次，我感觉身体碎了，被一股力量天旋地转地吸走，总之就像掉进马桶里一样。

昏眩过后，眼前豁然开朗，我在课堂上。

我惊喜地东张西望，看到好多熟悉又年轻的面孔，小强、豆丫、严田、橡皮……还有阿土！我中学的好朋友们！再看课木，封面印着"初三"——我真的回来了！

"某些同学请专心听讲！"一个更年期声音砸过来，喔喔！是我们的语文老师！好怀念哦！他在课堂上放屁的事迹多年后我还有在帮扩！

虽然被满满的怀旧情绪包围，但我还是迅速调整了过来。看看课程表，下节就是体育课，我跟阿土破镜重圆的契机。但我记得后悔药的说明书上写着，没有弥补遗憾之前无法回到原有时空，换言之如果我去跟阿土道歉、和好，就会立刻返回大二，可我不打算那么做，我要先去找春菜！

我毅然站起，跑出教室，临走前看了阿土一眼，他惊讶地看着我。

再等一下，老朋友，我一定会回来跟你道歉的。我已经不是当年那个别扭的小屁孩，不需要契机才能产生勇气。

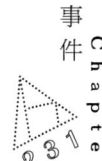

有人叫我，有人议论，但都顾不上了。春菜跟我不在一个城市，我得长途跋涉一番才能到达。

离校、买票、上车。我曾在平行世界里去过春菜家，也算轻车熟路。

长途车行驶在去往那个小县城的路上，一路我看着风景，也看着车窗上自己的倒影。

中学的我真是矬啊。愚昧的发型，民工的校服，神出鬼没的痘痘，跟未来的杀马特路线相比，居然更有残的感觉。但那时有那时的浪漫，那时的我喜欢着另一个女孩。上蹿下跳、哗众取宠，只为引起她注意。那时我怎么会知道，未来会认识无需挖空心思也能相处无间的春菜和梅子？

伴随着汽车的颠簸，不知何时睡着了，纷乱的梦中，我梦见了春菜。她坐在黄昏操场上等着谁，但谁也没来。靠着我痛哭的她与梦中落寞的她重叠在一起，那么令人心疼。

阿春，我果然还是对你……

客车猛地一停，我醒过来，发现已到终点站，顿时傻眼：坐过头了啊！我早该下车的，春菜的学校就在前面某个站的附近！

车外已是红霞漫天，下班、放学的人流不断，我想招辆三轮车都没辙。目的地距离这里至少四站，怎么办？！只能跑着去了！我忽然明白了日剧里为什么那么多有车不坐非得跑的戏码，那必然是太担心错过，因此才一秒也不愿多等啊！

我开始奔跑，几百米后，疏于锻炼的宅体就开始疲累，速度不得不慢下来，一抬头看到黄昏的进度条快要走完，只得咬牙再次提速……

一个想死的过程。

但是，终于看到校门了。校园内早已人影疏疏，一眼就看到了操场。我拖着沉重的脚步跑过去。

非塑胶跑道让余晖覆上一层闪耀的质感，被拉长的树影服帖地舒展身段。操场边的观众席上坐着个女孩，而跑道上，一个男孩卖弄般跑着，不时转头看女孩一眼。

女孩的眼睛原本是追随着男孩的，不知第几圈了。但突然，一个乱入的人影夺走了她的视线。

我来了，慢下脚步，走完我们之间的最后几米。我终于站在了春菜面前。

嗨，初三的阿春……

我气喘如牛，心肺跃动着欲裂的痛苦，满头满脸都是汗水，就这样失礼地闯

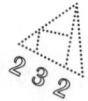

入她即将开始的初恋。我想说些什么，又不知说些什么，我想把春菜从这个场景里带走，却居然胃部一抽，差点吐了出来。

春菜给吓到了，慌张地问："你还好吧？"

"……"

"你是不是哮喘啊？"可能我刚才喘得太厉害，春菜误会很大，"等等，我带你去医务室。"说着扶起我。

当时陈世美刚好跑到操场另一侧，我没有抗拒，任春菜扶着我就走，观众席旁就是操场的出口，想到对陈世美来说，我们就像忽然消失似的，我一阵痛快。

抱歉了，高一的你也许没什么错，但既然早晚要犯错，还是让我把它扼杀在萌芽阶段吧！

走出一段，我舒服多了。天空已经烧得只剩一片余烬般的黑红，陈世美没有跟来，我对春菜说："我没事了。"

春菜松开了我："真没事了？"

"是的，谢谢你，你真是个好人。"

春菜笑了笑："那我……走了？"

"嗯，谢谢。"

春菜走了，没有回操场，而是向校外走去，看着她的背影，我忍不住叫道："阿春！"

她回过头，一脸莫名："叫我？"

我突然想笑，我在干吗？她现在又不叫那个昵称。

而有一天，她会非常习惯我那么叫她，就像我那么习惯她叫我阿福。

"再见。"我挥挥手。

"……再见。"春菜点点头。

我目送她融入暮色，长舒一口气。

完成了。接下来回去跟阿土道歉，然后就可以回大二了吧。

我们的故事讲到了哪儿 10

回来了。

带着拯救了春菜的成就感，以及被415以挪用公务的罪名拉出去游街的觉悟，我的灵魂从初三回到了大二时空，意识清醒后，我的第一感觉是……什么鬼？！

我在一间宿舍里，眼前是六张床，屋里的摆设和人都超陌生。看一眼房号——213。我在哪儿啊？

不祥的预感油然而生，我跑出这宿舍，只见外面一片绿油油，环境开阔，但是建筑物都像老排一样有年头，这地方我知道，农大，为什么我跑来农大了？！

"小黄，去吃饭不？吃饱了才有力气开始温书假呢。"一个虎头虎脑的男生走来说。

什么温书假？我已经考完了。不对，先生你是谁啊？

紧接着我发现自己穿着一件陌生的衣服，手机还在口袋里，拿出来一看却不是我的，透过屏幕的反射，我看到自己的样子很陌生，主要是纯良无害，说好的杀马特呢？！

相册里居然有我的自拍，所以果然还是我的手机？可是通讯录里为何没有一个熟悉的名字？没有嬷嬷、排长、八达、金氏、老蜗、一灿、大卫、锅炉工、烂操，没有梅子，没有春菜！

我只觉得双腿发软，明白了，时光旅行最常见的后遗症，蝴蝶效应！穿越到过去做的每件事都可能引发连锁后果，小事如同往时光长河投入的小石子，只能溅起一朵小水花；可若是大事，相当于往河里投入了巨石，有可能改变河水的流向！

我的人生被改变了！

我不知道自己是怎么回到原本的学校，我像是被什么从内部一点点掏空了，直到看见熟悉的学生街，才找回一点力气。

学生街、永辉超市、北侧校门、食堂、澡堂、宿舍楼……415。

还是十张上下铺，床与床之间还是两大张拼在一起的桌子。可门上没有鬼画符的门牌，墙上没有铺天盖地的海报，角落没有哑铃，置物架和洗衣板不是熟悉的画风……而宿舍里那些正在收拾东西似乎准备回家的人，那些在我到来时不约而同望向我的人，一！个！都！不！认！识！

这不是415。门边没有前往颠倒世界的镜子，床上没有彩排未来的枕头，书架上没有柯南玩偶，水壶里没有变性的茶。没有！没有！没有！没有邂逅而强大的房灵说我们是他的力量之源。

我失魂落魄地跑去春菜宿舍，她的床位上躺着一个大饼脸女孩。我脚步虚浮地退出来，举目茫然四顾：被假钞诅咒过的小卖部、被手机追杀时躲过的自行车棚、涂上指甲油去跳舞的校内公园、办过跳蚤市场的生活区……难道要我接受那些事，以及与我一同经历那些事的人，都不算数吗？！

攥紧最后一丝希望，我发疯似的跑出校门。

我取得后悔药的地方，那家药店，如果……如果我能再拿到一粒后悔药或者药板……

我在药店的原址跪了下来，那里，现在开着一家沙县小吃。

完了……什么都没了，连影子都不剩。

无计可施了，再也见不到他们了。

我这个笨蛋，亲手促成了这一切。

完了……

我崩溃地哭了出来。

我问室友们："你们有什么愿望？"

画家说："希望我的作品有人爱。"

眼镜说："希望我的取向有人爱。"

大叔说："希望我有人爱。"

说完大叔无助地哭了……怎么任何时候都是你最惨啦！

独在异乡为异客

我躺在床上，听周围闹哄哄的。

金氏怪叫："就说我卫生纸耗这么快，还不被我逮到你？！"

八达哀号："金氏你放手！有什么等我上完大号再说！"

排长轻蔑道："老猪啊，你肚子这么大，怎么肚量却这么小？"

锅炉工嚷嚷："喂喂闹归闹，别碰到水啊，刚烧开的。"

烂操叹息："水是开了，可是正妹的心门何时为我开？"

嬷嬷惊叫："哎呀！大卫你怎么又不穿衣服，羞死人呐——"

大卫咆哮："刚跟你说话你不理我，脱了一件立刻被注意到了，这算啥！"

一灿喷烟："里懂得卖漏挣加纯债港，也涮咬滋滋滋迷呢（你懂得卖肉增加存在感，也算有自知之明呢）。"

老蜗挖鼻："你们吵完了记得去帮我买份卤肉饭啊。"

真是的，415无论何时都静不下来，这么吵我根本睡不着好吗。不过这种随便记记就能当相声脚本的对话又让人忍不住倾听，听着听着又笑起来，就不得不参与一下了。

我爬起来说："老蜗！人类之中你也算是最……"

后半截话像是再没更新的文，烂在了名为嘴巴的坑里。

五个陌生人从不同方位奇怪地看我。五个，不是九个。五个，不包括锅炉工、烂操、金氏、排长、八达、大卫、嬷嬷、老蜗、一灿中的任何一个……

我又梦见他们了，在这打盹的短短时间里。

"小黄，你睡傻啦？"一个胡子拉碴的男生问。

"唔……"我闷闷地应了一声，重新躺下来，面壁，戴上耳机。

"逆转昔日"的后遗症还在继续，像是没有如期收到稿子的编辑般不依不饶、没完没了，而我如一个思维枯竭的废柴写手，无计可施，放弃治疗。

来到这个崭新的"大二"已经是第三天。如果用一部美剧来形容这三天的我，那无疑是《傲骨贤妻》……不对，无疑是《行尸走肉》。唉，你看我有多么恍惚。果然，当一个人不再是原来的配方，也就失去了熟悉的味道。我使用后悔药改变未来的时间点是初三，不知道那之后的我经历了怎样的人生，才会从415的"段段"变成了农大的"小黄"。不知道，没兴趣。

"小黄书都读完了喔？"一个豁牙问我。

……这是什么问题！谁看小黄书了！还有你的牙虽然也算有特点，但是给锅炉工的龅牙提鞋都不配！话说农大的期末考时间跟我的母校不一样，母校这时差不多已经考完收工了，农大却只是箭在弦上。213宿舍于是每天忙于复习。唯独我无动于衷，因为这不是我该拥有的生活。

"没读。"我回答他，心里一痛。这要是在415，我一说"没读"，烂操就会火速回我一句："想不到你浓眉大眼也会得这种见不得人的病！你咋不得艾滋咧？！"

如果能再见烂操，我，甘愿他得艾滋。

"才怪呢，看你这么轻松，绝对读完啦。"我隔壁铺的一个有双下巴的小胖子笑着推了我一把。我忽然无名火起。你凭什么碰我？你只有两个下巴也配碰我？！我烦躁地说了一句："离我远点！"

这么冲的语气让这宿舍的气氛变得尴尬，我有一点后悔，我本不是容易跟人起冲突的性格。可我又有一点暗爽，类似一种心浮气躁于是恨不能跟谁打一架的中二心理。如果要用小学生的笔法表现这种矛盾，我的耳边这时应该出现了小天

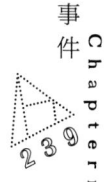

使和小魔鬼。小天使说："你这样不对，好好想想自己哪儿错了？"小魔鬼说："想个毛，你一点错都没有。"小天使说："不，你就是错了，快认错。"小魔鬼说："行行行，错了行了吧？"小天使说："呵，你没错，你怎么会错？错的都是我。"

……好像有哪里不对。唉，随便吧。我已经是个连小学生作文都写不好的废物了。

我只是凭着本能在反抗现在的生活，总觉得一旦接受、尝试融入，就是对过去的背叛。我不能这么做。

可是，我还能怎么做？还能有什么办法让我夺回过去的生活？

"呃呃，行了。快考试了，大家都挺烦的。"一个看着就是万年和事佬的家伙站起来打圆场，"我们去吃饭呗？"

其他人纷纷赞同，包括刚被我呛了的双下巴。可恶，有点出息好吗？不爽就跟我干架啊，再不然吐个槽也行啊，这种假模假样、和和气气的成熟宿舍氛围算什么？

我和我最后的倔强，一动不动，拒绝妥协。他们感到无趣，带上门走了。但没一会儿，门又开了，溜进一人来，他的个头比较小，穿一件印着动漫《高达》中角色阿姆罗的文化衫。

如果说我对这宿舍的谁有一点亲切感，就是这人了吧。无他，他也是个动漫迷。书架上除了漫画还有机器人手办，一如"小黄"的书架——物是人非爱好却不变，也真是讽刺啊。这两天，阿姆罗有事没事找我扯些二次元话题，而我以漠然的态度表明了不想愉快玩耍的决心。你有张良计我有过墙梯，你有热脸蛋我有冷屁股。

可他又来了，他说："小黄你不要这样，你一这样我就觉得有冷冷的冰雨在脸上胡乱地拍。"

……不要对我使用这么古老的歌词哏！刘德华这辈子只唱过《恭喜发财》而已！我在心里吐槽，还是不理他。

"小黄啊，我知道之前是我不对，疏忽了你的感受，可是男人总有应酬的，你得理解。"

……画风发生了微妙的转变是我的错觉吗？某种程度上好有415的感觉！

"相信我，我不会让你失望的。就让你我重温痴狂的往日，在今夜。"

阿姆罗撂下这番话后扬长而去。我整个人傻了。小黄！你到底是走上了怎样一条路？！我比之前更加期待啊不，讨厌这个新生活了啊啊啊啊！

02 汽车人，变形，出发！

黑夜说来就来了，万籁俱寂。我缩在被窝里。

记得梅子有阵子使用过一个签名档："无奈的时候就睡觉吧，那里有梦。"我吐槽她："虽然看起来很文艺，但你其实只是贪睡而已吧？"她说："讨厌！被发现了！"

现在想想那话其实很对，尤其适合现在的我：什么都不能做，可不是只能睡觉？短暂地逃避现实，还能在梦中缅怀过去。管这究竟是精神鸦片，还是世纪末的无聊消遣。

想到梅子又让我难过起来，她也是我失去的过往中很重要的一个人。

我想快点睡着，不幸的是白天睡太多了，此刻无比清醒。倒是213其他作息规律正常的人都已经进入了梦乡。好羡慕他们，好想放火烧他们脚毛。

辗转反侧之际，谁拍了我一下，吓得我寒毛一竖。一翻身我看见了阿姆罗，他用手势示意我：出去聊聊。

我用手势告诉他：不约，叔叔我们不约。

阿姆罗急了，又做了个"约嘛约嘛就当被骗，约一次看看嘛"的手势。

我也对他做了个"约什么约，当初是你要分开，分开就分开"的手势。

他迅速做了个"这都什么跟什么啊？你拿错了剧本吧"的手势。

好吧，其实我没有很认真研究他手势的含义，我只觉得这人很烦。焦躁的感觉加剧了，索性一掀被子爬下床。阿姆罗大喜，前后脚一起出了宿舍。

月明星稀。农人有着让我非常羡慕的辽阔土地，如果把这里比作金氏，那我的母校就只能是排长。八达曾经充满向往地YY在农大偷菜偷鸡的幸福生活，结果反而是我来到了这里，并且丝毫没有体验的欲望。

阿姆罗将我带到了荒郊的一处，我的打架冲动不知不觉烟消云散成"没人爱更要爱自己"，不禁停下脚步："那个……我要回去了。"

"急什么！"阿姆罗邪魅一笑，手伸进口袋掏出一样东西，一条皮鞭……好吧，项链。

"送那个给我也没用的！我已经不是从前的我了！"我大叫。那是一串大大小小的贝壳串成的项链，地摊上随处可见。学生情侣的物质生活果然很贫乏啊！我在说什么？！

"你最近真的有点不对劲喔。"阿姆罗说，"但我理解，毕竟我有着不输给你

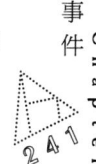

的正义感。这几天净复习而不出任务，早就心痒难耐啦。"

他一边说一边戴上项链，每一枚贝壳都开始绽放夜光。等等，这……什么情况！阿姆罗身后开始浮现出一座黑影，轮廓在急速拔高！

……我在做梦吗……我看到了……一台……机器人？！

机器人啊！真的是机器人！仿佛变形金刚、百变雄狮、环太平洋、EVA、天元突破、高达系列……总之就是机！器！人！

我大张着嘴巴问阿姆罗："你你你你是什么人？"

"呼呼呼，好问题。既然你诚心诚意地发问了，那我就告诉你……"阿姆罗右手绕过后脑勺捂住脸，摆出羞耻的中二造型，"为了防止世界被破坏！为了维护世界的和平……"

"闭！嘴！"

"好吧好吧，你也真是猴急呢。"阿姆罗意犹未尽地耸耸肩，"那么，我们出发吧！"

伴随着他的话，足有十米高的机器人伸出手，将我和阿姆罗一起抓了起来。我发出惊叫，感觉自己变成了一杯优乐美奶茶。机器人的胸部开了一个洞，它将我们放了进去，又合上。

我来到了一个仿佛是驾驶舱的地方，但并没看见眼花缭乱的仪器，两张舒适的皮椅前是一堵透明的墙，仿佛一个家庭影院，我们可以清楚地看到外部。我还没消化完发生的一切，视线改为了俯瞰，这个机器人，飞起来了！

没有想象中火箭升空般的轰鸣声，也没有天旋地转的失重感，机器人飞得又快又稳，我脱口而出："是用反引力飞行？"

"嗯呐！环保嘛！"

"驱动方式是脑波同步？"

"必须！否则哪能这么顺溜！"

"敢飞得这么嚣张，应该有隐形系统？"

"肯定的！我说你这都啥废话，拉风侠明明是你我爱的结晶啊。"

……鬼才跟你有爱！不过这话什么意思？难不成小黄的隐藏身份是科学家？不不不不可能，作为一个理科废，我最擅长装的只有腔没有机器人。所以到底是怎么回事？还有，拉风侠这么矬的名是谁允许的！

正想着，拉风侠像那些突然宣布出柜的艺人般转弯了，穿过林立的高楼大厦，狂放不羁地落在了一条街道的正中央，重于泰山的身体着陆时竟轻于鸿毛，而那

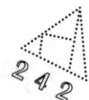

单膝下跪一手按地的参见姿态又有一种中二感！真是恶心帅啊！

"咔、咔、咔……"拉风侠站直了，左手臂发出连串金属声响，一支乌黑的兵器缓缓浮现。凭直觉我知道接下来必将上演一场类似奥特曼非礼小怪兽的激情戏码，这暴走的剧情我已经管不着了！

然后拉风侠从裂开的左手臂里拿出一把巨大的扫帚。

然后拉风侠开始认认真真、一丝不苟地扫起大街。

……扫大街！为什么会是扫大街啊！不是说好要跟小怪兽滚床单吗？！然而阿姆罗却露出了销魂的表情，每一个毛孔都往外喷射着"热血沸腾"四个字。热什么劲儿喔！你就给我看这个？

"哈哈，搭档，我知道这不是你想看到的，但你要了解这只是前戏，热身运动，稍后就会有更激烈的战斗等待我们。"

"是喔？"

"嗯！雾霾让许多高楼的外墙变得脏兮兮的，擦洗已是刻不容缓。还有最近都没下雨，一些花花草草也早就到了浇灌的时候。"

"……所以我们是来做公益的吗？！"

"公益难道不重要吗？非得打仗才叫爱护地球吗？"

"……话是没错，但那样特地开个机器人的意义何在？"

"机器人超酷啊！"

我捂住脸。好吧，刚才确实有一瞬我以为穿越到机甲文了，还是种田文我就放心了。

这时传来了一阵狗叫声。拉风侠的动作慢了下来，我的第一反应是狗狗凭借灵敏的嗅觉发现了什么，但那叫声越发凄厉起来。

"去看看！"阿姆罗说，拉风侠立刻默契地迈向声源。

远远的，我们看见一个穿着肥裤，留着长发的男孩拿着铁管在打一条土狗。那狗狗被拴在电线杆上，逃也逃不掉，只能求饶似的不断叫。男孩则笑得十分开心："叫！再叫大声一点啊！"

作为一个总有一天要成为铲屎王的男人，当时我就炸毛了！我脱口叫道："扁他！"

"哟西！"阿姆罗打了个响指，"得令！"

拉风侠往下一蹲，高高跃起，在半空中解除了隐形状态，虐狗狂魔只觉头顶忽然闪过一道巨大的影子，接着就被自上而下的风吹得几乎站不稳，定睛一看傻了：

一台好莱坞亲生的机器人！它一手将那路灯像花一样拔起来，可怜的汪星人脖子自由了，屁滚尿流地跑走。

虐狗狂魔一屁股坐在了地上，恰好坐在刚才那只汪星人失禁的产物里。看着真解气呀，我决定称呼他为颠趴。（注：颠趴是福州话里"神经病"的发音——by《你也能轻易学会的福州话》）

"这家伙真是死性不改。"阿姆罗哼了一声。

"你认识他？"我问。

"中学同学，那时他就老欺负我。当众羞辱我沉迷动漫很幼稚，说巨大机器人的研发根本不现实，还亲手撕毁了我魂牵梦萦的瓶邪同人本。"

"等等！最后是不是有奇怪的东西混进去了！"

"可是你看，多年过去了，他还是那个欺凌弱小的瘪三，我却已经实现了梦想，成了一名机器人驾驶员，用行动证明了：莫欺少年穷，瓶邪大法好！"

"什么鬼结论啊！"

但阿姆罗的激动一发不可收拾，他忽然对我说："我知道按照纪律是不该在人前现身的，但是向这种人渣彰显存在，应该可以更好地起到惩戒作用，你会原谅这样任性的我吗？"

"呃啊……我理解。"

"那么，我可以再违规一次，在临走前给他一句警告吗？就一句！"

"你说吧。"

于是，拉风侠一手叉腰，一手正气凛然地指着颠趴，厉声高吼："瓶——邪——王——道！"

然后，双臂高举，冲天而起。

……怎么到最后还是在讲瓶邪啊啊啊！

假如能够回到往日时光
03

激动人心的时光就像年迈的老排，说过去就过去了。拉风侠带着我和阿姆罗返回农大，在阿姆罗装模作样打了个响指后，它又消失得无影无踪。

这看似与我无关的青春，结果还是有天马行空的奇妙物语啊……

之前我曾幻想：阿姆罗有个来自外星球之类酷炫狂霸跩的背景，后来发现他其实也跟我一样，走在地球屌丝提纯技术的前沿。这样的人能够 Duang 地打造出一台机器人，那只可能是加了名为吹牛的特技。

"做了好事真开心，回去睡觉吧。"阿姆罗搭着我的肩膀说。

"你先跟我说说拉风侠的来历？"

"来历？"阿姆罗挠挠头，"你不都知道吗？干吗要我再说一次？"

"……想再听一遍不行喔？你每部新番只舔一遍喔？"

"行行行。"他立刻妥协了，我的喜怒无常还是有点威慑力的，"就……我们爱的结晶啊。我是说，我们都超喜欢动漫的，对吧？所以，神才会送给我们这个！"

他抓起那串贝壳项链。跟我想的一样，这才是一切的关键。尽管它怎么看怎么廉价，几乎每个靠海的旅游景点都能买到。

"我在田里捡到它的。"阿姆罗眉飞色舞，"咱学校田超多的不是？那天抄近路，结果看到它泡在泥水里，当时第一反应是田螺，捞起来发现不是一枚而是一串。然后我当时很饿啊，一直想着去吃刀削面，然后——"他做了个夸张的动作，"我面前的地上就真的出现了一碗面！"

我若有所思，阿姆罗又说："本来我也没觉得这是我想出来的，还想说谁那么不卫生把面放路上呢，面上如果有几片香菜就更好了——我这么一想，面里立刻就出现了香菜！"

"只要想一想就能出现？"我说。

"对，简直太厉害了吧？我都不敢相信。于是我立刻做实验，当时日本刚好有一款最新的高达手办发售，我超想要，就努力想象那手办……就真的 get 了！"

我点点头，疑惑解开了。毕竟有过随便就在地摊上买到能联通五感的玩偶啊、关于人类的说明书啊、能够吸收运气的戒指之类奇葩道具的经历，阿姆罗的故事没啥不好接受的。当然它的确是会更扯一点。灵光一闪，我说："这不是很像田螺姑娘么？"

"你说那个火星神话？"阿姆罗说。

"对，一个农夫捡了田螺回家，结果田螺里出来个萌妹，每天给他做饭……"

"喔喔，也许那田螺跟这贝壳是同一类物质。穷人肯定会非常想要妹子照顾自己，这样的想法被田螺具现化了！"

"是的，然后古人没文化，把这编成一个神话故事流传。其实只是贝壳的某种成分被脑电波给激活了，释放出能量物质构成了实体。"我说，"其实跟海市蜃楼也很像，贝壳刚好是海里的东西。"

"说白了田螺姑娘讲的根本是死宅的妄想啊！其实她是以性感围裙装在做菜

海市蜃楼事件 Chapter 2

245

吧！还会温柔地对农夫说：'主人回来啦，是先吃饭还是先洗澡？还是……'"

"总之，拉风侠就是你用这串项链具现化的就对了。"我阻止阿姆罗进一步玷污经典。

"是呀，我一直都最喜欢机器人啊。不过虽然是以我的想法为基础，你提供的各种好恨也功不可没。还记得吗？我本想让拉风侠前凸后翘，是你狠狠地骂醒了我。"

"……换成现在我会想用打的。"

"呵呵，要不怎么说正义需要联盟呢。每一个成功的英雄背后，都少不了好朋友的相助。当我们齐心协力创造出拉风侠后，我终于能如愿服务人民，拯救世界！"阿姆罗兴奋地抓住我，"小黄，我明白你为什么要我重讲一遍这段往事了。这跟每一部蜘蛛侠重启都要让本叔叔再死一次是一个道理，你是提醒我勿忘初心，以及你有多重要对不对？我不会忘记的！"

……这家伙出乎意料的好应付。我沉默了一会儿，伸手："项链借我下。"

"这么晚了你要它干吗？如果是需要温暖多毛的胸怀，我……"

"滚，拿来！"

阿姆罗交出链子时虽然表现得略大方，但一句带笑的"别弄坏啦"还是让我感受到，这是他的东西，不是我的。就算我们似乎是好朋友。

这份距离感让我不想告诉他，我要用这链子做什么……我不想节外生枝。

我接过链子就放进了口袋，避免它与我直接接触，身心不可避免地被一种狂热占据。借口上个厕所，我转身出了农大。

我在夜路上奔跑了一会儿，打到一辆黑车，直奔母校。

上次来的时候，我听说母校将会在暑期改建，下学期开始，学生们都会搬到大学城的总部去。显然这个规划已经提上了议程，一些建筑已经被围了起来，一些建材与设备已经到位，曾经的小花园变成了露天仓库，盘踞着挖掘机、卡车什么的。外教、考生、打工爱好者等历年暑假的留校钉子户估计也走得差不多了吧。我头一次感觉这个总是饱和的弹丸之地如此辽阔与冷清。

我走进人去楼空的宿舍区，脚步声分外清晰，心跳越来越快。

看到 415 的门牌了。

我在门口站定，从口袋里拿出那串贝壳项链，深吸一口气，戴在了脖子上。

不需要刻意集中思绪，我没有一刻忘记他们。

空无一人的宿舍里传出声音，我颤抖着伸出手，敲了敲门。

"我回来了。"

阳光灿烂的日子

04

我躺在床上，听到周围闹哄哄的。

嬷嬷嚷嚷："大家起床咯，太阳都照到屁股啦！"

烂操淫笑："你这老女人，愿意摸你屁股的也就太阳公公而已了。"

金氏提议："不如让老排劝劝太阳别耍流氓？毕竟他们都是公公。"

排长微笑："提醒我了，今年阉割白猪的任务还没有完成呢。"

一灿惊呼："诶，芥系虾米关，肿莫芥末娘（这是什么光，怎么这么亮）？"

大卫谦虚："噢不好意思，是我雪白的胴体在反光呢。"

八达不满："喂，你们小声点行不行？老蜗刚睡着！"

老蜗感动："患难见真情，想不到八达也有这么人性化的一面。"

锅炉工吐槽："屁啦！他在偷你的泡面啊！"

我笑了，还糊着翔的眼眶有些湿润。我怎么说来着？ 415 果然是无论何时都安静不下来啊。吵死人了！

昨天晚上，我借助贝壳项链的力量召回了锅炉工他们。一如阿姆罗提供的信息，越是强烈的愿望，具现化后的效果越是真实。此刻我眼前的他们有血有肉，能呼吸会心跳，外形与内在都是我最熟悉的样子。

他们不是受我操控的木偶，而是独立自主的真人，因为我希望他们是真人。重新拥有这些朋友的我是多么高兴啊！

昨晚我是带着泪痕入睡的，细腻婉约的程度足以把嬷嬷赶下娘坛。迷迷糊糊中产生一种担忧：既然大家如我所愿般真实，那么他们第二天看到这个空荡荡的校园会作何感想？一旦他们产生了怀疑，我还可以说自己夺回了青春吗？

然而，当我走出宿舍，悬着的心又放下了。

校园生机盎然。卫生间里有人在洗漱洗衣，走廊上飘着五颜六色的内衣裤，楼下早餐工程的大妈在卖包子豆浆，宿舍楼后的操场传来踢球的声音……都是我再熟悉不过的校园元素。非要计较，那就是 415 仍是分家前的状态，大反派还在他的 110 宿舍里与岩班长上演着正邪不两立——抬头看见我，他还挥了挥手，露出那烧杀抢掠无恶不作的笑脸。警察叔叔，就是这个人！

食堂、小卖部、图书馆、体育馆、教室……一定也都在如常运行吧。我忍不

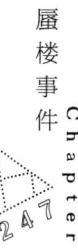

住抚摸了一下垂在胸口的贝壳项链，这东西的魔力竟然有这么大！我可以在它制造的世外桃源里，继续与睡在我上下前后左右铺的兄弟共度青春！

我的心情也像这时的天空一般，万里无云。

"段段，发什么呆？"嬷嬷又在叫了，"趁今天这么好天气，我们得把卫生做做，不许偷懒。"

我回过神来，大声应道："知道啦，臭老太婆！"

就像是要洗去那几日的阴霾一般，从做宿舍卫生开始，往日重现。

我们分配锅炉工去打水，对热爱烧水的他来说，哪里有水龙头哪里就是故乡。因为这是个力气活，我们还将金氏发配给他当助手。临行前，排长殷切鼓励："好好干，等着做注水猪肉呢。"而金氏也温柔地回应道："打个屁的水喔，明明你脑袋里的水就用不完了。"

高人大卫被我们委托擦拭高处的玻璃，对此他当仁不让，没两下就喊热，把衣服脱了也是干劲十足的证明。只是当他想把裤子也脱掉时遭到了一致反对，因为这已明显跟干劲无关了；心灵手巧的嬷嬷则负责擦拭家具，不愧是从大清朝当女仆当到现在的人啊，见他那么认真、细心，我们感动地说："嬷嬷，别忘了把自己也擦擦。"嬷嬷说："为什么？"我们冷笑："世界上还有人比你这老巫婆更脏？！"

要擦床板，被褥就得先转移，拿出去晒是个好主意。对此烂操十分悲伤，他说："那么多人都在晒女友，我们却在晒被子。"八达说："可是烂操，许多个夜晚我都看见你抱着被子又蹭又亲，仿佛爱侣，你那时在做什么梦呀？"烂操说："啊，果然这种天气就是要晒被子呢，走走走。""烂操你站住，逃避不是男子汉！"

在大家热火朝天忙活之际，唯有老蜗睡得不省人事。我们曾劝他快快起，要学小蜜蜂爱劳动，他居然迷迷糊糊回了句："那麻烦各位小蜜蜂帮我打份鸡腿饭。"你说气不气人。这种不事生产又碍手碍脚的人本身就是大型垃圾。经过商量，我们把老蜗抬到垃圾堆丢掉了。失去一个朋友让人难受，八达第一时间用搜刮遗产的方式以表缅怀。

由于走廊面积有限，所以我和一灿带着放不下的被褥去了五楼露台，不幸发现那里已成为女生的地盘。我看到了小苹果、眼镜娘与武则天。武则天剑眉一竖："滚，这里没地方给你们晒。"然而一灿可是号称刷脸就能进瑞士银行的男人，立刻有女生围过来表示他可以把被褥铺在她们的被褥上晒，当时的话令人回味："压上来也不要紧哟。"真是太不矜持了。

这时，我听见了一个熟悉的声音："阿福。"

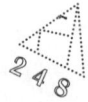

回过头，我看到了春菜，以及帮她抱着被褥的小猫。

"……阿春。"

春菜走到我面前，伸手在我眼前挥了挥："干吗跟看到鬼一样？"

"没……"我的声音微微颤抖。

"我们来晚了，没地方晒了。"小猫遗憾地说。

"都怪你拖拖拉拉的。"春菜嗔怪地拍了他一下。

"我也就在追你的时候动作比较快。"小猫笑道。

"这人超恶心的！"春菜看着我，"阿福你也觉得吧？我怎么会跟他在一起喔。"

"因为你们半斤八两啊。"我说。

春菜笑着来揍我，我笑着闪躲。

她也回来了，真好……这样就好。

那么，想见的人，就只剩下……

手机适时响了，我接起来，那头传来梅子的声音："我到你学校啦，你在哪儿呀？"

"我马上去接你。"我激动道。

放下电话，我忽然产生一种冲动，对春菜说："有个人我想介绍你认识。"

"噢，好啊。"

0 5 她她

正式介绍春菜与梅子给对方，还是第一次。

"呀，你就是梅子。阿福有跟我讲起过你哦。"春菜热情地握着梅子的手，"果然长得很萌呢。"

"你真会说话……他也老跟我说起你这个闺密。"相较春菜的落落大方，梅子显得有一点紧张。

"这是我男朋友。"春菜介绍小猫，然后暧昧地笑笑，指着我，"这是你男朋友。"

"我们，还不是那种关系……"梅子窘迫。

"哈哈，'还'？"

梅子吐了吐舌头。

"我跟阿福以前约好，找到喜欢的人要带给对方看看，就当是见家长了。"春菜慈爱地拉着梅子的手说，"阿福这孩子虽然有点笨，但绝对是个好男人哦。做他

女朋友会超幸福的！"

梅子看了我一眼，轻声说："我知道啊。"

比起我的优柔寡断，梅子一直更坦率些。

我暗暗吸了一口气。就是现在，别磨蹭了。

说吧，当着她的面。

"既……既然这位小姐卖得一手好安利……"我把目光从春菜转移到梅子，"你要不要考虑一下呢？"

梅子露出惊讶的表情。

"好样的，告白啦！"春菜夸张地叫了一声，一拍小猫，小猫僵硬地叫起来："那个……在一起！在一起！"

梅子害羞地笑了，我把她的手牵起来。春菜与小猫一起鼓掌。

"真为你们高兴。"春菜笑着说，"我高兴得……高兴得……都不知道接着该干吗了。"

"电灯泡立刻消失吧？"小猫提议，"我觉得他们现在会比较想过二人世界。"

"哦哦，对对。我们走。"春菜立刻拉着小猫转身，走出两步，回头对我说："阿福，好好对人家。"

"……嗯。"

春菜离去的背影，深深地烙印在我的眼中。不知为什么，我看出一丝逃离般的慌张。

然后我脸上一湿，梅子踮脚亲了我一下，她脸红红、笑眯眯地挽住我："终于肯说了吗？哼，原谅你……"

我揉了揉她的头发。

我也不知道对梅子的告白该算是一时冲动还是水到渠成。但，在搞砸了自己的生活又重新找回后，我就有一种只争朝夕的想法，有些事，应该改变了。

春菜的男朋友是小猫，这是不会变的。所以应该变的，就是我吧。

依偎着我的梅子，笑得那样幸福。所以，我的决定是正确的吧。

是正确的吧……

其实一开始让我还这项链，我是拒绝的。

这天晚上，在我的提议下，415举行了舍撮，梅子也参加了。这是继嬷嬷之后，

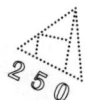

第二个出席 415 家宴的女性，一切都显得顺理成章、自然而然。在饭桌下和她悄悄牵手的时候，我的内心平静安详。

这次聚餐的饭馆离平日稍远，吃饱喝足后的我们在车站等公交，有说有笑。冷不丁，一个此刻我最不想看见的人出现了。

阿姆罗！天呐，他怎么会在这里？我消失的这一天里有接过他的电话，当时就立刻关机了。如果我是在裸奔的柔波里甘心做一条水草的笨国王，阿姆罗就是那个一言惊醒梦中人的熊孩子。我不要被拉回现实！

我试图往大家身后躲，然而眼尖的阿姆罗早已看透了一切，大叫一声："小黄！"立刻冲了过来。

"小黄你去哪里了？一觉醒来没看见你人，我很担心啊。"阿姆罗激动道。

"你认错人了……"我说着全球烂借口排行榜上名列前茅的台词。

"错？怎么可能。化成灰我都认得你，你身上几根毛我都一清二楚。"阿姆罗大概是想强调他跟我关系有多铁，但这是什么鬼说法啊！

忽然阿姆罗抬起了我的下巴，我脖子下深邃的事业线……不对，脖子下隐藏在衣服里的项链暴露无遗，他松了口气："这个还在就好。"

"……请你离我们远点。"我推开他。

"小黄，你干吗这样对我啊？"阿姆罗委屈，然后自作聪明地陷入了某种妄想，狐疑地看着烂操他们，渐渐，表情变得困惑，变得恐惧……

"小黄……你该不是被幽灵缠上了吧？"

"你从刚才起就在鬼扯什么？"火爆的排长出口了。

"我记得看过一个新闻，你是失踪人口……"阿姆罗看着排长，又看烂操，"你好像被发现从山上摔了下来……"

我愣住了，阿姆罗怎么这么说？他应该完全不认识烂操他们才对啊。

……等等，在这个世界，虽然烂操他们没能和我上同一所大学，可不代表不存在，他们应该在我不知道的地方生活着才对。可听阿姆罗的意思……他们遭遇过不测？那些不测会是我穿越时空带来的吗？那些不测就是导致我们各分东西的原因？！

我从没有从这个角度思考过问题，这一想，整个人如坠冰窟。

"你怎么了……"梅子不安地问我，我猛地抓住她的手："走，我们快走！"

"慢着，小黄！"阿姆罗伸手抓住我的肩，碰到了项链。我一惊，以为他要抢回去，忙攥着项链一闪，不料弄巧成拙，项链它——断了！

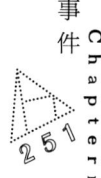

没有一点点防备也没有一丝顾虑，贝壳大珠小珠落玉盘地掉得满地都是。
"啊！"我发出一声惊呼，梅子他们的身影瞬间变得模糊，在我手忙脚乱地抓住了
几枚贝壳后才重归清晰。

但为时已晚，他们也察觉了发生在自己身上的变化，集体傻眼。

"……这些人是你虚拟出来的？！"阿姆罗大惊失色。

我的脑子乱得像吸毒明星的私生活，之前的欢乐全都摇摇欲坠，不幸中的万
幸是大家都还在，看来只是要维持十个人的影像，仅有几枚贝壳也是可以做到的。

一直等着的那班车来了，阿姆罗还想阻挠，但他被满地的贝壳绊住了，捡个
不停。而嬷嬷他们亲眼看见自己的身体变得薄如蝉翼，都有些恍惚，鬼使神差就
被我推上车了。我们得以暂时逃出阿姆罗的魔爪。

可是，然后呢？

几乎只有我们的车厢内，空气令人窒息，我不敢与他们对视，手脚冰凉，就
像是失去他们的那一天，再度重现了。

再说阿姆罗，他趴在地上捡干净了所有贝壳，装进随身携带的一个小塑料袋里，
刚想去追我，又来了个不速之客。

"哟，看看这是谁？"

阿姆罗回头，看到了之前修理过的冤家——颠趴！他还是那样仰着脸叼着烟，
一身流气没人爱理会："真是你啊，几年没见还是那个鸟样。"

阿姆罗想说些什么，颠趴出其不意伸手一捞，把那袋贝壳抢走了："看你刚捡
得跟狗吃屎似的，什么玩意这么宝贝？"

"还给我！"阿姆罗急了，颠趴踹了他一下，阿姆罗捂着肚子趴下了。

"瞧你这点出息。"颠趴不屑地看着那些贝壳，"对了，我有点事要问你。你
以前是不是就老说机器人机器人啥的？"

阿姆罗预感到颠趴要说什么，闭嘴不语。

"哑巴了？"颠趴拍着他的脸，"告诉你吧，哥前两天还真见到那个东西了！
绝对不是做梦！你听说过最近哪个国家研发出机器人了吗？"

阿姆罗盯着那袋贝壳，只想伺机抢回来。

"不见不知道，那玩意真的有啊！我忽然理解你小子了。要是我有这么一台，
嘿嘿！征服世界还不跟玩儿似的？看谁不顺眼就一炮轰了他！"

伴随着颠趴的独裁宣言，手中的贝壳发出光亮，一座巨大的黑影悄然崛起，
阿姆罗绝望地叫道："不——"

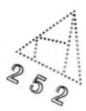

因应邪恶的欲望而具现化的拉风侠，换了个主人，再度登场！

你以为你以为的就是你以为的吗？

沉默的一路到了尽头，车门打开了。对415来说，包场一辆公车却让它安静如灵车是不科学的。往常我们总会嗨到让司机恨不能一扭方向盘同归于尽，可现在大家都相顾无言，似乎静静等待着某个答案。

梅子也跟我们回来了。我理解她忽然有了一种无家可归的彷徨。她的手在我的手里颤抖，令人心疼。

山雨欲来风满楼。下了车，答案就昭然若揭了。

我们的学校，乌漆抹黑，悄无声息。

虽然此刻已经十点，但这个没有熄灯概念的学校任何时候都有夜猫出没，而老蜗是夜猫中的战斗猫。总之绝不该有这种停电一样的情景。

只有几枚贝壳，果然不足以虚拟出全校的人啊……

"都好早睡啊。"金氏喃喃道。

"你傻了？！"排长爆发了，"里面一个人都没有吧！"

"段段，告诉我们是怎么回事！"大卫的脸色比原先更白了，让人恨不能给他改名叫大白。

"对啊，那个人为什么说我们是幽灵？"嬷嬷恐惧地问。

"他是神经病……"我无力地说。

"神经病的话，不会有这个吧……"锅炉工慢慢将手机举到我面前，屏幕上是度娘主页，他竟不声不响用我们的真名分别去搜索，得出了一个个不容乐观的结果。现在我看到的，是金氏坠楼的噩耗。那是三年前的事故了。

三年前，金氏在读高二……这也是我害的吗？

我一直知道蝴蝶效应有多么可怕。假设我一不小心把花盆碰倒砸到了A，后来我改变了这个历史，没被砸到的A也许就会开车撞死B，而B是个警察，本来要把C缉拿归案的，C逍遥法外后害死了D、E、F……

时空的连锁效应就是这么猝不及防。一切都有它的因果关联，牵一发而动全身。

"如果这些是我们……"锅炉工罕有地激动了，"那现在，在这里的我们是什么？"

气氛严峻到了最高点，每个人的表情都是茫然、恐惧甚至愤怒。我不是不理

解……如果有天我发现自己不是真人，我的存在岌岌可危，也会陷入这样的不安。可不该是这样的，我不是为了伤害他们而找回他们的！

"段段，缩（说）吧。"一灿抽着烟沉声道。我多想像他说的一样"缩"到哪里去……

"就……像你们所知的，我也是 415 的一员，我们一起入学一起逃课一起作弊，一起遇到各种怪事……"良久，我机械地开了口，"都记得吧？我们在光明湖公园打过吸血鬼，我们在孤岛玩过大逃杀，我们跑进过童话世界……"

我看着梅子："我和你是在唱片店认识的。你给过我花木兰茶，带我去过你奶奶的故居。"

梅子点点头，眼眶湿了。

"说重点……"连老蜗都不冷静了。

"有天……我们弄到一粒后悔药，我一时糊涂吃了它去帮春菜改变过去……"早死晚死都是死，随便吧，我的语速越来越快，如同越开越大的水龙头，"……等我回来一切都变了。这里的我们从没有认识过。我不知道怎么弥补，我只知道我很想你们！那些贝壳可以把我想的变成真的，我就是这样把你们找回来的！"

喉咙哽住，涌起强烈的泪奔冲动。

"所以我真的是个假人咯……"八达捧着他的张震脸崩溃。

"那些贝壳坏了或者不在你手上，我们就会永远消失？"大卫问。

"我不会再让你们消失的。"我哀求般说，"你们不是假的，你们对我来说就是真的！"

"这是你说了算的？"烂操干笑了一声，"所以今天，我们是陪你玩了一天过家家？"

梅子忽然转身就跑，我一惊，连忙追上去，跑了两步，回头对嬷嬷他们说："我很快回来，你们等我！你们会存在下去的，一定会！"

08 假作真时真亦假

梅子跑得不快，我追上了她，一把将她拉住。路灯照射下来的光，恰好将我们笼罩其中，我不顾一切地抱住她："你别怕，我不会离开你的。"

"我是假的，所以这世上还有另一个我吧。"梅子轻轻说。

"那不重要。那个梅子从未见过我，我只有你。"

"春菜更重要不是吗？"

我的心猛然一悬，情不自禁松开了梅子，看着她虚弱地笑了笑："你为了她而毁掉了我们的生活，你是喜欢她的，对吗？"

"不，我没有，从来都……"我慌张地说，"你看到的，春菜有男朋友。虽然他们都是我虚拟出来的，但我如果真喜欢她就不该让她有男朋友啊，我完全可以独占她……"

"不……"梅子缓缓摇头，"你只是因为已经做错了一次，所以希望一切不要变，哪怕只能看着春菜跟别的男生在一起，也好过她不在了。你当着她的面向我告白，我很高兴。但你如果不在意她，是说不出'我从来没有喜欢过她'这种话的。我宁可你告诉我，你曾经喜欢过她，只是现在我更重要。"

我哑口无言。

"所以……"梅子哽咽，"你只是借由我来下决心做个了断？原本的我，是春菜的替代品，而现在的我，是替代品的替代品……"

天啊。

我以为做对的事情都是错的？我以为温柔的所有行为，结果都是在自私地伤害别人？

我这个白痴，到底在做什么，到底在做什么啊？！

梅子面对我，缓缓后退，再次转身跑了。这次，我竟一时鼓不起勇气去追。等到艰难地迈开步子，已经失去了她的踪迹。

梅子跑进了一片树影里，一不留神，摔倒了。她坐在马路牙子上，看着膝盖渗出血来。

我没有骗她。她对我来说是真的，那么她当然会流血。感受着疼痛，梅子眼泪又出来了。

梅子此时是什么心情呢？她会怨恨我吗？也许有一些，但更多的还是伤心吧。伤心中应该还有一些期待，因为……

梅子无意中将手伸进衣袋，摸到了一枚贝壳，她一怔，随即有人在身边成形。

那是我，另一个我。

那枚贝壳，是之前我不慎挣断项链时飞到她口袋里的。它感应到了梅子的愿望而发挥了具现化的力量，从脑电波的角度看，梅子与真人无异！

另一个我将手搭在梅子肩上，梅子呆了呆，按住了他的手，喃喃问："你是为我存在的？"

"是的。"

"我对你是不可替代的？"

"是的。"

"呜……"

梅子将头埋在他怀里。

两个只能活一个

我跑完了一条街，没找着梅子，只好折返回来再找。梅子不像烂操他们拉帮结伙，我怕她独自一人遇到危险。

我在一家山寨"啃德基"店找到了她。隔着玻璃门，我看到梅子趴在一张桌子上睡着了，在她对面坐着一个人，二人拉着手。

……那个人不就是……我？！

的确是我，另一个我！自己看到自己简直太怪异莫名。我不禁想起大一时，老蜗曾遭遇一个要取代他的"新版"。这该不会也是新版的我？

另一个我——我是两色，那就叫他二两好了——察觉到了窗外的视线，他朝我看来，我们王八绿豆对上了眼，他轻轻从梅子手中抽出自己的手，站起来，走出店。

这是历史性的一刻，两个我面基了！咫尺相对犹如照镜，我的心有些打鼓。二两开口了："我是梅子幻想出来的。"

"……喔。"我一下就明白了，甚至立刻脑补出那枚贝壳阴差阳错飞落梅子口袋的弧度。梅子怎么会想出一个我来，不言而喻，我感到一阵心酸。

同样是具现化出来的人，二两跟嬷嬷他们有着显著不同。相比嬷嬷他们的高度逼真，二两浑身都是假冒伪劣的自觉，否则看到我他早该吓哭了吧。

造成这种微妙的差别，不知是不是因为我比梅子更善于自欺欺人。

"梅子都告诉我了。"二两似乎看出我在想什么，自嘲地笑笑，"本来我们抱在一起，挺幸福的，但她又忽然推开了我，说这对我不公平。"

我想象着那情景，明明是芭乐偶像剧的台词，为什么听着这么想叹气。

"梅子说，她希望她对我而言是独一无二的，那么，我对她而言也应该独一无二。"二两说，"可是很显然，她还放不下真正的我——也就是你，这让她不知怎么面对我。她想得真多。"

"没办法，她一直是这样的人。"

"那么，你能和她在一起吗？"

"……"

本该果断回答的问题，在梅子说了那样一番话后不再确定。我真能给梅子"公平"吗……

"果然还是做不到吧，否则梅子也不会需要我了。"二两摇摇头，"但是，只要你仍然存在，我就连替代品的功能也不能发挥，这太矛盾了……"

我察觉到二两语气不对时，已经晚了，他不知何时绕到了我的背后，我只觉得喉咙一紧：我被他勒住了！

"所以我想，没有你就好了吧。那就无所谓谁替代谁了，最后剩下的人就是梅子的'独一无二'！"

我瞪大了眼睛，奋力挣扎，但二两的力气竟比我大，明明我们之间应该不存在谁攻谁受啊不，谁强谁弱啊？！难道是因为梅子幻想我时，有意无意进行了美化？二两掐着我的喉咙避免我叫出声，然后把我拖进一片阴影！

自己被自己干掉？怎么能有这么蠢的事情呢？哪怕把我绑起来进行无情羞辱也好啊！

"……嘿！"性命攸关，我的右脚跟重重一跺，恰好踩中了二两的脚趾，他呻吟一声松开了我，我不顾一切地跑了。

"你逃不了的。"二两晃了晃脚，一瘸一拐地追出去。

我跑得慌不择路，心跳快得像老排不远的死期，眼见二两与我之间的距离越发缩短，我也越发腿软。经过一处拐角，我看到许多黑色垃圾袋堆在一个垃圾桶边，忙像跳水运动员般一头扎了进去。

扑鼻的恶臭提醒着我垃圾分类的重要性，我大气也不敢出，二两跑过了垃圾堆，一看前路没有我矫健的身姿，心生疑惑，放慢速度四下寻找起来。可恶！虽然时机不对，但还是要说，这么聪明俊美真不愧是我啊！

就在我做好了挥舞厨余，背水一战的心理准备时，插曲再临。一阵似曾相识的气浪引四周草木竞折腰，不正是拉风侠？

不，还是有不一样的，这台拉风侠比我上次见到的缩水了一圈，感觉自离开我后就茶饭不思消得人憔悴。我明白了，因为阿姆罗没有得到完整的项链，所以不能将拉风侠具现到百分之百的形态。

二两没见过拉风侠，一看这走错世界观的玩意令他瞠目结舌。忽然，拉风侠

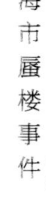

肚子盖打开了，驾驶舱里坐着的人竟是颠趴！他的脖子上戴着那串偷工减料版的贝壳项链，而阿姆罗正被五花大绑地倒在他脚边，鼻青脸肿，衣衫不整，让人不禁可以想象他被逼良为娼之种种。

"听说剩下的贝壳在你这儿，是吧？"颠趴趾高气扬地对二两说，"拿出来。"

"哈？"二两莫名。

"跟我装傻？"颠趴提高音量，拉风侠默契地朝二两伸出咸猪手。二两转身就跑，他虽然有跟我决斗的决心但又不是超人，不跑还能干啥。颠趴看着兴奋起来，这可是他欺凌弱小生涯的重启之作，与当初虐猫虐狗有着革命性的不同。颠趴指挥着拉风侠朝二两追去，沿途撒下"哐咚哐咚"的震动，毫不低调，这是拿自己当钢铁侠使了啊！

我阴差阳错避过了一个大危机，又躲了一会儿，确定安全了，狂奔向学校。二两被抓到只是时间问题，我得赶在那之前带大家转移！

415联盟：奥创校园

我回到宿舍，大家都在。尽管整座学校黑灯瞎火死气沉沉，415仍能带来家一般的安全感。让我有点意外的是，之前表现得仿佛世界末日的他们，这会儿正铆足了劲儿苦中作乐：老蜗在疯玩魔兽，大卫在跳脱衣舞，烂操抱着嬷嬷发出"我不想到死都没抱过妹子啊！你就客串一下啦"的哀鸣，锅炉工烧了一壶又一壶水，八达一边泡面一边招呼："来来来今天我请客，大家都多吃点！"而金氏在一旁咆哮："那都是我的面！死到临头你也不能大方点？"排长闻言大方地说："金氏我请你喝我的洗脚水吧？你就当那是排骨汤嘛！"……

"你们……"我有点蒙。

"鸡遭有酒鸡遭罪（今早有酒今朝醉）。"一灿回答我，然后点着一支烟，深吸一口后递给老蜗，老蜗吸了口给排长，排长吸后给金氏……甚至连一向洁身自好的嬷嬷与锅炉工都参与了这群体间接接吻，抽完了疯咳。最后抽得只剩下一个烟屁股，锅炉工将它递给了我。

我把最后一缕烟吸进肺里，咳出眼泪后说："我们得马上走，有个大魔头随时会来！"

"那又怎样？"老蜗懒洋洋地说。

"它要抢走我手上的贝壳，没了这个你们就真得消失了啊。"我急了。

"就算没人抢还不是分分钟可能消失？"烂操说。

"不，我不会让这种事发生。"我捏紧手里的贝壳，"无论如何我都不会把它交出去，只要我活着，你们就活着。"

"可即使这样我们也是假的，不是吗？！"大卫说。

"要我说多少次啊！你们对我而言就是真的！"我一下失控了，大声吼了出来，"我……已经见不到原来的你们了，所以更不能失去现在的你们。这是有很难理解吗？！"

"随随便便就把我们拖进来，谁要理解你啊！"排长的脖子青筋绽放。妈的我太痛苦了，我们是为什么非得这样反目成仇啊？！

如果不是危机接踵而至，真不知这脸会撕到什么地步。

我低估了机器人的行动力，颠趴犹如一本要求极高的杂志，根本不给我拖戏凑字的空隙，说来就来了！

"嘤呀呀呀——"伴随着嬷嬷的娘叫，尿点时间结束，战火重燃！

415的窗外忽然出现了一张大脸，棱角分明一眼难尽，是拉风侠！百闻不如一见，所有人登时就傻了，一灿嘴里的烟都惊掉了，还好他眼疾手快接住往眉心一戳，松了口气："八叹，果男四闷（不烫，果然是梦）。"

"不要烫在别人头上还说这种屁话！"烂操捂着额头惨叫。

"那家伙说你们读这所学校，算他聪明没骗我！"颠趴的声音从拉风侠嘴里传出，效果仿佛广播，"那家伙"大概是二两吧，"好了，东西交出来！"

"你把'那家伙'怎么了？"我硬着头皮与颠趴对话，一只手在背后比画，提醒大家快撤。

"不堪一击的凡人当然只有被大神虐的份啊！话说你有这么厉害的道具，却拿来制造男人，还这么多个，你变态啊？"颠趴阴阳怪气。

"小黄！千万不能让他得逞！要坚守住正义啊——"突然响起阿姆罗的叫声，敢情他还在拉风侠肚子里，随后我听见了他被揍的声音。机会难得，我冲大家叫道："跑！"

十个臭男人争先恐后涌向门口，颠趴骂了一声"靠"，操作拉风侠把手伸进窗户抓我们，粗壮的胳膊几乎塞满了415，桌椅、床、书架、衣柜统统被搅得天翻地覆！疏于锻炼因此跑在最后的老蜗的腿被抓住了！

"妈呀！"老蜗惨叫，金氏与嬷嬷连忙抓住他的双手，与拉风侠展开拔河大赛，其他人纷纷操起扫帚、洗衣板、哑铃、牙刷等法宝砸向拉风侠，屁用都没有当然

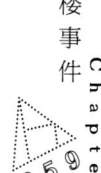

是明摆着啊！

关键时刻，大卫宗师眼睛一亮，朗声叫道："老蜗！脱！"老蜗醍醐灌顶，迅速解开了皮带，踢一踢双腿，不带走一条牛仔裤。大家连滚带爬撤离，415顿时人去楼空，如果能把老排留下，那他现在就是空巢老人。

"妈的！"颠趴火了，拉风侠的动作顿时更大，它将手尽可能地伸长，贯穿宿舍挤破门框一直伸到了走廊上！

"有了……"锅炉工忽然心生一计，不知死活地上去踢了拉风侠的手指一下，引诱着对方伸手捉他，到底是视野受限，瞎摸一气后抠到了墙上的电箱……

"嘎吱吱吱——"蓝色的电流缠绕着拉风侠的手掌，片刻"砰"的一声爆炸了！拉风侠的手为之一弹，想要收回去，却因为姿势与角度的问题被卡住了，抽手不能。

"松开！"颠趴抓狂地叫着，拉风侠更加剧烈地抖起胳膊。天花板塌了，墙壁倒了，415几乎解体！而我们把握机会逃生，抱着位于宿舍楼外墙的水管，一个个"哧溜哧溜"滑向地面。冒险却并非有勇无谋，因为我们特地让金氏先走，这样万一掉下去也有个肉垫。

"喝——"当拉风侠终于在稀里哗啦的坍塌中拔出胳膊时，我们已经离开了宿舍楼，向着操场狂奔了。操场过去是小花园，然后是主校门，门口就有车站……

果然没有那么顺利，操场的征途刚走完一半，我们就被大步流星的拉风侠追上了，它如铜墙铁壁挡住了我们的去路！

"我最后问一次……"颠趴气势汹汹地叫道，"交不交？！"

"交你妹……"我一边说一边悄悄靠近嬷嬷，偷偷将那几枚贝壳塞给他。

"你只要想着，无论如何大家都要一起活下去。"我低声说，猛然提速，朝着与小花园完全相反的体育馆方向跑去，用我生平最快的速度。

"有本事就过来抢吧！"

11 铁甲依然在

颠趴驱动着拉风侠向我追来了。对对，就是这样，乖孩子，只要追我一个就好。我边跑边回头看了一眼嬷嬷他们，他们都没消失，太好了。刚才我就在想，如果身为虚拟人的梅子还能虚拟出二两，那么嬷嬷他们一定也没问题。何况嬷嬷是人称大清国真正意义的统治者，乾隆都能 hold 住，几个臭男人小意思！

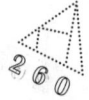

我竭尽所能为大家争取着撤退时间，但还是被拉风侠拿下了。它伸指一弹，我就像被车撞到一样飞了出去，在地上连连打滚。

"小黄！别起来了！"目睹了一切的阿姆罗心痛地喊。其实我本来也没打算起来，他这一叫，拉风侠又给了我一下，"还想起来？"

我躺在地上，觉得全身骨头好像都断了，索性闭上眼睛装死。阿姆罗又叫："就是这样！小黄，装死！""还敢装死？"拉风侠又踢了我一脚……妈的我要宰了阿姆罗！

最后拉风侠把我提了起来，像刚洗完的手那样乱甩乱抖起来，我的手机、钥匙、节操什么的纷纷掉落，整个人快吐了。

"贝壳不在你这？"愚昧的颠趴恍然，赶在把我扒光前醒悟真令人感到失落啊不，欣慰，"你敢耍我！"

"耍流氓什么的，早就想试试了呢。"我冷笑。

"妈的，去死吧！"

"——不要！"

我本来都闭上眼睛听天由命了，一声求饶把我惊醒，是梅子！

梅子不在校内，而在校外，手抓铁栏看着里面的情形。我把贝壳交给嬷嬷时最担心的就是梅子，结果嬷嬷连她的存在也一并维持住了。真不枉之前吃饭时梅子与他姐妹相称啊！如果能活下来，朕绝对要翻嬷嬷的绿牌子！

"求求你放了他吧！"梅子恳求。

"别傻了，你快点走！"我吼道。

"求求你……"

"你们感情真好。"颠趴突发奇想，"那我就做做好事，送你去见他。"

我的身体升高了，拉风侠把我举起，摆出了投篮的姿势，篮筐正是梅子！"不！"我惊叫，而颠趴响亮地喊着"1——2——3"，然后将我猛地投了出去！

我如炮弹般呼啸着冲向铁栏，如果我是排长大概可以顺利穿过去，但我不是，我只能整个撞碎在上面！

我抱住了头，只听一阵疯狂的脚步声由远而近。我撞上了一样柔软的东西，强大的冲击力让我天旋地转，可是竟没有想象的痛。

倒是梅子发出了惊叫。因为同时响起了一声钝重的"当"。

我松开护着手的头，难以置信地看见了二两。他抱着两张仰卧起坐用的软垫，是他用垫子与身体接住了我，可是他自己却被这一冲力推得狠狠撞上铁栏杆！

"你……"惊魂未定的我处于智商冷却时间。

二两目光涣散，看了一眼铁栏外的梅子，有气无力地笑了一下："我把那怪物引来这里，本来是希望它能干掉……结果，你还是更希望他当那个'独一无二'吧……"

"……"梅子的眼圈红了。

"快走吧，快走……"二两有气无力地说。

那边厢颠趴见我这样都大难不死，很是意外，等看清我居然有两个，大叫："啊靠，你连自己都变多一个？自攻自受吗？！"

我恨不能连拉风侠一道把颠趴给生啃了，可现在站起来都费力。铁栏外梅子的不离不弃是很动人，却也会多添一个安全漏洞，再加上奄奄一息的二两，怎么看都是不求同年同月同日生，但求同年同月同日死的发展啊！

要说现在唯一欣慰的，大概就是嬷嬷他们已经远走高飞了吧，像不为世俗容许的痴男怨女。拜托跑得越远越好啊，千万不能被抓到！

"隆隆隆隆……"

嗯嗯没错，如果能坐上车逃跑就更好了，就可以跑得更……

等等，车？！

一台挖掘机与一辆卡车，正以最大马力驶来！喔喔喔，它们不就是施工现场的设备，人称青龙白虎的蓝翔双煞？是谁在操作它们？

卡车的速度要快一些，转眼来到近前，我看清了，司机是——大卫！的确他是我们中唯一拿了本儿的，那之后对各类车辆大起钻研兴趣。驾驶大型车辆看来还是第一次，显得那样紧张、生硬，不过他反正也不怕交通事故——

他就是来制造事故的！卡车径直朝拉风侠撞上去了！对于飞天遁地无所不能的拉风侠来说那绝对是能躲开的，但颠趴选择了双手齐出挡住车头，随即被全速前进的卡车逼得接连后退数米，铁脚与大地摩擦出激烈的火花。颠趴反而兴奋了："这样才有点意思啊！"他真是标准的颠趴啊！

紧接着卡车的优势就消失了，拉风侠的十指掐进了车身，姿态也换成了蹲踞式，任凭大卫怎样死踩油门，也不能阻止整辆车被一点点往后推。

"哈！碉堡了！"颠趴沉浸在天下无敌的狂喜中，中二度足以吊打阿姆罗。

就在这时，拉风侠臀部一痛，后来居上的挖掘机开始进攻了！开这货的竟是一灿，啊啊啊一灿！开挖掘机哪家强？不是一灿我吞翔！

想要娴熟操作挖掘机绝非一日之功，但如果只是要让它跑起来就相对容易。

一灿如今就是这样，不能使出降龙十铲又如何，他只是想安安静静地把挖掘机当碰碰车，撞！撞！撞！拉风侠忽然陷入了前后夹击的境地,恼羞成怒地将卡车一推,回身来招架挖掘机。一灿见势不妙，修长如钢琴家的纤纤玉指连忙在不同操作杆上胡乱游走，竟神奇地令铲斗向上一撅，拉风侠整个被掀倒在地！而大卫的卡车把握时机，直接开到了拉风侠身上！挖掘机铲斗再压，拉风侠顿时如金氏身下的排长般动弹不得了！

剧情来得太快就像龙卷风，离不开暴风圈的我几乎看傻，直到有人将我扶起才回过神。锅炉工、金氏、老蜗、排长……他们居然都回来了！我觉得我的喉咙仿佛被堵住了，一句话也说不出。于是我拍开嬷嬷的手说:"有抓着人脖子搀扶的吗！"

"欸嘿，你还好吧？"嬷嬷卖萌。

"你们怎么又回来了啊？！"

"你想一个人逞英雄，我可不会当看不见。"烂操自傲地笑笑。等等，你屁都没做啊！

"老在逃也不是办法，回头他到处找我们反而更麻烦，还不如一起干掉它。"老蜗说。

"也是多亏了锅炉工，想到可以用现成的工具跟那货一战。"嬷嬷说，"还有八达也功不可没，是他想到用你给的贝壳幻化出钥匙来开车——钥匙大小还是能变的！"

我看向锅炉工，他低头轻推眼镜，一副玉树临风的军师样。而八达微微一笑:"何足挂齿呢，掌握了钥匙才能随使用别人东西本就是社会常识。"……哪个社会需要这种常识啊！

"这老家伙也很担心你的，变不出钥匙的话他有打算把自己塞进锁孔试试。"金氏不动声色地向我转达了他们的贡献。

"不,我明明是打算到时候驾猪奔赴战场的！"排长傲娇地说。

"老蜗也很努力喔，他跟一灿以前混帮派时有去工地捣乱，开别人的挖掘机啥的。这次他还跟一灿争抢救你的机会。"嬷嬷说。

"每个人都希望被帅哥救吧？这次就让给那小子。"老蜗耸耸肩。

我听着这充满415风味的表彰大会，鼻子变得湿湿的。

这帮家伙之前明明在生我的气，明明话说得那么难听，可关键时刻，还是我最熟悉的、有难同当的好兄弟。

 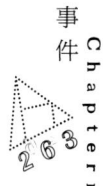

　　一灿与大卫从各自车上下来了，他们相互击掌，帅气地向我走来。

　　十个人再度齐聚一堂，果然就是要有这样的阵容，才能走遍天下都不怕啊！

　　"谢谢……"我情不自禁地说。

　　"你跟原来的我们也这么有礼貌？"大卫说。

　　"那是不可能的。"

　　"那就别一边说我们是真的，一边来这套吧！恶心死了！"排长痛斥。

　　"我错了！我重说一遍！"我立刻回应，"众爱卿平乱有功，朕自当重重有赏，将容嬷嬷赐予你们轮番享用！"

　　"关我什么事啊！"嬷嬷大叫，大家哈哈大笑。

　　"咔咔……"

　　正值 Happy Ending 气氛爆棚，就等出 ED、出字幕、出彩蛋，然后退场上厕所时，危险的颤音却又再临！松懈的我们集体一抖，回头只见卡车与挖掘机正在发生车震，一灿与大卫立刻拔腿冲去！

　　可是晚了，拉风侠到底还是站起来了！"喝——啊啊啊啊啊啊啊——"它双臂高抬犹如破纪录的举重运动员，两辆车就这么被生生掀翻！静若 JPG 的它再度动若 GIF，如猛兽般冲向我们的速度不再留情，一挥拳就将大卫与一灿打得离地而起！

　　我们都惊呆了，颠趴显然彻底怒了，他操纵拉风侠又朝着我们飞起几脚，烂操、老蜗、金氏、排长、八达逐一被放倒。机器人认真起来，肉体凡胎的我们根本不堪一击！

　　赶在中招前，嬷嬷猛地将贝壳掏出来，丢向离得较远的锅炉工。锅炉工刚接住，嬷嬷就被打飞了。

　　"住手！"我快疯了，但拉风侠直接忽略我冲向锅炉工，猛然又停了下来，因为锅炉工一手举起贝壳，另一手握着块石头，作势要往上面砸。

　　"你你你再过来我我就……"锅炉工语无伦次地说。

　　"老子怕你威胁？没那玩意我一样天下无敌！"颠趴吼道。

　　"你确定不要？折腾了这么久，确定？你手头的贝壳够用一辈子？"锅炉工尽量冷静地循循善诱。

　　颠趴沉默了一下，冷笑："给了我，你们不是会死么？"

　　"我们……本来就是死的。"锅炉工艰难地说，"可这至少能让该活的人活下来。"

我直接哭了。锅炉工这么说的时候，倒在四周的兄弟们也听见了，都是义无反顾的表情。

　　"你保证放过段段，我就给你。"锅炉工说。

　　"行啊，老子心情一好，就把他当个屁放了呗。"颠趴狞笑。

　　"你那里面还有一个人吧？"锅炉工厉声说，"把他也放了。"

　　"得寸进尺啊。"颠趴不爽，但拉风侠的肚子还是开了，阿姆罗像一条虫那样扭动地爬了出来。

　　事情就发生在一瞬间。

　　从来不拍动作戏的锅炉工，忽然整个人弹了起来，用尽全身力气将那包贝壳朝着拉风侠的肚子狠狠丢进去！驾驶舱内已经只剩颠趴了，他本能地想接住那包飞来的贝壳，而与他意念同步的拉风侠，第一时间也将那无坚不摧的铁臂朝肚子插了进去！

　　颠趴以肉身正面承受了这重重的一击，狭小的空间内他避无可避，连人带贝壳被轰进了拉风侠的腹腔深处！他根本来不及反应怎么回事就吐血昏迷了！

　　怎么也无法打倒的大魔王，就这样迅雷不及掩耳地退场了。拉风侠保持着手插在自己肚子里的姿势，全身爆电冒烟，像是一个全面出故障的机器人。

故事和你，未完待续

　　一分钟被拉到一个世纪那么漫长是什么感觉，我充分领教了。我傻了足足一分钟，确定拉风侠真的不会再诈尸后，声嘶力竭地欢呼："太棒了，锅炉工！太棒了！"

　　可是下一秒，我又从高山跌到了谷底，因为锅炉工的身影正在消散，他要消失了！再看其他人，一灿、老蜗、嬷嬷、大卫、八达、排长、金氏、烂操，还有梅子和二两，都在渐渐消失！

　　"贝……贝壳……"我脚步虚浮地奔向拉风侠，然而它已经不见了，颠趴以歪瓜裂枣的姿态倒在地上，无论是他戴着的项链，还是手里抓着的贝壳，都在拉风侠的重拳以及内部机体的窜电走火下碎成了渣！

　　"不不不……不不不不不不不……"我疯狂地寻找着贝壳，可它们全碎了全碎了全碎了！有的裂开两半，有的形同粉末，拼也拼不起来。我绝望地跑回大家身边，天啊，我几乎已经看不清他们了！

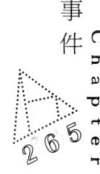

"对不起，对不起……"我扯着头发，只能和他们道歉。

然而他们却不约而同地对我挥起了手。

"假的消失了哭什么哭！"排长像是代表所有人，拼尽了最后一口气指着我吼道，"去把真的我们找回来啊！混蛋！"

我狠狠咬了咬牙关，对他们喊道："我知道了！我知道了！"

我在最后看见了笑容。然后，他们消失了。

我的心像是被掏空了一般恍惚，机械地转头看向铁栏杆外，却见梅子还在，因为她拿着最后的那枚贝壳。

"梅子……"

"我留下来，有一些话想对你讲。"梅子说。

"……你说……"

"你找回了他们，再不要让谁当谁的替代品了。"

"我答应你……"

"把那天对我说的话，"梅子流着眼泪笑了，"说给她听呀。"

"……"

梅子说完，松开了手中的贝壳，然后，她也消失了。

刚才还天崩地裂如世界末日的校园，安静得能刺痛耳膜。我静坐了好一会儿，去给仍被捆着的阿姆罗松绑。

"谢谢，总算解脱了！"阿姆罗感激涕零，"可我还是不太懂你跟那些人怎么回事。"

"没什么。"我淡淡地说，"我的朋友给了我赎罪的机会。"

阿姆罗似懂非懂，重获自由后连忙去捡起那枚仅剩的贝壳，痛心道："作孽啊，那么伟大的宝物只剩这个了！"沉默一会儿又自言自语，"不过拉风侠虽然没戏了，但幻化出一套战甲应该还能做到？你说呢？"

"你加油吧。"我说，"我也要加油了。"

阿姆罗盯着我看了好久，说："我现在知道了，你不是我认识的小黄。你要开始做一件大事了，是吗？旅程开始前，不如跟我说说你们的故事？"

"好啊。"

我和阿姆罗互相搀扶着站起来，慢慢走向校外，我一边走，一边说。

你知道吗，我原来的大学啊，真是一塌糊涂。

我是考砸了才会去那所垃圾学校的，当时真是万念俱灰，整个世界都不好了。

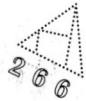

做足了准备要度过人生最黯淡的三年，却从踏进宿舍的那一刻起就不算数了。

我有了九个浑身槽点的室友，生活从此再不缺少热闹和欢笑，而一旦有事发生，他们又是最坚强的后盾。

我还认识了两个很好的女孩子，她们使我幸福，也教我忧伤。

我多么幸运，能遇见这些点亮我整个青春的人。

我多么想再次遇见他们。

会有那么一天的。

我们约好了。

《青春奇妙物语》第三部全剧终

后 记

　　风吹雨成花,时间追不上白吃白喝后撒腿就跑的八达,一转眼我们迎来了《青春奇妙物语》第3季。好快啊,《青妙2》的出版仿佛还在眼前,将样书递给室友们时,他们欣慰地赞叹"又可以不买草纸了!"以及真挚的意见"纸质再软一点就好了,擦得不舒服!"还在耳边回荡。咦,为何心头涌起了杀意……

　　迈入第四年的《青妙》,收获已经远超预期。我能有闲钱买药吃与大家的支持是分不开的。但是有一点令我感到不解与悲伤,就是这书的女读者居然很多!不,我当然对女读者没意见,只是,像这样荡漾着浓郁阳刚气的作品,明明应该是男同胞才更能 get 笑点啊!所以偶尔冒出个男的跟我说"两色两色,我好喜欢《青妙》喔"的时候,我也会很高兴地回应"喔喔,谢谢我也好喜欢你的性别呢",然后,就没有然后了……

　　我跟编辑讨论这事,她说大概是因为《青妙》里有许多 CP 值得一萌!我说有吗?她说有啊!比如体形悬殊的金氏与排长,颜值悬殊的一灿和烂操,个性悬殊的嬷嬷与八达……我说等等!这些都是不正常的 CP 啊!就没人支持段段 × 春菜或锅炉工 × 姚姐吗?编辑奇怪地看着我说,性别悬殊怎能谈恋爱?

　　……这什么鬼标准啊喂!

　　但有人气总是好事,我的脑洞得以继续深挖。让我们回顾一下这一季里的那些故事吧!

　　《雌雄莫辨事件》是本系列的节操边缘,一不小心就会被举报"警察叔叔

268

就是这个编辑！"（编辑：关我什么事！去抓作者啊！）性别互换的老哏由性别错位的嬷嬷与武则天出演，果然如鱼得水，顺便还致敬了花木兰老师（木兰：你那也算致敬？！）。《跳蚤市场事件》个人感觉是本系列言情力巅峰（言情作者闻言，冷笑着吐了口水），除了想要小玩一下拆CP以及给静静一些补偿外，就是希望挖掘一灿脸、香烟和普通话之外的人性魅力。话说回来男神需要人性？！

　　《倒影猜拳事件》有着自《猫的报恩事件》和《新旧更替事件》之后久违的阴森与戾气。话说2015年春晚张震亮相时，一堆读者在微博艾特我："八达出现了！"——再一次证明了八达存款虽少，颜值却多的真相——想为他生猴子并提供一辈子香蕉的妹子也是不少。说到这就不能不提烂操，在《脱胎换骨事件》等文中，我都怀着烂操见我一次砍我一次的觉悟在对他进行丑化。可是！为什么？！许多读者说他们好喜欢烂操？！（烂操：当然是因为我长得美啊！我：不会的！不会的……）

　　从《运气盗窃事件》开始，415走上了留守儿童盼团圆的道路。不是要故意设计这种剧情，我说过《青妙》是以我大学真实发生过的事为基础创作的，大二我们真是分过一次家。在分裂的当口回忆最初的磨合，不禁令人百感交集，就像毕业早早地敲响了警钟。而随后的《房屋异动事件》则是对那样的未来的提前安抚。我很喜欢"人的羁绊形成了家的灵魂"这个哏。天下无不散之筵席，但好朋友可以一辈子续摊。

　　大学里我写过许多有头没尾的练笔，那些被我半途而废的角色会不会有天跳出来找我算账？于是便有了《怪盗杀手事件》。对这个故事的偏爱在于有我的家人出场，进一步模糊了现实与幻想的边界。况且妹妹大法就是好呀就是好，祝天下有情人都是失散多年的兄妹！（有情人：……喂！）

　　虽然不喜欢刻意在故事里讲道理，但对某些道理的思索可以激发灵感。比如我觉得，一个人只有尝过酸甜苦辣才有资格说平淡是真，住过金窝银窝才有资格说猪窝最高，于是想到了写《推销人生事件》。先天下之忧而忧地帮锅炉工潇洒走七回。说起来，在415的现状里，数锅炉工的小日子最为现世安稳，岁月静好。如果《青妙》能一直写下去，应该有机会呈（zāo）现（tā）给大家看吧。

　　写《西游外传事件》那时，《小说绘》上刚推出一个名著同人栏目，就不禁幻想415撞上名著会是怎样？《青妙2》的彩蛋《童话联盟事件》将各种童话

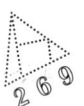

进行乱炖，效果奇佳。这次便逆向操作，让神话人物到现实来，这也是本书最轻松愉快的一篇。《人情账单事件》则麻烦得很，跟过去大卫领衔的故事如《星际投票事件》《外星驾照事件》一样有很烦琐的设定。他明明靠裸睡就能博取存在感，为什么这样难为我？

喔对了，其实魔女、死神、财神、上帝之流都是从我别的系列里过来客串的。想到反正需要神来打酱油，那就肥水不流外人田呗。对此感兴趣的请找《来自异界的教师》或《天神学园》看看吧（星星眼）。

《逆转昔日事件》及彩蛋《海市蜃楼事件》都很吐血，比起剧情，煽情才是更难写的。说到彩蛋，《青妙1》里有两篇，《青妙2》仅一篇但长达五万字，这就给这一部造成了压力。感觉要么写不少于两篇，要么单篇不少于五万，否则就是偷工减料缺斤少两。这种攀比心理一日不除，早晚会发生彩蛋长到可以直接出成一本书的悲剧。所以我悬崖勒马，将彩蛋的意义从"价格便宜量又足"拉回到"精彩"与"惊喜"，如此方才是正轨啊。这就好像不管《青妙》是怎样作为喜剧而受到肯定的，我也总是提醒自己：不能忽略了有笑有泪的"成长性"。

那么，为什么一定要给《青妙3》安排BE结局呢？因为第四部要开始写大三了，依然是将学生狗日常与奇人异事结合的路线。这一套我已经驾轻就熟，也少了一点新鲜感和挑战性。一个作者如果不能有意识地求新求变，是对创作生命的伤害以及对读者的不敬（此处应该有掌声！）。基于这种理由，我用一粒后悔药让415家破人亡、妻离子散（众：这两个成语不太对啊！），让《青妙4》顺理成章变成了一本特殊的"前传"。这种一边视奸大家的青葱岁月，一边把他们像龙珠般集齐的旅程宛如羞耻Play般令人动容。敬请期待《鲜肉奇妙物语》！（编辑：快够！）

还是要跟各位读者安利《睡在我上下前后左右铺的兄弟》（连载原名《与十个臭男人共度青春》），这本段子体小说与《青妙》同气连枝，阅读乐趣有增无减，喜欢415的人不可能不喜欢。请大家勇敢地克服在书店询问"老板，我要睡兄弟"时的羞耻心，买起好吗！只有这样，你才能完整领略臭男人的酸爽。（读者：……鬼才想领略啊！）

此外还有个好消息要宣布：温州最大的江南皮革城倒闭啦！王八蛋老板黄鹤……呃不对，其实是《青妙》将在《知音漫客》上以漫画形式开始连载啦！漫画版会将《睡兄弟》的日常段子与《青妙》的奇幻剧情综合呈现，从人设到脚本到分镜到台词都有靠谱的编辑与画家，还有我一同奋斗，绝不是单纯的改

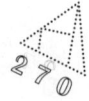

编而已，欢迎围观！

不知不觉，当初跟大家说好"把我们的故事写出来"的口头约定，已经如一颗幸运的种子般生根发芽、开枝散叶，长成了一片小树林。我在里面冒险，哭过笑过，流连忘返。这段纸上的青春将如何结束，如何迈向更遥远的未来，请你陪 415 一起见证。

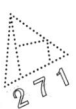

青春奇妙物语 3

作者
两色风景

选题策划
知音动漫图书·新阅坊

封面绘画
米 包

彩色插图
夜 翎

装帧设计
余诗立

图片总监
杨小娟

特约编辑
罗长敏

执行编辑
杨 鸿

责任发行
周冬梅

出版社
中国致公出版社

总出品
湖北知音动漫有限公司

制作出品
知音动漫图书·新阅坊

平台支持

图书在版编目（CIP）数据

青春奇妙物语. 3 / 两色风景著. -- 北京 : 中国致

公出版社, 2020

ISBN 978-7-5145-1542-8

Ⅰ. ①青… Ⅱ. ①两… Ⅲ. ①故事 – 作品集 – 中国 –

当代 Ⅳ. ①I247.81

中国版本图书馆CIP数据核字(2019)第235308号

本书由两色风景授权湖北知音动漫有限公司正式委托中国致公出版社，在中国大陆地区独家出版中文

简体版本。未经书面同意，不得以任何形式转载和使用。

青春奇妙物语.3/ 两色风景 著

出 版	中国致公出版社	
	（北京市朝阳区八里庄西里100号住邦2000大厦1号楼西区21层）	
出 品	湖北知音动漫有限公司	
	（武汉市东湖路169号）	
发 行	中国致公出版社（010–66121708）	
作品企划	知音动漫图书·新阅坊	
责任编辑	杨 鸿	
特约编辑	罗长敏	
装帧设计	余诗立	
印 刷	长沙鸿发印务实业有限公司	
版 次	2020年9月第1版	
印 次	2020年9月第1次印刷	
开 本	710mm×1120mm 1/16	
印 张	17.5	
字 数	230千字	
书 号	ISBN 978-7-5145-1542-8	
定 价	36.00元	